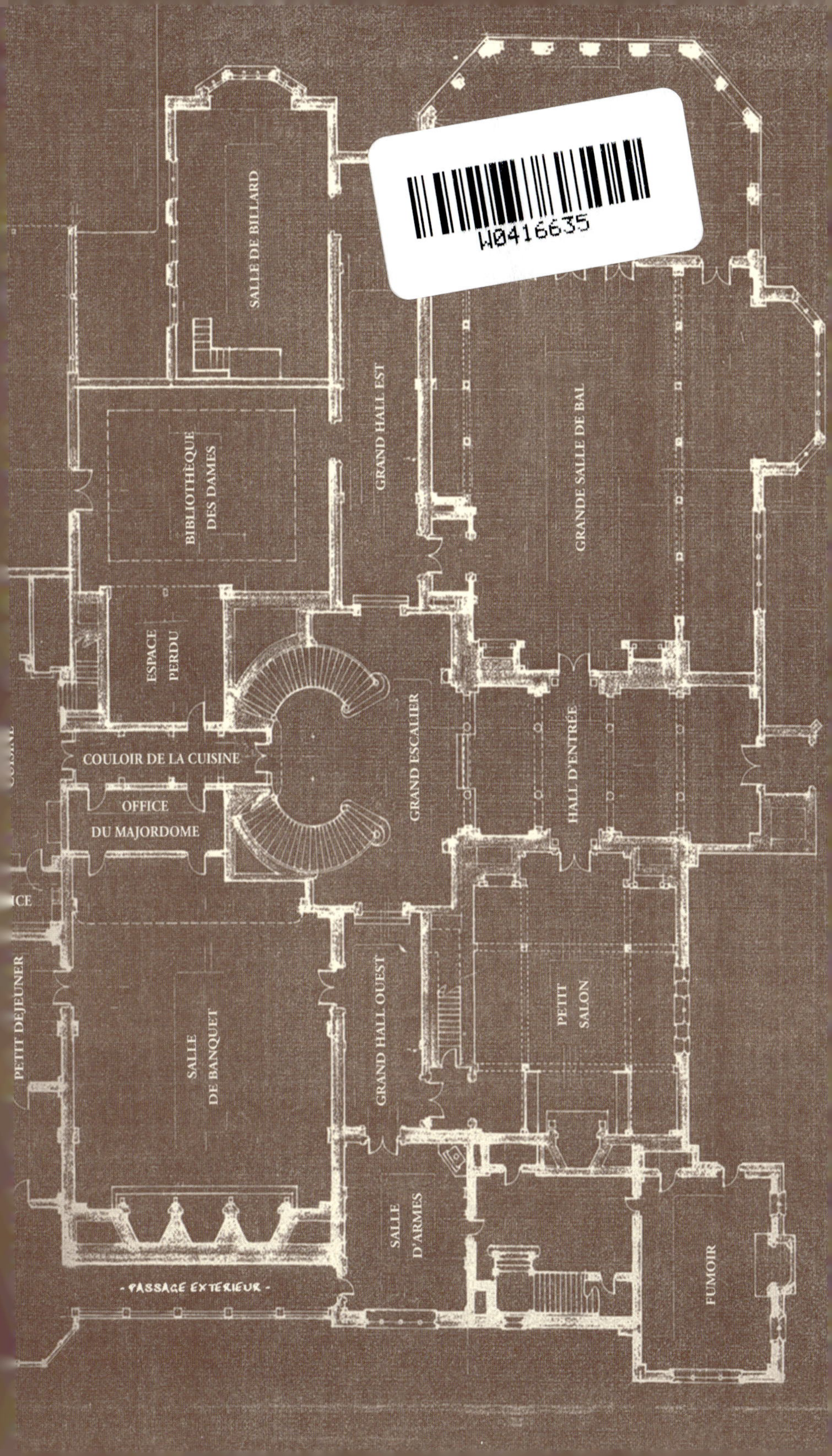
SALLE DE BILLARD
BIBLIOTHÈQUE DES DAMES
GRAND HALL EST
GRANDE SALLE DE BAL
ESPACE PERDU
GRAND ESCALIER
HALL D'ENTRÉE
COULOIR DE LA CUISINE
OFFICE DU MAJORDOME
PETIT DEJEUNER
SALLE DE BANQUET
GRAND HALL OUEST
PETIT SALON
SALLE D'ARMES
FUMOIR
- PASSAGE EXTERIEUR -

LE JOURNAL INTIME DE

ELLEN RIMBAUER

LE JOURNAL INTIME DE

ELLEN RIMBAUER

Ma vie à Rose Red

Sous la direction du Dr Joyce Reardon

Postface de Steven Rimbauer

ÉDITIONS FRANCE LOISIRS

Titre original:
THE DIARY OF ELLEN RIMBAUER: MY LIFE AT ROSE RED
Publié aux États-Unis et au Canada par Hyperion
Traduction française: Frédérique Fraisse

Édition du Club France Loisirs,
avec l'autorisation des Édition Albin Michel

Éditions France Loisirs,
123, boulevard de Grenelle, Paris
www.franceloisirs.com

Publié aux États-Unis et au Canada par Hyperion

ISBN: 2-7441-7430-0

Dr Joyce Reardon
Département des Phénomènes Paranormaux
Université de Beaumont
Seattle, État de Washington

Cher lecteur, chère lectrice,

Durant l'été 1998, au cours d'une vente aux enchères à Everett, État de Washington, j'ai acquis un journal intime cadenassé et recouvert de poussière, persuadée que ces écrits appartenaient à Ellen Rimbauer. Le département des Archives Publiques de l'Université de Beaumont a expertisé le papier, l'encre, la reliure et a conclu à l'authenticité du journal, qui a ensuite été photocopié à ma demande.

Le journal d'Ellen Rimbauer est devenu le sujet de ma thèse et n'a cessé de me hanter depuis (pardonnez l'expression !). Au début du XXe siècle, John et Ellen Rimbauer faisaient partie de l'élite de la haute société de Seattle. Le couple fit construire une gigantesque résidence sur les hauteurs de Spring Street. Baptisé par la suite « Rose Red » – rose rouge –, cet édifice a été l'objet de nombreuses controverses. En effet, sur une période de quarante et une années, au moins vingt-six personnes ont soit perdu la vie, soit disparu mystérieusement entre ses murs.

Le journal d'Ellen Rimbauer, dont je vous propose des extraits ici, m'a conduite à faire certaines découvertes, qui m'ont poussée à organiser une expédition. Dans peu de temps, je serai à la tête d'une équipe d'experts en phénomènes paranormaux, au cœur de la propriété des Rimbauer, afin de sortir cette gigantesque force psychique qu'est Rose Red de sa torpeur. J'espère ainsi venir à bout de certains mystères que mon mentor, Max Burnstheim, n'a pu résoudre avant sa disparition dans Rose Red en 1970. (Je n'ai jamais rencontré le Dr Burnstheim, mais je considère que ses théories sont les plus avancées dans le domaine des phénomènes paranormaux.)

Je tenais à remercier mon éditeur, Beaumont University Press. J'espère que la publication de ce journal apportera au grand public une meilleure perception des phénomènes paranormaux et ancrera dans les esprits cette fascinante période de l'histoire qui a vu grandir et se développer le Nord-Ouest des États-Unis. Je me suis efforcée de condenser ce document en vue d'une meilleure lisibilité ; j'ai donc laissé de côté les passages redondants et ceux que je trouvais trop choquants. Les plus curieux d'entre vous et les voyeurs patentés peuvent consulter sur Internet le site suivant : www.beaumontuniversity.net où est archivée une partie de ces passages, et où l'on peut voir des photos de la maison.

Bonne lecture. Au nom de la science, je continue ma poursuite de la vérité sur Rose Red ; advienne que pourra.

Cordialement,
Dr Joyce Reardon

LES PASSAGES SUIVANTS SONT EXTRAITS DU JOURNAL INTIME QU'ELLEN RIMBAUER A RÉDIGÉ ENTRE 1907 ET 1928. TOUT LE TRAVAIL ÉDITORIAL A ÉTÉ LAISSÉ À MON ENTIÈRE DISCRÉTION. JE ME SUIS EFFORCÉE DE PROTÉGER MRS. RIMBAUER ET SES DESCENDANTS, SANS QUE CELA NUISE À LA COMPRÉHENSION DU RÉCIT. VOICI LES MOTS D'ELLEN RIMBAUER, ÉCRITS DE SA MAIN, ACCOMPAGNÉS D'UN MIMIMUM DE COMMENTAIRES DE L'ÉDITEUR.

JOYCE REARDON – NOVEMBRE 2000

LE JOURNAL INTIME DE ELLEN RIMBAUER

SEATTLE – LE 17 AVRIL 1907

Cher Journal,

M'appliquer à coucher mes pensées sur tes précieuses pages est une tâche quelque peu intimidante, et c'est à peine si je m'en sens le courage. Mais mon esprit est horrifié quand mon cœur déborde d'amour et de perspectives. Je dois absolument me confier à quelqu'un et c'est donc vers toi que je vais à présent me tourner.

Pendant dix-neuf ans, j'ai su qu'un homme viendrait dans mon cœur et dans ma vie, un homme romantique dont l'amour et la passion m'enivreraient. L'heure est venue. Je tombe en pâmoison à la seule pensée de John Rimbauer, et certaines de ces pensées ne conviennent pas du tout à la dame que je suis censée être.

Le désir s'empare parfois de ma personne. Suis-je influencée par la lecture de mes romans populaires, comme Mère a coutume de l'affirmer ? Ou bien suis-je une pécheresse, comme Père le suggère ? (Il ne m'en a jamais fait part, mais ses froncements de sourcils et son regard réprobateur me suffisent.)

J'éprouve par ailleurs un sentiment de danger latent. Un terrible danger de mort et de destruction. Peut-être cela a-t-il un rapport avec ces rêveries dont je me sens coupable, et auxquelles une jeune fille bien élevée ne devrait pas succomber, seule dans le noir. (Ou, comme je suis encline à le croire, la source de ces images proviendrait-elle d'une force totalement extérieure à ma personne ?) Existe-t-il un autre monde ? Je suis persuadée qu'il existe une force, distincte de toute expérience humaine. Une puissance indépendante et étrangère au Dieu que je prie. Quelque chose de plus sombre, en dehors de notre monde, de sépulcral et d'absolument inconnu. Oui, je sens sa présence qui rôde dans l'ombre.

Je mentirais si je n'avouais pas ressentir un certain frisson à l'approche de l'avenir et de l'inconnu, même si j'ignore quelle empreinte John Rimbauer laissera dans ma vie et quel est le sens de cette sombre et gigantesque force qui est en jeu.

John Rimbauer est associé dans une grande compagnie pétrolière, *Omicron Oil*, à Mr. Douglas Posey, un gentleman doux et affable. J'ai eu la chance de le fréquenter, lui et son épouse Phillis. Il paraît que le pétrole est un combustible très prometteur : il permettra d'éclairer les maisons, et peut-être même un jour de les chauffer. John soutient que les poêles à pétrole font fureur dans tous les foyers de la côte Est. On utilise aussi du gazole pour les automobiles. J'espère que John et moi nous pourrons, un jour, nous rendre en train à Détroit où il est en affaires avec les Rockefeller. Oh ! cette seule pensée me donne le vertige ! Dîner avec John D. en personne ! Moi, la fille d'un banquier de Seattle. Oui... j'ai le sentiment qu'un jour, j'aurai le monde à mes pieds et John est la clef de ce monde. J'ai la certitude que nous allons nous fiancer très prochainement. Est-ce moi qui ose dire cela avec une telle franchise ? Mais uniquement ici, cher Journal !

John a ordonné la construction d'une imposante demeure. Il n'en existe pas d'aussi grande dans cet État, voire dans le pays tout entier. Il me le répète souvent, comme si cela allait jouer un rôle significatif dans ma vie. À vrai dire, j'en suis aujourd'hui à peu près persuadée. (Je rougis à la simple écriture de ces mots !) Il m'a proposé de l'accompagner en automobile jusqu'au chantier et j'ai accepté. Cette semaine, nous irons ensemble là où va certainement être édifié le cadre de notre bonheur commun. (Nous sommes tous en quête du bonheur. Cette angoisse va-t-elle jouer un rôle aussi ? Il me faut désormais espérer, et prier pour que la lumière et l'amour que mon futur époux et moi allons partager triomphent de cette impression de menace latente.)

SEATTLE – LE 11 MAI 1907

D'une main tremblante, je transcris presque à contrecœur sur tes pages les horribles événements de ce jour. Plusieurs semaines ont passé depuis mes dernières confidences. Ce retard est dû aux affaires de John, à ma propre indisponibilité (le « rituel des roses », selon l'expression de Mère) et à l'apparente inaptitude de John à trouver le moment adéquat pour que nous puissions visiter le chantier ensemble. Une date avait finalement été fixée : aujourd'hui, oui, ce jour même ; et c'est le cœur battant la chamade que j'ai attendu la venue de mon bien-aimé sur le perron de la demeure familiale. Avec quel empressement !

À ma grande déception (et à la grande déception de Mère aussi, je le confesse), aucune demande en mariage n'a été faite. John n'a pas abordé non plus le sujet de la dot avec Père (à ce que m'en a confié Mère sous le sceau du secret). Mon Dieu que les semaines se sont écoulées avec lenteur ! Par deux fois, des amis de toute confiance m'ont affirmé avoir vu l'automobile de John, ou une semblable à la sienne, tard dans la nuit sur la grande route, entre les quais de chargement de la ville et la Colline où il réside actuellement. Je suis sûre que ces excursions trouvent facilement une explication dans le chargement de fûts de pétrole importés, tâche qui s'effectue à toute heure du jour et de la nuit. Bien entendu, une petite partie de la femme que je suis craint une autre vérité, car ce quartier a la réputation d'être un lieu de débauche. Qui est cet homme que je souhaite épouser et que je connais à peine ?

Mes prières reflètent mes craintes et je vis dans le péché, car en silence je demande aux puissances qui nous entourent de punir John Rimbauer en cas de transgression avérée. Et justement, la semaine dernière, alors que je faisais une de ces prières « noires » au chevet de mon lit, une terrible bourrasque – comme je n'en avais jamais vu auparavant – a pris forme. Ce n'est pas une branche, mais un arbre entier qui a traversé ma fenêtre. Au fur et à mesure qu'il se déracinait, des éclats de verre et une averse de débris se déversaient dans ma chambre. Étrangement, aucun autre arbre de notre jardin n'a été touché, et aucun voisin n'a remarqué une telle tempête. J'attribue ce phénomène à la force très convaincante de la prière, même si Mère – elle-même enfant de Dieu – trouve stupide ce genre de raisonnement. Cher Journal, laisse-moi te confier ceci : si cet arbre a le moindre rapport avec mes prières, sache qu'elles ne concernaient en rien le Christ. Ce soir-là, je n'ai prié ni Jésus, ni Dieu. Oh ! mon cœur défaille et je n'ose poursuivre. Non, c'est Lui que j'ai prié, l'autre Lui. L'autre face. En effet, si des transgressions ont été perpétrées, c'est que John Rimbauer Lui a déjà fait allégeance, en toute connaissance de cause ou non. C'est pourquoi je prie Sa puissance.

J'ai pris le temps de fermer la porte à double tour. (Je dors dans la chambre de ma sœur pendant la durée des réparations qui s'effectuent dans la mienne.) J'ai de plus en plus l'impression que quelqu'un lit par-dessus mon épaule quand je m'épanche sur tes chères pages. Est-ce John ? Ou bien Mère ? Je l'ignore. Mais cette idée si troublante nécessite que je prenne certaines précautions auxquelles je me consacre désormais. Je ne me contente pas de verrouiller le fermoir de ce journal que je range soigneusement dans un tiroir lui-même fermé ; je cache aussi les petites clefs sous ma robe. Je les porte à mon cou au bout d'une chaîne en argent qui me vient de mon arrière-grand-mère Gilchrist.

Quelques petites bizarreries et autres événements inexpliqués continuent à me rendre perplexe et me poussent à prendre toutes ces précautions. Hier soir par exemple, ma brosse à cheveux a changé de côté, toute seule, pendant que je me passais de l'eau sur le visage. Je jure que c'est la vérité ! Quand j'ai levé la tête, la brosse était à ma gauche alors que deux secondes auparavant, elle se trouvait à ma droite ! Certains meubles ont changé de place. Tiens, depuis hier, l'un des tiroirs de ma commode est coincé (celui où je range les lettres d'amour de John), et ne veut pas s'ouvrir, malgré les efforts de Pilchert, notre majordome. Aujourd'hui, Pilchert va devoir ôter l'arrière de la commode pour récupérer le contenu du tiroir. Pris un par un, aucun de ces petits événements n'aurait d'importance à mes yeux. Mais ensemble, faut-il les ignorer ? Je suis à la fois horrifiée et fascinée : il faut sans doute blâmer mes prières impies à l'autre Pouvoir, mais aussi ma curiosité et ma fascination innées pour le caractère surnaturel de ces événements apparemment sans liens. L'œuvre du Diable, qu'en dis-tu ?

Mais un instant ! Laisse-moi revenir sur les événements de la journée !

John Rimbauer est venu me chercher à dix heures ce matin au volant de sa *Olds* – une des rares automobiles de la ville. Malgré le vacarme du moteur, les cahots et quelques frayeurs, l'expérience était absolument grisante. John conduisait plutôt bien, je crois – mais qui suis-je pour juger ? Il a pris à l'ouest sur *Spring Street,* jusqu'au site de construction qui le préoccupe tant. Le voyage a duré une quinzaine de minutes ; le domaine se situe au sommet d'une colline qui domine la ville. Par deux fois, j'ai failli passer par-dessus bord (John m'a néanmoins certifié que j'étais en sécurité tout du long).

D'une beauté sauvage, John Rimbauer est aussi un homme pragmatique, ce qui explique peut-être son succès dans le pétrole. Extrêmement sûr de lui, il tend parfois à être vaniteux. Il garde son calme face à l'adversité, qu'elle soit incarnée par un équipage de quatre chevaux en travers de sa route ou un orage en pleine mer. En effet, grand voyageur, John s'est rendu en Asie, en Amérique latine et en Europe. Sa force me réconforte et me désarme à la fois, car mon bien-aimé est souvent un mélange imprévisible de tolérance et d'intolérance. Je n'ai jamais été confrontée à sa mauvaise humeur. Malheur à ceux qui le sont. Bien sûr, je souhaite ne jamais l'être et je ne tolérerai pas que nos enfants et moi-même subissions une telle férocité. (La seule pensée des enfants m'emplit d'une chaleur vive et passionnée, telle qu'elle est décrite dans les romans. Mère a peut-être raison !) Mais j'aimerais relater ici ce dont je me souviens d'un échange que nous avons eu en chemin.

« John, mon ami, supposez-vous que mon refus d'un chaperon ait offensé Mère ?

– Vous êtes une adulte de dix-neuf ans, El ! » J'aime ce surnom qu'il m'a choisi... « Votre mère était mariée avec deux enfants à votre âge. Je doute fort que vous puissiez la choquer un jour.

– Vous ne la connaissez pas comme je la connais.

– J'ai le double de votre âge ! Voilà qui, j'imagine, préoccupe vos parents. Quant à mes intentions... »

Son regard s'est posé sur moi, est descendu le long de ma robe jusqu'à ma faiblesse. Il n'ignore pas le pouvoir qu'il a sur ma personne et en use par jeu. Mais à cette occasion, qui n'était pas la première, il a agi plus par provocation et n'a fait aucun effort pour dissimuler ou cacher son désir. Cette fois-là ne m'a laissé aucun doute. Alors comment aurais-je dû réagir ? La nervosité m'a poussée à rire, sottement je présume. J'ai dû rougir car j'ai senti la chaleur me monter aux joues. Mais j'ai gardé la tête haute et les yeux rivés sur la route boueuse devant nous.

« Alors dites-moi quelles sont vos intentions ? ai-je demandé en réprimant un sourire.

– Vous séduire, bien entendu. Je vous ôterai votre innocence dans la fleur de l'âge et vous abandonnerai à un autre qui vous épousera.

– Père vous poursuivra avec une hache et une corde.

– Et vous ? Vous refuserez-vous à moi ?

– Oui, je ne céderai pas à un quelconque séducteur. Jusqu'à notre mariage.

– Fiançailles ou mariage ?

– John Rimbauer, nous nous sommes... amusés autrement. »

Le rouge a dû de nouveau me monter aux joues. Nous nous étions effleurés. Embrassés. Ses mains vigoureuses connaissaient la forme de ma poitrine (par-dessus le tissu !). Un soir lors d'une danse, il s'était serré contre moi et j'avais senti son excitation. Mais il lui restait à connaître la mienne. Les mises en garde maternelles, ses « Voilà comment une dame doit se comporter » tombaient à plat. Mère appartenait à une autre époque. Toutes les jeunes filles ne cachent pas qu'elles caressent leur fiancé et lui font plaisir à seule fin de réprimer ses désirs et de protéger leur propre virginité (qui est le rite nuptial le plus sacré). L'âge de John explique que je n'aie pas besoin d'en passer par là. Il est expérimenté. J'estime cette expérience qui, je crois, m'ouvre davantage de perspectives.

« De plus, a-t-il ajouté, j'ai bon espoir qu'ensemble, nous serons... », il cherchait ses mots, « ... grandement récompensés par le mariage.

– John, ai-je lâché, aussi étourdie qu'une pleurnicheuse de douze ans. Le mariage ?

– Patience, mon amie. Il ne faut jamais faire pression sur moi, ni contester mes décisions. Si vous vous en tenez à ces deux vertus, vous et moi ne nous disputerons jamais. Je suis seigneur et maître en ma demeure. J'ai travaillé dur et longtemps pour acquérir une petite fortune mais aussi le droit de revendiquer mon territoire, et ce territoire inclut d'avoir une opinion. Vous comprenez, très chère ?

– Oui, John.

– Aucune réserve ?

– Non, aucune.

– Sachez que le droit de vote ne me pose aucun problème et que je ne cherche pas de noises à celui qui lutte pour ses libertés individuelles. Il n'en a que plus de pouvoir. Mais je ne le tolérerai pas dans mon foyer, comprenez-vous ? Vous verrez, ma chère, je suis un compagnon très généreux et très aimant. Demandez donc à Posey ce qui arrive quand mes associés trompent ma confiance et reviennent sur nos accords. Ellen, je vous offre plus que le simple fait de partager ma vie. Seulement, la liberté ne sera pas nécessairement dans le contrat.

– John Rimbauer, êtes-vous en train de me demander en mariage ? »

Je crains fort de n'avoir eu que cette idée en tête, et donné ce seul sens à ses paroles. Et je me rends compte à présent, au moment où je retranscris mon souvenir des événements, au moment où ses mots me reviennent clairement en mémoire, que je n'avais pas compris leur réelle portée.

« Patience, ma chère, patience », m'a-t-il soufflé avec un sourire satisfait.

J'étais certaine de savoir ce que la journée me réservait. Vu la tournure des événements, je me suis grandement trompée. En effet, ni John ni moi n'aurions pu prévoir ce qui allait s'ensuivre.

Le domaine acquis par John pour y établir son manoir et en faire la preuve grandiose de sa réussite et de son succès est impressionnant, tout bonnement. Le terrain est couronné d'une grande forêt de cèdres et de pins ; les ouvriers ont rasé trois des seize hectares pour construire la maison – si on peut encore appeler maison une construction aussi immense. John m'en a montré les plans et je n'en ai pas cru mes yeux ! Bien qu'éloignée de la ville, la propriété se situe à l'extrémité de la boueuse *Spring Street*, d'où l'on voit la cité entière s'étaler à nos pieds. Quel spectacle ! À l'ouest se trouve une piste qui, paraît-il, relie le Canada et Mexico. Impossible alors de ne pas laisser mon imagination vagabonder... Une seule route pour parcourir tout le pays ! Incroyable ! Les forêts de séquoias. San Francisco. Los Angeles, où sont tournés tous les films aujourd'hui. Il y a à peine deux ans, un projectionniste itinérant est venu en ville, ce qui m'a permis de voir *Le Voyage dans la lune*, adapté d'un roman de Jules Verne – j'avais adoré le livre. Le film de quinze minutes, le plus long jamais réalisé à l'époque, a été projeté dans la banque de Père et nulle part ailleurs, puisque ce bâtiment possède le plus grand mur blanc de la ville. J'adore les films, j'aime les acteurs et les actrices et j'espère qu'ils feront partie de nos invités quand John et moi vivrons ensemble – mais je précipite un peu les choses !

On accède à la propriété par l'ouest. John a garé la *Olds* un peu loin du site, qui n'est actuellement qu'un énorme trou. Dieu merci, il avait auparavant ordonné aux ouvriers de disposer un chemin de planches en séquoia, assez large pour m'éviter de marcher dans la boue et le limon. Des chariots chargés de matériaux et tirés par des chevaux allaient et venaient au gré des ordres du contremaître, Mr. Williamson, une espèce de grand Irlandais revêche, aux joues rubicondes ornées d'une large moustache. Il n'appréciait pas la présence d'une femme sur le chantier, je peux te l'affirmer. (Il a fait plusieurs insinuations à mon arrivée, jusqu'à ce que John l'entraîne à l'écart par le bras et lui touche deux mots ; après quoi il m'a ignorée avec le plus grand mépris, malgré son extrême envie de faire savoir à la ronde son désaccord.) Je me demande maintenant si cette brève altercation avec mon bien-aimé – altercation due à ma présence là-bas – a quoi que ce soit à voir avec les événements que je vais bientôt te confier. Ô doux Seigneur ! Faites qu'il n'en soit rien ! Non, que je ne vive pas avec le poids d'une vie perdue sur la conscience...

Je m'interroge à présent sur ce que je t'ai confié le mois dernier. Le drame survenu à la propriété est-il le résultat de ce grand danger que je redoutais tant ? Est-ce la fin ou bien le commencement ? La manifestation d'une sombre force bien plus grande que ce que j'avais pu imaginer ? Fais-je partie de cette ombre ou non ? Me contrôle-t-elle ou est-elle contrôlée par mes prières ? Ma plume tremble entre mes doigts tandis que je cherche des réponses. Serais-je déjà possédée ? Oserais-je penser cela ? Oserais-je écrire ces mots puis les garder pour moi de peur de gâcher les tractations déjà en cours entre John et moi ? Mais j'anticipe encore. Laisse-moi, si tu veux bien, revenir à cette journée et à la tragédie qui s'est déroulée sous mes yeux.

Le trou caverneux et béant sur cette pente forestière, si éloignée de la chaleur de mon foyer, laisse présager une structure qui dépassera en perspective et en taille toute imagination. Je veux bien admettre n'avoir jamais visité de chantier de construction auparavant et cette lacune me fait peut-être écrire aux limites de l'ignorance. Mais je possède quelques notions d'architecture, vraiment ! Et j'entends bien m'immerger dans l'étude de cette science et dans celle de la construction afin d'apprécier à leur juste valeur les efforts entrepris pour nous. Quelle extravagance ! J'espère simplement que mes projets ne contrarieront pas l'ego et la vanité de mon futur époux, car je me retrouverais alors dans une position délicate pour bon nombre d'années. À mes yeux, la maison surpasse en taille l'immeuble universitaire construit sur la colline qui surplombe la ville au sud, et que les nouveaux venus confondent immanquablement avec un bâtiment de la législature. Je crois que la maison de John – notre maison – surpassera cet édifice dans de telles proportions qu'il en deviendra insignifiant. Notre manoir dominera la clairière à tel point qu'il sera visible à des kilomètres, oui, je dis bien des kilomètres ! Le point de repère des générations à venir. En vérité, les fondations sont une merveille d'excavation. J'ai observé les charrues délimiter et découper le sol épais et humide, suivies des ouvriers qui remplissaient à la pelle les bennes. Les chariots et les heures se succédaient tandis que l'énorme cavité demeurait quasiment intacte. L'ampleur de ce projet défie toute description. Je peux seulement affirmer que personne n'a jamais construit un tel édifice et n'en construira peut-être jamais.

L'événement qui s'est produit aujourd'hui, et sur lequel je souhaite m'attarder ici, a de lourdes conséquences. Personne, et certainement pas une femme comme moi, ne devrait endurer une telle épreuve. Mais commençons par notre arrivée.

Tandis que nous admirions la débauche d'activité – les ouvriers et leur pelle, les conducteurs et leur chariot, les contremaîtres et leur équipe qu'ils dirigent avec discipline et patience (car les manœuvres, pour la plupart nègres ou chinois, ont besoin de plus de surveillance), j'ai été frappée par l'organisation quasi militaire de ce chantier. Le ton tranchant de Mr. Williamson rendait l'analogie facile.

Cet homme solidement charpenté attirait vraiment l'attention. Il hurlait, gesticulait et semblait posséder un langage des mains que le moindre contremaître ou subalterne comprenait. Plein d'arrogance, sous le porche d'une grossière baraque, il invectivait les uns et les autres, remuait les bras comme un oiseau affolé, gérait les livraisons, l'évacuation de la terre boueuse et les efforts des équipes. La présence de John a peut-être contribué à mettre les nerfs de cet homme à vif et à le figer dans cet état d'agitation. N'ayant jamais rencontré ce Mr. Williamson auparavant, je ne puis me prononcer à ce propos. Cependant, cher Journal, je dois te confier que jamais au grand jamais, je n'aurais aimé travailler sous ses ordres. Il criait pour crier et sa voix bileuse résonnait à travers tout le chantier pour revenir en écho derrière nous, comme venant de Dieu. (Cette allusion à Dieu va bientôt prendre toute sa signification ! Mais j'anticipe !)

John et moi sommes parvenus au bord du gouffre et avons assisté à la pose de la première pierre de notre impressionnante maison. La voilà la raison qui différait notre venue ces dernières semaines ! John voulait absolument que nous soyons présents pour cette occasion très importante – et pas uniquement pour voir un simple trou que l'on creuse dans la terre. (Je dois admettre que la seule vue de cette cavité m'aurait certainement impressionnée.) Là, en dessous de nous, une bonne dizaine de Chinois allaient et venaient en courant (ils ne marchaient pas, ils couraient !). Ils apportaient des pierres soigneusement choisies à un tailleur qui les façonnait à l'aide d'un marteau et d'un burin, projetant une pluie d'éclats autour de lui. La pierre était ensuite apportée à un Écossais, je crois – difficile de déterminer son origine de l'endroit où nous étions – qui l'examinait, acquiesçait et la disposait sur une couche de mortier. Pierre après pierre, le premier mur de notre demeure, qui en comptera beaucoup, commençait à s'élever grâce au travail d'équipe des Écossais. (Il paraît que les fondations à elles seules nécessiteront sept mille pierres !) Ce spectacle me fascinait. Je me souviens que John a engagé la conversation plusieurs fois mais je l'ai à peine écouté. Quelle beauté ! Le manoir me semblait quasiment vivant, comme s'il grandissait tout seul, sans l'intervention des ouvriers. Les mots me manquent pour te décrire les frissons de joie qui m'enflammaient et me consumaient. Cette chaleur n'est pas sans ressembler à celle que je peux ressentir quand John m'effleure ou me murmure à l'oreille. Oserais-je t'avouer mon émotion ? L'agréable fluidité. Les Chinois en sueur, torse nu pour certains, les muscles bandés et luisants sous leur fardeau. Je ne pouvais détourner le regard de tant d'activité. Jusqu'au moment où la voix de Mr. Williamson s'est levée comme un vent mauvais. Il a proféré un tel chapelet de jurons que mon visage a dû ressembler à une cerise bien mûre.

Devant la baraque du contremaître était stationné un grand chariot appartenant à John et rempli à ras bord. Le chauffeur égalait Mr. Williamson par la taille et la verbosité. Nous étions à bonne distance, mais il était clair qu'il désapprouvait la qualité des marchandises délivrées. Je ne peux te dire exactement comment j'ai pu discerner ce qui suit tellement j'étais troublée, et même révulsée par un tel écart de langage. Voici à peu près l'échange :

« C'est pas ce que j'ai commandé, Corbin.

– Moi, c'est ce que j'ai reçu l'ordre de livrer.

– Tu aurais dû vérifier ton ****** de chargement.

– J'ai chargé cette ****** de cargaison, patron. J'avais pas à vérifier, je l'ai chargée.

– Regarde un peu la qualité. C'est du ****** de cheval. Ni plus ni moins. Et tu me dis que je dois payer ça avec l'argent de Mr. Rimbauer, en plus ? Tu vas devoir reconsidérer ta position, chef. »

(À mon humble avis, cette référence à John laisse à penser que notre présence en ces lieux aujourd'hui pourrait avoir influencé la réaction et la nature agressive de Mr. Williamson.)

« ******, pas question de reconsidérer ma position. C'est pas du ******, et je te prierais, patron, de surveiller ton langage.

– C'est du ******.

– Je te livre les marchandises qui ont été commandées. Elles sont là dans le chariot de Mr. Rimbauer. Et maintenant tu vas me signer ce reçu, demander à tes Chinetoques de décharger le chariot et me laisser foutre le camp de ce chantier puant et sordide. Jamais vu autant de Jaunes au même endroit... à part le long des chemins de fer peut-être. Et j'aime pas les chemins de fer !

– De tels propos vont te coûter ta place, chef. Plus jamais tu seras conducteur avec ce comportement et ce langage. Attends donc que...

– Tu vas me le décharger ce ****** de chariot ! Y'a une bière qui m'attend au Merchant Café et y'a que ça me dérange beaucoup de la faire attendre. Va falloir agir, patron. Tu décharges ce ****** de chariot ou tu te prépares à manger du ****** de cheval !

– Ça suffit ! Fous-moi le camp ! Fais demi-tour avec tes chevaux et ton chariot. C'est la dernière course que tu feras jamais. »

Je revois encore le conducteur, Mr. Corbin, fouiller sous une toile goudronnée à l'arrière du chariot de John, puis se tourner vers Mr. Williamson. De là où je me tenais, j'ai vu un petit nuage de fumée bleutée, puis entendu un grondement sourd qui m'a donné un coup à l'estomac. Un autre petit nuage, un autre grondement. La première détonation a pour ainsi dire soulevé Mr. Williamson. On aurait dit que quelqu'un avait attaché une corde à son pantalon et l'avait tiré en arrière à l'aide d'un cheval. Le second coup de feu l'a atteint au cou et au visage. Ce spectacle si sanglant et si horrible m'a immédiatement donné des nausées.

Allongé là, sous le porche, il était aussi immobile qu'une statue, couleur de rose, mort. Je n'avais jamais vu de mort auparavant. Je

ne connaissais pas les effets de cette vision, ce sentiment d'irrévocabilité. La prise de conscience que moi aussi, j'allais suivre Mr. Williamson. Au paradis, en enfer. Je ne possède pas le vocabulaire. Ces deux options ne m'aident pas. Je croyais au paradis et à l'enfer avant aujourd'hui. À présent, je ne suis pas convaincue qu'après la mort, on ait simplement le choix entre un monde noir et un autre blanc. Mr Williamson m'a convaincue qu'il existait aussi un monde gris. Je ne peux pas imaginer qu'un homme aussi odieux soit au paradis en ce moment même. Néanmoins, un homme abattu par un autre mérite-t-il l'enfer ? Et Mr. Corbin ? Où mérite-t-il d'aller à sa mort ?

T'ai-je dit où Mr. Corbin a été retrouvé ? Au Merchant Café, bien entendu. Il dégustait sa bière. Il paraît qu'il ne savait ni où il était ni ce qu'il avait fait. Il ne se souvenait de rien. Ils l'ont traité de fou. Litote de John : « Il n'a plus toute sa tête. » Nous sommes entourés de personnes qui n'ont plus toute leur tête et on ne les emprisonne pas pour autant. Il faut avoir complètement perdu la raison avant d'être enfermé, comme Mr. Corbin. On l'a envoyé en prison sans qu'il sache pourquoi.

J'ai déjà entendu le mot « possédé ». On l'utilise parfois pour expliquer le comportement de quelqu'un « qui n'a plus toute sa tête ». En tant que chrétienne, je n'ai jamais donné beaucoup de poids à une telle définition. On est possédé par quoi ? Je me le demande. Mais à présent, au fil de la plume, j'avoue que je comprends mieux le terme et je suis encline à l'accepter. Cet adjectif se rapporte au gris post mortem. Il qualifie les gens tragiques comme notre Mr. Corbin. Il n'est pas vide de sens, tel que le sous-entend « Il n'a plus toute sa tête ». Non il est rempli du... mauvais élément. Méchant. Diabolique. Repu de poisson avarié, l'estomac a déjà reçu l'information mais n'a pas encore donné l'ordre au cerveau d'éructer. Rempli de gris. Dans l'au-delà. Possédé.

Mr. Corbin était possédé. À cet égard, qui blâmer d'avoir perpétré cet acte brutal sur le pauvre Mr. Williamson ? Le possédé ou le possesseur ? Mr. Corbin était-il simplement un instrument du gris ?

Cela n'a plus d'importance. Il ne reviendra jamais parmi nous. Il sera pendu. Possédé ou non, il sera pendu. Et il mourra, les jambes ballant au gré du vent.

Notre manoir ne sera plus jamais le même, bien sûr. Le sang de Mr. Williamson a été répandu sur cette terre. Mêlé à la boue et au mortier, il fait partie de ce lieu. Il y aura un avant et un après. Le sang a été répandu. J'en ai été le témoin. Quelque part entre le paradis et l'enfer. Une couleur entre noir et blanc. La vue de Mr. Williamson allongé là m'incite à baptiser cet endroit. Il ne peut pas être mort à la propriété. Il est mort dans un endroit plus lyrique. Je vais en parler à John, car la maison lui appartient. Mais la couleur dont je me rappelle le plus distinctement est le rose. Entre rose et rouge, la couleur du sang éclairci par un voile de brume.

Sur le chemin du retour, John s'est garé sur le bas-côté, a fait le tour de sa *Olds* et est venu m'ouvrir la portière. Il était désolé de tout ce dont nous avions été témoins en ce jour, comme si nous avions simplement été retardés ou mal servis au restaurant. Je me souviens avoir été stupéfiée par son apparente indifférence au sort de Mr. Williamson. Il m'a priée de bien vouloir excuser cette « contrariété », alors que je ne lui en attribuais absolument pas la responsabilité. Il a mis le genou droit à terre et j'ai su où il voulait en venir avec, je dois l'admettre, autant d'exultation que de révulsion. John est un homme pragmatique. Mais ne te l'ai-je pas déjà dit ?

Il en avait décidé ainsi et ce n'était pas un petit meurtre qui allait faire avorter ses plans. Il m'a expliqué qu'il regrettait beaucoup les événements de la journée, mais que son cœur et sa passion ne permettaient pas qu'une minute, une seconde supplémentaire s'écoule sans qu'il ait exprimé ses intentions.

Il m'a demandée en mariage. Une demande entachée de rose. Entachée de gris. Je vais être sa femme. L'épouse de John. (Car je me suis empressée de dire oui !) Mais je dois t'avouer la vérité, il n'a vraiment choisi ni le jour ni l'heure pour faire sa demande. Je suis assez surprise qu'il n'ait pas différé sa question d'un jour ou deux, pas plus. Après tout, quelle différence cela aurait fait ?

Mais John Rimbauer voyait une différence. Je me demande s'il a fallu la mort d'un homme pour susciter en lui le désir de prolonger sa lignée, ou si l'un n'a aucun rapport avec l'autre. La mise en évidence de la fugacité de la vie a-t-elle précipité sa décision de se marier ? Je suis persuadée que nous allons discuter du décès de Mr. Williamson pendant des mois, voire des années. Quant à moi, cher Journal, je sais que la vie ne sera plus la même. Est-il possible d'en revenir ? Tant de questions demeurent sans réponse.

En l'occurrence, si John hésite à me faire partager ses pensées, que dois-je présager de notre mariage, de ce voyage que je m'apprête à effectuer ? Quelle distance ce bateau peut-il parcourir sans encombre si le capitaine et son second ne partagent pas ce qu'ils pensent ? Sommes-nous condamnés à chavirer ? Un phare nous attend-il à la prochaine pointe ? Capitaine, oh ! mon Capitaine. Ma poitrine se gonfle quand j'envisage mon mariage et toutes les nouvelles expériences que je vais vivre ; j'en frémis des pieds à la tête. John et ses secrets soigneusement gardés, son refus de me laisser pénétrer ses pensées me glacent le cœur. Il se montre tellement réticent. Vais-je un jour réussir à entrer dans son intimité ou suis-je condamnée à vivre dans l'isolement en dépit de notre union ? Je crains qu'il en soit ainsi. Je redoute une vie passée dans le mensonge. J'appréhende ce mariage autant qu'il m'enivre.

SEATTLE – LE 18 AOÛT 1907

En tant que future Mrs. John Rimbauer – et c'est la seule explication plausible – je suis invitée à me joindre aujourd'hui à un groupe prestigieux de vingt-trois femmes, mené par Mrs. Anna Herr Clise. Il est prévu de se mobiliser contre une crise des services médicaux qui frappe notre grande ville, à savoir le manque d'installations permettant de soigner les enfants affamés et infirmes. Au cours d'un déjeuner extravagant donné par Anna, nous avons d'un commun accord décidé de contribuer, pour vingt dollars chacune, à l'ouverture de l'Hôpital Orthopédique des Enfants. La presse nous a accordé une attention particulière, due à la fois à nos généreux dons personnels (Dieu merci, John m'a fourni les vingt dollars), et au fait que notre comité est constitué exclusivement de femmes, ce que les banquiers de la ville trouvent invraisemblable.

J'ai invité les vingt-deux autres cofondatrices à notre mariage en novembre et j'espère qu'elles seront toutes présentes. Je n'ose pas imaginer la douleur d'avoir un enfant infirme. J'espère que jamais je ne serai confrontée à une telle épreuve, et je prie même mon dieu des ténèbres à cet effet. John et moi prévoyons d'avoir une grande famille, et moi la première suis impatiente de la fonder. Je ressens tout de même une grande nervosité à l'approche de notre nuit de noces, car l'union charnelle de notre amour m'effraie quelque peu. (L'idée d'un homme à l'intérieur de moi m'écœure et m'excite à la fois.)

Je n'aurais pas mentionné ici la réception donnée par Anna, si je n'avais pas voulu exprimer une certaine anxiété que j'ai ressentie vis-à-vis de Mrs. Priscilla Schnubly, une vraie fouine aux traits tirés, maniérée et médisante. Oui, je l'ai invitée, elle et son mari, à notre mariage, par pur savoir-vivre, mais ma parole, comme cette femme m'a vexée ! Lorsque j'ai prononcé le nom de John, Priscilla Schnubly a ricané suffisamment fort pour que tout le monde l'entende. Elle a ensuite murmuré quelque chose à l'oreille de Tina

Coleman, dont le visage est devenu aussi rose que le sang versé par Mr. Williamson. Puis elle a refusé de s'entretenir avec moi de leur échange, qui s'était par ailleurs ébruité. Mais je sais, dans mon cœur de femme, que leurs confidences avaient un rapport avec John et les rumeurs sur ses prétendues activités nocturnes.

Oserais-je blâmer mon fiancé pour des actes qu'il aurait perpétrés avant notre hymen ? Un aussi beau parti aurait-il dû faire vœu de chasteté avant notre mariage officiel ? Je tourne et retourne ces questions dans ma tête, tout en ne sachant rien de la vérité première. Ne préférerais-je pas que mon futur époux ait semé sa gourme avant de me promettre le mariage plutôt qu'il brise cette promesse par la suite ? Suis-je personnellement humiliée dans les cercles mondains par ses actes, comme cette moqueuse de Priscilla Schnubly cherche à me le faire croire ? Suis-je la risée des femmes en vue de Seattle parce que mon mari pourrait être incapable à l'avenir de se comporter en époux dévoué ? Suis-je prête à faire des concessions en échange de la richesse et d'une vie privilégiée qu'il va assurément me garantir ? Toutes ces considérations m'étourdissent, me bouleversent, m'inquiètent.

John entretient-il simplement d'autres femmes ou, Dieu m'en préserve, abuse-t-il d'elles ? Était-ce là la raison de ces ricanements ? Et pourquoi des personnes comme Tina Coleman pensent-elles me protéger par leur silence ? Bien au contraire. J'ai donc invité Tina à venir prendre le thé cet après-midi. Nous verrons bien.

Tina se situe dans la catégorie des femmes superbes : grande, brune comme moi. D'ardents yeux bleus. Je suis moi-même impressionnée par sa beauté. Elle a épousé un chirurgien orthopédique reconnu dans la région, et est par conséquent un soutien parfait de notre nouvelle cause. Elle parle doucement, calmement ; ses mouvements de tête sont rares, comme si sa colonne était rigide.

Nous avons pris le thé dans le petit salon de Mère : *Earl Grey*, sandwiches au concombre et *scones* à la myrtille. Notre conversation est encore très présente à mon esprit :

« Quelle charmante demeure !

– J'ai toujours vécu en ces lieux. Quand je m'installerai avec John, je partirai pour la première fois de cette maison – si je ne compte pas les voyages en famille par-delà les océans et les six mois que j'ai passés à l'institution pour jeunes filles de Brookline, dans le Massachusetts, non loin de Boston.

– Je connais bien Boston, a-t-elle continué à minauder.

– Tina, nous avons été élevées dans la même ville et nos parents ont fréquenté les mêmes cercles ; nous aurions pu devenir des amies très proches. Pendant de nombreuses années, j'ai entendu parler de vous, de votre beauté, de vos belles manières, de votre conversation non dénuée d'intelligence... Je crois que nous avons toutes deux été courtisées par Mr. Jason Fine, cet homme si particulier, si insolent qui, à mon avis, aura toutes les difficultés du monde à se dénicher une épouse.

– Amen. »

Lorsque Tina Coleman sirotait son thé, son auriculaire se levait en l'air comme un drapeau.

J'ai dit quelque chose comme :

« Je refuserais de voir la vérité en face, si je ne prêtais pas garde aux rumeurs qui circulent sur la vie nocturne de John Rimbauer. Chère amie, vous n'avez pas besoin d'édulcorer cette vérité ; je vous demande de me la confier sans détour, telle que vous l'avez entendue. Dites-moi aussi si vous ajoutez foi à ces médisances.

– Elles vont vous contrarier.

– En effet. Quelle femme, surtout une future mariée, ne le serait pas ?

– Honnêtement, je ne sais pas comment vous faites front. Savez-vous que de nombreuses femmes, parmi les plus raffinées de la ville, vous tiennent en haute estime ? Elles admirent votre force face aux rumeurs que vous mentionnez aujourd'hui, et votre capacité à gagner le cœur de John Rimbauer. Certaines vous envient, Ellen, et vont vouloir se venger. Seul votre échec pourra les arrêter. Voilà qui explique en très grande partie ces rumeurs.

– Mais pas en totalité.

– John Rimbauer est un homme d'affaires respecté, au sommet de l'échelle sociale. Pour moi et bien d'autres, lui donner telle ou telle couleur, sans savoir qui il est au départ, est indigne et sans appel. Cet homme du monde est notre aîné de vingt ans. Que devons-nous attendre de lui ? Qu'il ait passé ces vingt dernières années dans un monastère ? Il est clair que non. À votre place, je ne me soucierais pas de son passé. Son avenir est avec vous, chère enfant, un avenir radieux, si je puis dire. Oui, très radieux.

– Mais de quoi êtes-vous au courant ?

– Ce ne sont que des mots. Mais ils peuvent détruire parfois, surtout lorsqu'ils sont aussi romanesques.

– Mais nous ignorons ce qui se raconte. Du moins, je l'ignore.

– Je suis mariée depuis trois ans. Et j'ai donné naissance à deux enfants durant ce laps de temps. L'un a survécu, l'autre non. Mon époux est un brillant chirurgien, un homme raffiné et un mari aimant. Il ne rentre pas forcément à l'heure et ses habits sentent parfois l'alcool. Jamais le parfum, Dieu merci, mais une femme ne peut s'empêcher d'imaginer le pire, n'est-ce pas ? J'aime mon mari, Ellen. Il est loin d'être parfait, tout comme moi. Tout comme John Rimbauer. J'en suis persuadée. Mais l'heure est au défi. Nous vivons dans une région très stimulante – certains s'y réfèrent encore comme à *La Frontière*[1]. Vous imaginez ? J'ai foi en

1. À la fin du XIXe siècle, aux États-Unis, la Frontière constituait la limite des terres colonisées. (*Toutes les notes sont du traducteur.*)

l'amour de mon époux, même s'il m'arrive de mettre en doute ses actes. Par contre, je le garde pour moi, je ne lui en parle pas. Le cœur d'une femme est bien plus accroché que celui d'un homme. Ce sont des êtres faibles, ma chère. Contrairement à ce qu'ils affichent, ils manquent énormément d'assurance. Ayez confiance en votre amour, mon enfant. Le reste suivra.

– Mais que savez-vous donc ? ai-je insisté.

– Vous m'écoutez ?

– Oui, et j'apprécie votre bon sens et vos conseils à leur juste valeur, mais je dois absolument savoir ce qui se dit derrière mon dos, derrière le dos de mon futur époux, avant de devenir la risée de tout Seattle.

– Certaines femmes peuvent voir le passé, d'autres l'avenir. Avez-vous déjà eu recours à un tel service, mon enfant ?

– Une séance de spiritisme ?

– Ou sous d'autres formes. »

J'en ai rougi d'excitation.

« Avez-vous déjà consulté de telles personnes ?

– Oh ! Oui, régulièrement. Sans que mon mari le sache nécessairement, vous comprenez. Dans un couple, l'homme et la femme peuvent jouer à ce jeu des secrets soigneusement gardés. Je compte sur vous pour ne pas trahir notre amitié en confiant notre petite conversation à John Rimbauer.

– Évidemment. »

J'étais prise de vertiges. Un médium ! J'avais lu des articles sur eux, mais je n'avais jamais rencontré quelqu'un qui avait réellement assisté à une séance.

« Et que peut m'apporter une telle expérience ?

– C'est remarquable, profond, transcendant. Vous n'avez jamais rien vécu de tel. Avant mon mariage, je m'étais préparée à cette union entre un époux et sa femme, et je dois vous confier aujourd'hui, mon amie, qu'une séance est de loin bien plus... excitante. »

Elle riait de toutes ses dents, dont la plupart étaient en or. Plus que moi, elle savourait sa petite plaisanterie qui impliquait que je sois bientôt déçue par cette union tant attendue, le point culminant de mon mariage. (J'avouerai sur tes seules pages ma sincère excitation à cette perspective.)

« Est-il vrai que les médiums parviennent à voir dans l'au-delà ?

– Je ne sais que penser, mais j'imagine, oui. À vrai dire, j'ai moi-même eu l'expérience d'un tel échange pendant une séance et je dois admettre que... »

Sa réserve était une telle provocation ! Elle me tourmentait avec sa réticence à tout me divulguer, son besoin de susciter ma curiosité. Ma tasse de thé serrée entre mes deux mains, je me suis surprise à me pencher en avant, comme suspendue à ses lèvres.

« Oui...

– À mon avis, il serait plus sage que vous vous fassiez une opinion par vous-même, ma chère. Mon expérience est... Comment dire... Enfin, je crois que chacun d'entre nous... Le contact avec l'autre monde peut très bien s'établir ou non. Pour moi, c'était... c'est... Quant à vous, je ne peux...

– Mais je sais très bien ce qu'il en est », lui ai-je affirmé, ce qui l'a clairement stupéfiée. « Mes prières ont été exaucées, vous savez !

– Oui, oui, vos prières... Il est impossible, ma chère, d'imaginer tout ce que les enfers peuvent contenir. Et il serait malséant et faux de ma part d'impliquer que seuls les anges et les prières entrent en jeu. Certaines révélations sont parfois des plus déplaisantes, et n'ont absolument rien à voir avec les prières traditionnelles. »

Elle a posé sa tasse sur sa soucoupe et a tendu le cou. Un vent froid plus qu'une voix est alors sorti de sa bouche. Elle était moins femme que présence. Les tentures derrière moi ont bougé, comme si la fenêtre était ouverte. Les lustres en cristal ont tinté.

Je jure que la température de la pièce a chuté d'une bonne dizaine de degrés. Je voyais son haleine.

« Beaucoup de morts vivent encore. Peu importe que vous me croyiez ou non. »

Ses longs doigts m'ont congédiée. Elle était pâle, presque grise.

« On ne doit pas essayer d'entrer en contact avec l'au-delà sans un certain... comment dire... investissement personnel. »

Son sourire était empreint d'ironie. Elle brûlait de parler. Ce froid soudain me faisait frissonner et j'aurais bien supporté un châle ou un plaid sur mes épaules.

« On ne s'en approche pas à la légère. »

Au moment où elle s'est adossée au fauteuil, les rideaux et le lustre se sont arrêtés de bouger. Ses joues ont repris des couleurs et la température du salon s'est rétablie. Profondément horrifiée, je suis restée bouche bée et je pense qu'elle a dû me prendre pour une idiote. Je te jure, cher Journal, que Tina Coleman s'est absentée de cette pièce une minute entière. Elle était vraiment quelqu'un, quelque chose d'autre. Et laisse-moi te dire ceci : je suis croyante, pourtant, ce qui s'est produit dans ce salon était étranger au monde que je connais. Il m'est par ailleurs impossible de déterminer l'endroit d'où cela venait. Voilà qui me fascine et m'intrigue à la fois. L'inconnu attise la curiosité de tout un chacun.

J'ai immédiatement voulu lui demander le nom de son médium, mais quelque chose m'en a empêchée. La peur ? La culpabilité ? Ou peut-être John, qui regardait par-dessus mon épaule et m'avertissait qu'il n'était pas question que la femme de John Rimbauer se trouve mêlée à des activités aussi immorales ?

Et je ne doute pas de la nature immorale de ce phénomène. Non, Dieu, qui et quoi qu'Il soit, n'était absolument pas présent dans cette pièce cet après-midi. Et je te mentirais si je n'admettais pas avoir ressenti une certaine fascination, voire une attirance, pour ce qui a pu s'emparer de mon amie pendant ces quelques brèves secondes. Cette puissance est plus grande qu'aucune autre à ma connaissance. Sa froideur m'a engourdie et néanmoins je ne saurais décrire la chaleur qui a pénétré le tréfonds de mon âme à ce moment-là. Voilà un ami que j'ai hâte de revoir. Une puissance que je désire plus que tout ressentir à nouveau. Entrevoir une présence aussi formidable est une chose. La goûter et la boire en est une autre. Mais lui appartenir – quel effet cela doit faire ? Devrai-je attendre longtemps avant de le découvrir ?

SEATTLE – LE 12 NOVEMBRE 1907

Je suis assise dans le dressing qui sert de salon à Mère, une pièce dans laquelle je doute que Père soit entré un jour. Je me regarde dans le miroir où je l'ai vue pendant des années brosser ses cheveux roux avant de se coucher. Perplexe, au bord de l'affolement, parfois prise de vertiges, parfois pensive ou sur le point de pleurer, j'ai revêtu ma robe de mariée – une tenue à la fois splendide et somptueuse tout en étant, je l'espère, seyante. Ma demoiselle d'honneur, cette chère Penelope Strait, a insisté pour descendre vérifier le parcours qui me mènera à la porte d'entrée et à l'équipage de deux hongres noirs prêt à me conduire à l'église telle une reine. Elle va s'arranger pour que l'on nous monte le thé. Grâce à ce court instant de solitude, c'est vers toi, cher Journal, que je souhaite à présent me tourner.

J'ai l'impression de ressembler à cette jeune fille qui puérilement effeuille des marguerites : *Je l'aime, un peu, beaucoup...* Pétale après pétale, mon pauvre cœur se décide à grand-peine à épouser John Rimbauer. Je ressens de la passion pour cet homme, mais aussi de la réserve tellement je suis troublée par les insinuations de mes amies. Leurs yeux semblent me mettre en garde chaque fois que le nom de John est prononcé. J'ai bien peur d'être sous peu mariée à un homme à femmes, et de devoir subir la pitié et le mépris de mes pairs. Cette seule pensée me donne le frisson. *Délivrez-moi du mal et ne me soumettez pas à la tentation.* Pourquoi est-ce si difficile de dépasser ces pensées ? Pourquoi est-ce que je pleure devant le miroir de Mère quand je sais que jamais plus je ne vivrai dans cette maison ?

Après la réception, John et moi devons rejoindre la suite présidentielle du Grand Hôtel où nous resterons une nuit avant notre embarquement sur l'*Ocean Star*, paquebot à destination des atolls du Pacifique. Il paraît que là-bas les femmes indigènes déambulent la poitrine nue, que les hommes portent des pagnes et que l'eau est aussi claire que les yeux d'un vieillard. On a fait grand cas en Europe de l'influence de ces îles sur les beaux-arts. C'est pourquoi John aimerait se rendre tout d'abord dans cette partie du monde où l'on n'utilise pas de pétrole. Il se pourrait d'ailleurs qu'il envisage de démarrer une petite affaire dans ces îles que l'on dit frustes, portées sur la débauche et la fornication. J'hésite à le croire. Mais si tout cela est vrai, quel genre d'endroit est-ce pour une femme ? Pourquoi John souhaiterait-il emmener sa jeune épouse dans un lieu pareil ? Ce voyage sera-t-il celui du mari et de sa femme ou celui d'un homme d'affaires et de sa jeune mariée ? Je garde toutes ces questions pour moi et je ne demande rien à John. En effet, cela l'agace au plus haut point quand je conteste ses décisions. Il le prend comme une critique, et non comme une pointe de curiosité de ma part. Alors les larmes ne cessent de couler sur tes pages, car je ne sais ce que l'avenir me réserve. La richesse ? Une position sociale ? Un homme à la beauté ténébreuse qui a attiré l'attention de plus d'un beau parti ? De vingt ans mon aîné cependant, lunatique et secret... Quand j'ai mentionné notre voyage à l'étranger, il m'a simplement dit ceci :

« Faites vos bagages en prévision d'un long voyage. De plus d'une année. Prévoyez le nécessaire pour un climat chaud et froid.

– Mais où allons-nous, très cher ?

– D'abord dans les îles, comme convenu. Aux Indes peut-être. En Birmanie ou au Tibet, si nous pouvons trouver un passage. Les Britanniques ont depuis longtemps installé de splendides voies ferrées dans cette partie du monde, cela signifie qu'ils auront bientôt besoin de carburant pour leurs locomotives. Laissez-moi vous dire, Ellen, *Omicron* est sur le point de devenir un fournisseur international. Nous avons une longueur d'avance en Extrême-Orient, parce que notre siège est ici à Seattle. Ensuite ? Nous irons en Perse. J'aimerais voir la Perse. Puis en Afrique, quand les mers soufflent le froid et les vents d'été réchauffent le continent. L'Afrique orientale bien sûr. La chasse y est excellente. Le Cap, avant de remonter la côte jusqu'en Espagne. Pour continuer, la France et l'Angleterre – à moins que la guerre nous en empêche. New York. Philadelphie. Puis nous reprendrons le train. Pour Chicago ? Denver ? Qui sait ? Le monde nous appartient, ma chère. Cinq étoiles. Les meilleures cabines, les plus belles diligences, les suites les plus raffinées dans les hôtels les plus somptueux, des wagons-lits rien que pour nous. Six mois ? Un an ? Nous serons absents assez longtemps pour que notre manoir soit achevé et que nous découvrions une splendeur à notre retour. Un endroit bien à nous. Une maison où élever les enfants que vous porterez, je l'espère, d'ici là. Une famille, Ellen. Vous imaginez ? »

Il disait cela avec une telle passion et un tel enthousiasme. Qui étais-je pour intervenir avec la voix de la raison et rompre la magie de cet instant ? Alors peu importe les insectes qui me venaient à l'esprit, les maladies dont est porteuse la moindre créature vivante dans de telles contrées, les païennes aux seins nus (il semble n'avoir choisi que des lieux primitifs). Peu importe que je préfère San Francisco, Paris et Londres. Un an à Paris, à Venise ou à Rome – voilà une vraie lune de miel ! De longues heures à se languir dans un lit sous un édredon en plumes, avec le room service à portée de sonnette, des bains moussants avec des savonnettes de Paris, et un mari pour me guider à travers les plaisirs du mariage. Lui choisit la chasse. Les indigènes. L'exploration. Les éléphants, les mines de diamants et les locomotives à vapeur.

Je n'ai rien dit la première fois qu'il a mentionné le voyage. Ni la seconde. Ni la troisième. Je me suis répété que j'avais tout le temps pour rectifier le cours des choses. Seulement, le voyage commence demain. Quai 47. Nous allons jusqu'à Victoria, changeons de bateau et embarquons pour les îles tahitiennes. Je suis remplie de cette hésitation à défier John, je renâcle à lui gâcher sa bonne humeur et à affronter sa colère. Il vit sur ces balançoires géantes ; comme un singe, il oscille d'avant en arrière, de haut en bas. Peut-être le grand Sigmund Freud, dont tout le monde parle (ses textes sur les théories sexuelles sont en cours de traduction, mais les Allemands, qui les ont lus, les trouvent aussi scandaleux que fascinants), saurait-il quantifier les humeurs de John ? Il est difficile pour moi de les déchiffrer et dangereux de les contrarier. Au sommet de sa forme, sa compagnie est passionnante et stimulante. Il est animé, courtois et divertissant. Dans le cas contraire, il se montre renfrogné, sinistre et broie du noir. Je le crains. J'anticipe parfois ses accès de colère, même si je n'ai pas encore vu – et espère ne jamais voir – cette partie de lui remonter à la surface. Je tremble à la seule pensée que John se montre un jour violent avec moi. C'est un homme corpulent, fort et impressionnant. J'ai peur qu'il m'écrase comme une mouche.

Je relis ces derniers paragraphes et je m'étonne d'avoir pu mettre noir sur blanc de telles pensées le jour même de mon mariage. Mère m'affirme qu'elle aussi a eu certaines craintes avant le sien (elle m'a par ailleurs confié d'autres choses : à quoi je dois m'attendre lors de ma nuit de noces, par exemple. Mais il vaut mieux que cela reste entre mère et fille). Selon Mère, il n'est pas rare qu'une femme s'interroge sur son engagement, et les hommes se posent à peu près les mêmes questions. Je dois admettre que John, Dieu bénisse son cœur, n'a jamais exprimé autre chose qu'une foi totale en notre union. En vérité, par la plus grande des ironies, il se trouve que je suis la seule à m'inquiéter. Mon fiancé semble absolument grisé par le mariage. Tout au long des préparatifs, il s'est comporté en saint (il a financé une bonne partie de la réception et de la cérémonie, geste que Père a beaucoup apprécié), et on aurait souvent dit un petit garçon tellement il jubilait à l'approche de la date. En ce moment, il m'attend à l'église. Je l'imagine là-bas, en queue-de-pie confectionnée par l'un des couturiers les plus raffinés de Londres, serrant dans son dos ses gants blancs comme un général attendant son armée (dans ce cas, on dirait plutôt son aimée, et non son « armée »... Mes jeux de mots agacent John, mais quelles libertés ai-je donc ?). Devant l'autel, un sourire vient de temps en temps éclairer son visage par ailleurs sérieux. Cet homme est un grand visionnaire. Je sais qu'il voit bien plus loin qu'aucun d'entre nous et je compte sur lui pour en tirer le meilleur parti. Oui, cher Journal, je te l'avoue : j'ai peur parfois qu'il me considère plus comme une jument poulinière qu'une épouse, que cet homme de quarante ans possédant une fortune considérable recherche plus un héritier qu'une compagne. J'ai peur... comment dire... qu'une femme de plaisir soit là pour le plaisir, et qu'une épouse soit là pour mettre au monde et élever les enfants. Il voudra un fils bien entendu. Il ne cessera de m'engrosser jusqu'à ce que j'en conçoive un. Je le lis dans ses yeux, je l'entends entre les lignes de son raisonnement. Aussi longtemps que l'amour subsiste – et il est présent, oui il est là ! – je ne me laisse pas arrêter par ses intentions. L'amour, le vrai, distribue le bien en abondance. En quelques petites minutes, je vais professer ce même amour devant Dieu, nos familles et tous nos amis. Et Seigneur, comme j'aime mon John Rimbauer ! J'avance avec courage. Avec foi, mais aussi une grande appréhension. J'y vais sans un doute, sans espérance. Que l'amour nous emporte où bon lui semble. Je suis prête. Je suis prête. Je suis prête.

À BORD DE L'*OCEAN STAR* – LE 13 NOVEMBRE 1907

Seigneur ! Par où commencer ? Le mariage ? La réception ? Oserais-je retranscrire ici mon souvenir de la nuit de noces ? (La douleur, le plaisir, l'exaucement de mes rêves, la peur, l'impression d'être consommée, comme si j'étais possédée par John ?) Une autre fois peut-être, bien qu'il vaille mieux parfois laisser certains événements s'épanouir dans le souvenir que se flétrir dans la réflexion.

Nous voilà donc à bord de l'*Ocean Star*, un luxueux paquebot à destination de Tahiti, dans une cabine présidentielle digne d'un roi et d'une reine (trois chambres et une salle de bains complète avec toilettes). Ce soir, nous dînons à la table du Capitaine (tenue de soirée exigée). Ainsi commence notre traversée du Pacifique. Si le reste du voyage ressemble à ces premières heures à bord, alors nous le passerons à consommer l'union de notre bonheur conjugal – nous l'avons déjà fait deux fois, alors que nous avons embarqué il y a quatre heures à peine ! John a rejoint le pont supérieur pour fumer un cigare, et récupérer des télégraphes concernant ses affaires et la construction de notre manoir. La complexité de ce projet continue de l'accaparer. À ma connaissance, le jour de notre mariage a été la seule occasion où il s'en est réellement éloigné, même si l'un de ses nombreux associés continuait à le tenir au courant de l'avancée des travaux. Il m'a informée qu'il souhaitait que la décoration de notre manoir soit un reflet de nos voyages, un souvenir de nos divers ports d'escale, et qu'il était de mon devoir de dépenser autant d'argent que possible à cet effet ! Il plaisantait bien sûr. Mais le scintillement de ses yeux m'indiquait aussi qu'il parlait sérieusement. C'est seulement maintenant que je commence à entrapercevoir notre opulence. De telles réflexions semblent appartenir à l'un des médiocres romans que j'aime lire, mais ne peuvent pas sortir de la bouche de mon sérieux mari. La maison à elle seule coûte littéralement une petite fortune. Tout comme ce voyage. Et pourtant, j'ai l'impression que cet argent est un simple jouet pour John. Tire-t-il ses fonds d'un puits sans fin ? Une telle éventualité est-elle plus que fantasque ? En tout cas, ce défi m'électrise. J'espère bien acquérir de nombreuses œuvres d'art, objets décoratifs, meubles, etc. Mon mari ne sera pas près d'oublier notre voyage. Entre parenthèses, John ignore que j'ai acheté les draps de notre lit de noces à l'hôtel, taches cramoisies et autres incluses. J'ai absolument besoin de garder un souvenir de cette nuit. Les draps sont dissimulés dans l'une de mes six malles, enveloppés dans du papier de soie et entourés d'un nœud rouge. Il y a quelque chose de tellement honteux dans ce geste, surtout celui de conserver mon sang virginal, que j'hésite à imaginer la colère de John s'il venait à les découvrir. Ainsi débute notre mariage : par des secrets. Nous nous raccrochons à des parcelles de nous-mêmes, chéries et non partagées. Est-ce mal ? Je me le demande. Une femme doit-elle se raccrocher à quelque chose face à un renoncement aussi immense ? Il monte sur moi et me possède d'une manière que jamais je n'aurais crue possible. Il est en moi. Il m'occupe. Plaisir et douleur. Et je me demande si je m'y habituerai un jour.

Teck des îles ; ivoire du continent noir. J'ai commencé à établir des listes dans ma tête. Heureusement, John a apporté un jeu complet de plans du manoir, ce qui me permet de prévoir l'emplacement de notre future collection. Désormais, nous serons deux à étudier de près ces plans nuit et jour. Enfin, ce projet va pouvoir nous accaparer ensemble. Je fais à présent partie de cette grande maison qui retient tellement mon cher mari. Je me sens dans ses murs. Il entre en moi. Il réside en moi. Je transpire et je me tords en sa présence. Mes murs vibrent. Mon esprit chancelle.

Il va et vient entre notre cabine et le pont supérieur où il ne m'a pas invitée à le rejoindre. Il franchit à peine la porte, sentant l'alcool et le cigare. Il m'enlève aussitôt mes sous-vêtements, mon corps tremble. Il soulève mes jupes et me pousse contre le mur opposé ; le son de l'océan et les grondements du bateau résonnent dans mon dos. Il me soulève et me met les jambes autour de sa taille. Je suis alors au comble de l'excitation, et je n'ai plus la moindre retenue sous le poids de son désir, sa pénétration. Mon rouge à lèvres bave, ma poitrine dénudée est l'objet de toute son attention. Je finis par perdre mon sang-froid et je crie dans la cabine : « Oh John ! Cher John ! » Mes doigts ratissent le dos de sa chemise de soirée. « Dieu du ciel ! Je n'ai jamais... Je n'ai jamais... » À ma grande surprise, ce honteux relâchement de ma part ne fait que l'émoustiller, l'enfiévrer, et ses assauts prennent une allure frénétique. Les coups répétés de mon postérieur nu contre le mur remontent le long de ma colonne et m'emplissent les oreilles comme des roulements de tambour. Il me cloue les bras au mur, son visage devient un cri cramoisi et je gémis lorsqu'il me relâche, tel un animal blessé, humilié, tremblant et pantelant après l'excitation.

Et il adore cela.

Puis il quitte la cabine, négligeant de me gratifier plus longtemps de sa compagnie. Moi je reste tranquillement assise sur une chaise, ébouriffée, en attendant son départ. Ses yeux étincellent, un large sourire dévoile ses dents blanches et il sort sans dire un mot. Je me consacre alors à ma toilette. L'air n'est plus souillé par l'alcool et le cigare, mais par nos odeurs combinées, oppressantes et un peu aigres. Je rafraîchis l'atmosphère avec du parfum et j'ouvre les portes du balcon. Le vent me fouette les cheveux, une satisfaction toute féminine me fait rougir, m'embarrasse et me grise tour à tour. Je suis une épouse. La transition est faite.

À BORD DE L'*OCEAN STAR* – LE 19 NOVEMBRE 1907

Je rédige cette brève note pour m'occuper. J'ai déchiré et jeté nombre de tes pages. Cher Journal, ces petites boules de papier blanc dans la corbeille vont m'aider à accepter ma position. Mon très cher John ne manque pas de m'exhiber à l'heure du dîner ou du déjeuner, ou lors d'une soirée offerte par un invité ou un autre. Cependant, le reste du temps passé à bord ressemble plus à une prison qu'à une lune de miel. En effet, il me consigne dans notre cabine où, je dois l'admettre, je suis prise de nausées en ce début d'hiver, tandis que nous naviguons au large.

Je l'ai supplié de me laisser monter sur le pont pour me soulager du mal de mer et respirer l'air frais. L'horizon lointain ferait des miracles sur mon estomac, mais mon époux me refuse fermement cette faveur, prétextant qu'il ne souhaite pas me voir « m'afficher » sur le pont. Il me désigne le balcon de la cabine et me suggère de l'utiliser à mes fins. Il a certainement peur que je vomisse ou que l'on voie ma pâleur. (« Un Rimbauer ne montre jamais ses faiblesses. »)

Il m'utilise comme une breloque, tout en affirmant que moins les gens me verront, plus grands seront le mystère que j'inspirerai et le pouvoir que j'aurai sur eux à la table du Capitaine, à l'heure du thé et des cocktails. Quand il me rend visite dans ma prison, c'est pour satisfaire son plaisir. Comme je n'ai aucune femme de confiance à qui parler, j'ignore si son attitude est normale ou non. Je dois tout de même admettre que ce voyage est absolument épuisant. Je dois passer la moitié de la journée à me faire déshabiller puis à me laver et à changer de garde-robe. Quel appétit !

En conclusion, je manque un peu de stabilité car il est le seul à me prêter attention, et celle-ci est clairement charnelle. Je me suis rendu compte ce matin seulement, d'après ses paroles, qu'il me tenait hors de vue des autres hommes à bord. Voilà qui est très stupide et puéril. John, jaloux ? Je te rapporte à quelques mots près notre conversation :

« Avez-vous remarqué Mr. Jamerson hier soir ? m'a-t-il demandé.

– Remarqué comment, mon ami ?

– Le verbe "remarquer" échapperait-il à votre compréhension, Ellen ? »

Il me parlait d'un ton sec, coercitif. Je sentais venir une dispute et pire, je la souhaitais. Pourquoi ? Je me le demande. Parce qu'il m'enferme dans cette cabine, captive, obligée à m'apprêter pour satisfaire sa prochaine envie ?

« Non. Mais si je prends votre question au pied de la lettre, oui j'ai effectivement remarqué Mr. Jamerson. D'ailleurs, il s'est empressé de s'asseoir à ma droite.

– Le Capitaine vous a placée à sa droite quatre soirs consécutifs. » Il s'est tu. Il se pavanait dans la cabine. « La place la plus honorifique sur un bateau, celle qui doit être occupée soir après soir par un invité différent.

– Je suis honorée.

– Vous êtes la femme la plus belle de ce navire, Ellen, puissance dix.

– Vous me flattez.

– Je vous mets en garde. Un bateau est un lieu solitaire.

– Qu'entendez-vous par là ?

– Vous n'avez pas besoin de réagir à leur humour aussi vigoureusement. Vos talents, ma chère... » Il a baissé le menton sur sa poitrine, pour indiquer la mienne bien sûr. « ... sont un régal pour l'œil quand vous riez ainsi. »

Mon visage s'est empourpré. J'étais en colère, et non pas embarrassée comme il a dû le croire. Sous-entend-il que je me comporte de façon délibérément vulgaire en telle compagnie ? Est-ce le genre de dispute que les époux ont ?

« Puis-je vous rappeler que c'est vous, mon cher mari, qui m'avez enjoint d'ôter mon châle à table ? Ma poitrine est ainsi, et moi aussi je pourrais vous rafraîchir la mémoire, comme si cela était nécessaire : j'ai remarqué que Miss Pauling, à la fois hôtesse du bateau et invitée, s'est adressée à vous sans cérémonie aucune et qu'elle possède, cher John, une poitrine beaucoup plus généreuse que la mienne. Oui, cette femme est d'humeur à afficher ses atouts d'une manière que je considère, pour parler franchement, très inappropriée et lascive. Par ailleurs, sachez que mes robes sont réalisées par les couturières les plus délicates de San Francisco, à partir de modèles créés par Monsieur Paul Poiret en personne. Tel était votre souhait. Vous avez commandé ces robes parce que vous en aviez entendu parler ou les aviez vues, que sais-je... lors de votre fameux voyage d'affaires en août dernier. Permettez-moi de prendre ombrage, car vous insinuez que je me suis comportée de manière proprement inconvenante. Monsieur, de ma naissance à aujourd'hui, j'ai toujours été une dame et je vous saurais gré de vous souvenir de ce fait avant de porter de telles accusations.

– Je voulais simplement vous signaler...

– ... Que si je ris, je fais étalage de ma poitrine. Mais j'en suis terriblement consciente. Mes seins ont même failli s'échapper de ma robe. Alors votre indignation va-t-elle fléchir en faveur de votre femme, et lui permettre de porter son châle quand elle le juge convenable, plutôt que de la forcer à se compromettre dans le plus grand des embarras ? À présent, laissez-moi tranquille ! Allez vaquer à toutes vos occupations sur cet horrible bateau. Mais John, si à votre retour vous sentez le parfum de Miss Pauling comme avant-hier... Eh oui ! Vous croyiez que je ne m'en étais pas aperçue ? Quel parfum nauséabond ! John Rimbauer, vous allez vivre un enfer ! »

J'avais perdu tout mon sang-froid et je criais à tue-tête. Après mon mari. À mon grand regret. Mais, cher Journal, ne crois pas que l'histoire se termine là. Car je te le jure, aussitôt que j'ai prononcé le mot « enfer », toutes les lampes à gaz de la cabine ont décliné et la porte de la chambre s'est ouverte en grand. Une bourrasque s'y est engouffrée, a soulevé ma chemise de nuit et m'a rabattu les cheveux en arrière. John, lui, n'a pas bougé d'un pouce. Son mouchoir ne s'est pas envolé. Les rideaux n'ont pas été chiffonnés. Au fur et à mesure que mon pouls se calmait, le vent faiblissait. John et moi sommes restés parfaitement immobiles et muets. L'air était vivifiant et sentait l'orage, doux et amer à la fois.

Abasourdi, au bord de l'apoplexie, mon mari n'a pas dit un mot. Il m'a fusillée du regard avant de tourner les talons, en partie parce qu'il n'y avait rien à ajouter, et en partie par peur, si je devine bien.

À ma connaissance, John Rimbauer est un homme absolument sûr de lui, voire stoïque.

Jusqu'à ce soir. Depuis, les rôles sont renversés.

J'ai dîné sans châle, uniquement pour le contrarier. Et j'ai ri à gorge déployée.

Par commodité et en raison de la nature répétitive d'un journal intime, l'éditeur a choisi d'en omettre certaines entrées. Le journal complet d'Ellen Rimbauer est archivé à la bibliothèque Winslow des lettres et mémoires, à Seattle. Il en existe une copie, accompagnée d'autres documents, dans la collection Joyce Reardon : « Activités paranormales observées, 1982-1999 », qui se trouve à la bibliothèque Wirmser, à l'université de Beaumont à Seattle.

Joyce Reardon

Je ne comprends pas pourquoi l'on n'a pas appelé toutes ces îles « Paradis ». Bien entendu, elles se ressemblent toutes, avec leur croûte de sable surgissant des profondeurs, leurs palmiers s'accrochant à des racines superficielles. Elles sont balayées par les vents, sous un ciel du bleu le plus éclatant que l'on puisse imaginer, et il n'y a pas eau plus claire sur toute la surface de la terre. Les femmes à la peau cannelle et à la poitrine nue, comme veut nous le faire croire le *National Geographic*, accueillent réellement les étrangers blancs avec des sourires rayonnants et, je le crains, les bras grand ouverts. Le soleil est harassant en cette saison qui correspond au printemps et à l'été, alors que chez nous, c'est l'automne et le début de l'hiver. Notre monde a littéralement la tête à l'envers.

Chaque soir, je verrouille soigneusement ton cadenas, cher Journal, avant de te mettre à l'abri dans la malle qui contient mes sous-vêtements et mes toilettes. Je suis sûre que mon mari ne violera jamais ce sanctuaire. J'ose à peine imaginer ce qu'il adviendrait de moi s'il mettait la main sur toi. C'est à nouveau le cœur battant à tout rompre et avec une certaine timidité que je me tourne vers toi, mon fidèle confesseur.

Tout a commencé il y a plus d'une semaine, pendant une fête tandis que l'*Ocean Star* traversait l'Équateur de nuit. Il y avait de la musique, des boissons à volonté ; le Capitaine a prononcé un discours, les passagers ont dansé, l'atmosphère à bord était festive. Malgré tous nos heurts, John et moi nous étions levés le matin comme si nous n'avions aucun souci au monde.

Nous avions pris le petit-déjeuner ensemble sur le balcon dans une atmosphère paisible et charmante. Je veux croire que John a adopté une attitude différente envers moi et ce petit-déjeuner en était le reflet. D'ailleurs, nous sommes ensuite allés nous promener sur le pont – activité ô combien sociale – où j'avais certainement brillé par mon absence. Nous avons déjeuné ensemble dans une salle plus petite où je n'étais jamais allée. Là, tous les serveurs semblaient assez bien connaître John puisqu'ils l'appelaient sans cesse « Mr. Rimbauer », au lieu de « Monsieur » et « Madame », comme il est d'usage avec des passagers moins connus. Nous avons pris le thé avec plusieurs nouveaux amis avant de nous retirer dans notre cabine pour nous « reposer ». C'est la nouvelle expression de John pour qualifier nos activités conjugales, ce qui est désespérément loin de la vérité. Le temps que nous passons ensemble est tout sauf reposant ! Nous nous sommes préparés pour le souper à la table du Capitaine et pour la célébration du passage de l'Équateur qui devait suivre.

C'est arrivé pendant cette fabuleuse fête ; la nuit chaude des tropiques jouait sur le bastingage de l'*Ocean Star*, le champagne pétillait dans ma tête, la délicieuse mousse au chocolat me chatouillait encore les papilles...

John, si je me souviens bien, dansait avec une matrone nommée Danforth ou Danvers – tous ces noms me donnent un mal fou ! – et m'avait laissée en compagnie de Mr. Dan... non, impossible !... qui s'est rapidement excusé pour gagner les toilettes. Je crois qu'il avait bu un cognac de trop.

« Des truffes, Madame ? »

Une voix chaude et suave s'est élevée par-dessus mon épaule, aussi bienvenue que ce vent tropical. Une voix de femme. Grave et apaisante.

Je me suis tournée, peut-être un peu trop vite vu notre proximité, et je me suis retrouvée nez à nez avec une négresse à la peau noisette et aux grands yeux en forme d'amande. Son visage était un ovale parfait, ses lèvres épaisses et voluptueuses. J'ai senti une certaine agitation en moi, comme on ne devrait jamais en ressentir pour une autre femme. Je me suis très certainement ridiculisée car j'ai dû bégayer, rougir devant cette serveuse, toute de noir vêtue, avec son tablier blanc impeccablement repassé et son col blanc boutonné à en suffoquer. Forte des hanches et des jambes, elle avait une taille de guêpe malgré ses formes généreuses. On lui avait donné des chaussures trop grandes, car elle faisait à peu près ma pointure. Quelle idiote de la dévisager ainsi !

« Madame ? m'a-t-elle à nouveau demandé.

– Oui, pourquoi pas », ai-je répondu, même si je n'avais aucune envie d'ingurgiter plus de nourriture. Je me suis néanmoins servie sur son plateau en argent et je l'ai priée de me tenir compagnie un moment de plus.

Il n'y a pas de mot pour décrire ce que j'ai ressenti, mais j'oblige ma plume à coucher ceci sur tes pages : je voulais l'embrasser. Toucher sa peau douce. Attention, je ne voulais ni qu'elle m'embrasse, Dieu m'en préserve, ni qu'elle me touche en aucune manière. Par contre moi, je voulais la déshabiller et admirer ce corps que Dieu lui a donné dans toute sa gloire, laisser courir mes mains sur sa peau et la sentir réagir à mon toucher féminin. Tellement horrifiée par une telle réaction, j'ai feint une migraine pour quitter de bonne heure la fête et je suis allée prier dans notre cabine. Je me suis agenouillée auprès de ce lit où mon mari et moi accomplissons des actes de plus en plus indécents, et j'ai prié pour être sauvée et ne plus me laisser aller là où mon esprit souhaite m'emmener. Le mariage apporte-t-il cela aux femmes : une curiosité accrue pour toutes les formes de plaisir ? Si seulement je pouvais dévoiler mon âme à quelqu'un ! Le prêtre du bateau par exemple, mais avec ses yeux chassieux et sa propension à boire... Je crains fort que durant cette année d'isolement, il me soit impossible de trouver une seule réponse qui me délivrerait de pensées aussi coupables. Par conséquent, j'ai quasiment passé ces trois dernières semaines cloîtrée dans notre cabine. Je suis actuellement recluse dans une suite de cinq pièces dans le seul hôtel décent qui existe à des milliers de kilomètres à la ronde. Des éclats de rire me parviennent du bar de l'hôtel, se répandent dans la rue, s'élèvent comme de l'air chaud vers les hauts plafonds de la chambre.

Comment te confier ceci ? Plus tôt ce matin, une femme de chambre est venue s'occuper de l'appartement et changer les draps souillés par nos ébats. (Je n'ose demander à John où il a appris tout ce qu'il « m'enseigne », comme il dit.) Elle avait tout au plus quinze ans. Menue, la peau claire, les yeux noirs, le dos musclé. Oui, je l'ai examinée sous toutes les coutures pendant qu'elle travaillait. Elle a vu que je l'observais et semblait en tirer un grand plaisir. Ses gloussements étaient provocants. Elle ne sait pas dans quel état cela me met ! Je n'arrivais pas à me débarrasser de mon torticolis, à cause des oreillers qui sont de simples nattes fermes et carrées, entourées de housses en coton. Je dors par intermittence, car l'appétit de John est insatiable (il boit beaucoup et rentre dans nos appartements au petit matin, très excité). Notre domestique a remarqué mon tourment et m'a fait signe de me tourner. J'ai sursauté quand ses petites mains chaudes se sont posées sur mon cou, ce qui l'a beaucoup amusée. Puis, pendant une bonne quinzaine de minutes, elle a pétri mes muscles noués et tendus, les malaxant jusqu'à ce qu'ils retrouvent un état de complète relaxation. On m'a dit que cette forme de massage d'origine asiatique, japonaise ou chinoise, s'est répandue le long des archipels au fil de siècles d'échanges commerciaux. Ses mains magiques m'ont beaucoup impressionnée et je lui ai donné un bon pourboire qu'elle a manifestement apprécié.

Mais écoute, cher Journal, ce n'est pas tout ! Dans sa langue inconnue, avec moult gestes des mains, cette jeune beauté m'a indiqué de m'allonger sur le lit. Elle est allée verrouiller la porte et m'a fait signe de me déshabiller. (C'était clair, je n'avais aucunement besoin d'interprète.) Ses mains m'indiquaient qu'elle allait continuer ce massage asiatique qui m'avait tant apaisé. Il ne faisait aucun doute qu'elle avait apprécié ma générosité et pensait visiblement augmenter sa gratification en agrandissant le canevas, si je peux me permettre une analogie avec l'art. Afin d'en réchapper du mieux possible, j'ai bien entendu refusé en la remerciant avec effusion, ce qu'elle a sûrement compris. Je suppose qu'elle voulait que j'enlève ma robe, uniquement ma robe, pour qu'elle puisse continuer à travers mes sous-vêtements. Mais étant donné le peu de vêtements que ces indigènes portent, mes pensées sont allées ailleurs. J'ai eu des visions d'effeuillage, de nudité devant cette jeune fille.

Même maintenant, après plusieurs heures, cette idée m'excite encore. Puis-je te confier ceci ? Être touchée par une autre femme, qui connaît tous nos maux, qui sait où masser, quand soulager la douleur infligée par les corsets, les chaussures... Rien de plus, comprends-tu ? Et pourtant, cela ressemble à un péché. Une femme avec une femme dont l'une ne porte aucun vêtement.

La jeune fille aux yeux brillants ne parvenait vraiment pas à admettre mon refus. Soit elle désirait recevoir un nouveau pourboire, soit ce geste lui était culturellement inconnu. Cette île et son peuple simple me sont tellement étrangers !

Mes désirs me troublent, c'est pourquoi je les relate ici. Cette confession m'aidera peut-être à m'en purger. Si seulement John me faisait plus participer à ses activités, me permettait de sortir plus souvent, mon esprit serait préoccupé par autre chose que les plaisirs charnels qui sont entrés dans ma vie ces dernières semaines. John continue à m'initier aux mystérieux secrets qui satisfont un homme. Mes journées tournent autour de la nourriture et du stupre. La lune de miel s'est transformée en lune de fiel. J'ai prié – le bien et le mal – pour être libérée de cette perversion intellectuelle, pour une indépendance accrue de mon époux, pour être libre de me promener sur le sable et visiter les marchés. J'ai prié pour qu'il modère sa consommation d'alcool et revienne plus tôt dans notre suite, c'est-à-dire avant trois, quatre heures du matin, comme cela lui arrive parfois, en sueur, sentant l'alcool et le cigare, et... comment dire... je n'en suis pas absolument certaine... d'autres femmes.

Il ronfle et moi je pleure. Il ronfle et moi je rêve de Seattle. Ma chère Mère, ses conseils et son bon sens me manquent. Oh ! que son éloignement fait souffrir mon cœur ! Je suis terrorisée à l'idée d'affronter un jour supplémentaire, tout en sachant qu'une année de voyage en compte beaucoup.

On parle d'une guerre en Europe. John pense que les besoins en pétrole vont croître de façon spectaculaire, en même temps que notre fortune. Mais à quoi sert toute la fortune du monde sans amour ? Et si John m'aime, il a des manières étranges de le montrer. L'amour est-il au cœur de nos moites étreintes ? Je l'ai cru, il y a plusieurs mois de cela, semble-t-il. Mais depuis notre venue ici, dans les îles, c'est la bestialité que mon époux emporte avec lui au lit, pas l'amour. Il me prend, il ne me fait pas l'amour. C'est une horrible union charnelle et je me donne à lui à contrecœur, sans aucun plaisir. J'ai peur d'une terrible souffrance si je me refuse à lui.

Je ne sais pas dans quoi je me suis engagée.

Tout ce que je veux, c'est en sortir.

KENYA, AFRIQUE – LE 19 AVRIL 1908

L'Afrique. Le continent noir. Un endroit masculin. Primitif et fascinant. Le berceau de l'humanité à ce qu'il paraît. L'Éden. Les hommes y ont la peau tellement noire qu'elle est bleue. Les animaux sauvages sont en si grand nombre que cela dépasse l'imagination. Oh ! Si seulement j'avais une caméra pour filmer tout cela !

John, moi et trois autres couples dont deux Britanniques et un de Cleveland (ironie du sort, lui et John sont en affaires avec les mêmes personnes là-bas) sommes escortés dans le *bush* par une trentaine d'indigènes, un guide australien nommé Charles Hammer, et un nègre chargé de porter les armes nommé Hipshoo – du moins, c'est ainsi que nous le prononçons. Sur les trente indigènes, il y a à peu près dix femmes dont deux, Sukeena et Marishpa, sont attachées à ma personne. Elles s'occupent de moi comme des courtisanes et se précipitent à mes côtés dès que j'ai besoin d'elles. Les yeux brillants et rieurs, elles ont grandement élevé mon esprit qui régressait ces dernières semaines. Passer Noël loin de la maison a été le plus éprouvant, bien que John se soit efforcé de m'expliquer que j'avais mon propre foyer désormais (ce qui n'a fait qu'empirer les choses).

Ce foyer, c'est bien sûr le manoir. Et les éléments d'informations que nous obtenons à l'autre bout du monde sont vraiment encourageants. Les murs sont érigés, le toit est quasiment en place. Il y aurait trente fenêtres rien que sur la façade principale. Leurs vitres ont été commandées. Je continue mes achats, qui ont commencé dans les îles du Pacifique avec de ravissantes sculptures en bois, des coraux et un immense poisson que John a fait empailler. Son espèce m'échappe, bien que John me l'ait indirectement dit une douzaine de fois, car il adore raconter l'histoire de sa capture à chaque dîner ou presque. Je pense qu'il a dû attraper environ deux cents poissons durant notre séjour. Et avec ce seul spécimen comme souvenir, son histoire s'allonge un peu plus (le poisson aussi !) à chaque occasion.

Grâce à John, je m'intéresse plus à la maison et il m'est à présent difficile de penser à autre chose. Prévoir sa décoration et son achèvement me dévore. Au royaume de Siam, j'ai acheté une centaine de mètres de soie beige d'un tissage exquis pour couvrir les murs. Plus une autre centaine de mètres d'un tissu identique, également pour les murs. (Nous ne sommes pas allés en Inde à cause des insurrections anticolonialistes.) John ne cesse de me répéter « Achetez, achetez ! » en insistant sur le gigantisme de notre future maison. À mon grand soulagement, elle semble nous avoir à nouveau rapprochés. Nous en parlons constamment, nous en consultons les plans, il m'invite à donner mon opinion. Je la vois réellement grandir lors de nos conversations (je sais que cela peut paraître étrange). Ces visions semblent être une connexion surnaturelle à la maison, elle-même traversant sans effort des milliers de kilomètres, comme une radiophonie de l'esprit. (La radiophonie n'a pas encore atteint Seattle, mais il en était question avant notre départ.) Je n'ai confié à personne l'existence de ces « visions » – John ne comprendrait pas – pourtant je « vois » réellement la maison grandir grâce au travail de la centaine d'hommes sur place.

Il faut absolument que tu saches l'événement incroyable qui est arrivé avant-hier. Nous examinions les plans avec John, et il me montrait la Salle du Petit-Déjeuner, une pièce bien étudiée, située à gauche de la Salle de Banquet et en contrebas de la Cuisine sur nos plans. À l'évidence, c'est un homme qui a décidé de son emplacement et cela me chagrine fort, car les fenêtres de cette salle à manger donnent à l'ouest, dans le jardin. Toutes les femmes savent que la lumière du soleil levant est un plaisir pour l'âme matinale. John dit que je pourrai prendre mon petit-déjeuner où bon me semblera, pourquoi pas au Petit Salon qui effectivement donne à l'est et au sud, mais aussi sur l'allée vraiment lugubre. Il me rappelle que nous aurons plus de trente domestiques, et qu'il me sera possible de prendre le petit-déjeuner au lit le restant de mes jours si tel était mon désir. Mais il n'entend bien sûr rien à l'esthétique d'un tel emplacement, ni au fait que l'on n'utilisera presque jamais la pièce pour cette raison. Mais peu importe. Nous poursuivions cette conversation passionnée quand tout à coup, John me montre une deuxième fenêtre sur les plans. Je lui dis que cette fenêtre n'existe plus, car l'architecte a découvert tout récemment qu'il avait besoin d'installer l'office plus au sud, afin de permettre un meilleur accès à la pièce froide et à la salle où l'on stocke la porcelaine – ces deux pièces étant situées au sous-sol, dont l'entrée est au nord de la cuisine. Il m'a affirmé qu'il n'était au courant de rien, et a même pris le temps de chercher parmi tous ses télégrammes. Mais je savais très clairement que ce changement avait été opéré. J'avais *vu* l'érection du mur, la mise en place des briques, les truelles et le mortier. Je savais alors que personne ne m'en avait jamais parlé. Alors, quand John a reçu un télégramme plus tard dans la soirée, il est venu me voir, quelque peu livide... Il me l'a tendu et m'a demandé :

« Expliquez-moi cela, Ellen.

– Une prémonition, rien de plus, mon aimé.

– Une prémonition ?

– Exactement.

– Concernant la maison ?

– Cette fois-ci, oui.

– Ce qui signifie que vous en avez eu d'autres ?

– Le monde s'ouvre à moi, mon cher, comme vous l'aviez prédit. Ce voyage se révèle être des plus... "éclairants". On pourrait même dire "instructifs".

– Et... qu'avez-vous "vu" d'autre, si je puis me permettre ?

– Vous feriez mieux de ne pas me le demander. Si j'étais vous...

– Moi ? Il s'agit de moi ? »

Il semblait nerveux, visiblement bouleversé.

« Et pourquoi pas ? ai-je poursuivi.

– Je ne crois pas à de telles balivernes.

– Alors vous n'avez rien à craindre, mon âme sœur.

– Ne m'appelez pas comme ça.

– Je vous vois en compagnie de femmes, ai-je répondu. Jeunes, à peine pubères. Je vous vois accomplir des actes innommables avec ces femmes noires qui nous entourent depuis que nous avons quitté l'Amérique. »

Je m'efforçais tant bien que mal de ne pas pleurer. La seule imbécile, c'était moi. Lui blêmissait à vue d'œil.

« Ridicule ! » a-t-il sèchement murmuré d'une voix rauque.

Il n'en croyait pas ses oreilles, je le crains. Étonnamment, il a quitté la pièce en toute quiétude, sans la moindre explosion de colère.

À ma grande surprise, il est revenu plus tard, sobre et exceptionnellement poli et prévenant. Ce soir-là, mon mari a été aussi doux que lors de notre nuit de noces. Il s'est consacré avec délices à mon propre plaisir comme jamais auparavant. Plus tard, je l'ai entendu pleurer pendant son sommeil. Un héritier, cher Journal, cet héritier capital. Je suis le réceptacle qui lui délivrera une authentique descendance. (Je pense que nous avons déjà laissé une kyrielle de bâtards derrière nous pendant ce voyage !) John a besoin de moi et de ma bonne volonté à partager sa couche, sinon son rêve de transmettre sa fortune ne verra jamais le jour. C'est ce besoin qui l'oblige à me traiter avec respect et dignité, peu importe la valeur de notre mariage. Je crois sincèrement que la peur de Dieu s'est emparée de lui par mes soins. Mais en vérité, c'est le Diable qu'il lui faut craindre, car qui d'autre m'aurait poussée à proférer un tel mensonge hier soir ? En effet, je n'ai jamais eu ces visions de lui avec d'autres femmes. Des soupçons, très certainement. Tandis que j'avançais ces images, je crois qu'il les a lui aussi brièvement vues, puis il a revécu son infidélité. Ces souvenirs, si frappants de clarté, lui ont peut-être offert l'occasion de croire que moi aussi, j'avais été témoin de ses dépravations. Dois-je estimer qu'il invente simplement ces choses qu'il me fait subir au lit ? Il les a apprises. Tous deux le savons bien et nous savons aussi que je ne suis pas son professeur.

Ainsi notre petit jeu continue. Celui des époux. Nous passons en revue les plans de notre manoir comme si de rien n'était. Moi je commence à communiquer avec Sukeena, dont j'apprécie de plus en plus la compagnie. Lui part en safari des jours entiers, et revient avec un impala mort sous le bras et le visage de la culpabilité. J'ai mes visions. Lui ses rêves. J'ai dans ma féminité le secret qui nous maintient en équilibre. Quand j'ai mes menstrues, il se noie dans l'alcool et la déprime, avant de revenir à la charge, parfois tendrement, parfois désespérément. Je suis la clef de son bonheur futur et par conséquent, il est la clef du mien. Je commence à apprendre les lois du mariage.

KENYA, AFRIQUE – LE 15 MAI 1908

Cela fait presque un mois que je n'ai pas poursuivi cette chronique personnelle – trois semaines et cinq jours pour être précise. Affaiblie, j'ai peur d'être incapable de tenir cette plume bien longtemps. Quand je n'étais pas frappée de délires, je plongeais dans une sorte de coma. J'ai contracté ce que nos compagnons de voyage récemment partis croient être la malaria. J'ai perdu pas moins de sept kilos – ma cage thoracique saille devant et derrière, un peu comme certaines indigènes que nous employons. La fièvre, accompagnée d'une perte totale d'appétit, de sueurs et de tremblements, m'a terrassée des jours entiers. La seule raison pour laquelle j'ai survécu réside en Sukeena et ses bons soins, ses thés et ses remèdes amers qu'elle m'a obligée à ingurgiter, mais aussi en mes sempiternelles prières. Pendant ces quatre semaines où je n'ai côtoyé que des indigènes, je n'ai pas franchi les limites de ma tente. Même John, pour éviter tout contact, restait dehors à l'autre bout de ma tente et me parlait à travers un petit triangle de lumière. C'est cette quarantaine qui m'a usée et m'a conduite à l'extrême frontière de la folie. Seules mes conversations rudimentaires avec Sukeena, une combinaison malhabile de mots et de gestes, m'ont maintenue reliée à ce monde. Dans mon délire, j'ai visité des endroits impensables qu'il m'arrivait de croire réels. Sukeena était toujours là pour me ramener. À trois reprises, je pense avoir été aux portes de la mort ; je flottais dans un lieu où je me sentais à la fois revigorée et craintive. Grâce à ce contact délicat avec ce que je crois être l'au-delà, je redoute moins ma propre fin ; quant à savoir si j'étais au paradis, en enfer ou au purgatoire... Je suis absolument certaine que Dieu m'a sauvé la vie et que le Diable a marchandé mon âme. Les dialogues exacts m'échappent (alors qu'ils étaient extrêmement clairs sur le moment), mais je suis persuadée que j'ai fait des promesses que je n'aurais pas dû faire.

Sukeena, qui a été pour moi tour à tour nurse, sorcière, sœur et amie, a toujours su la vérité. En effet, mes fièvres et mon infirmité ne résultent ni de l'eau ni des insectes de la jungle qui infestent cet endroit païen. Non, c'est mon mari qui m'a transmis cette maladie taboue que contractent les hommes et qui fait souffrir les femmes. Le remède est très déplaisant, même si, paraît-il, il est ou sera pire pour John, qui a sans doute déjà subi ou devra subir une série d'injections dans une partie du corps que je ne puis mentionner.

Cela explique donc les sudations de John il y a à peu près six semaines. Ce mal persistant l'a mis dans une humeur épouvantable et l'a empêché de marcher. Il m'a envoyée chercher certaines médications dont j'ignorais l'usage, jusqu'à ce que Sukeena m'en informe. Cependant, il semble s'être rétabli beaucoup plus rapidement que moi, car il est retourné chasser pendant ces trois dernières semaines que j'ai passées alitée sous ma tente. (Sukeena m'a aussi appris que l'inverse n'est pas rare : les femmes souffrent parfois moins que les hommes. Quelle malédiction s'est donc abattue sur moi ?)

Mari et femme n'ont pas évoqué ce sujet et ne l'évoqueront jamais. J'en mettrais ma main à couper. Combien de larmes de souffrance ai-je versées sur l'infidélité de mon mari, son incapacité à honorer le consentement mutuel de nos vœux conjugaux, son manque de respect envers moi ? J'ai tellement souffert pour satisfaire son plaisir qu'aujourd'hui je meurs d'envie de lui infliger une honte et une douleur semblables. L'héritier est en jeu, bien sûr. Si seulement je pouvais lui ôter le droit de continuer sa lignée ! Mais je ne puis sérieusement m'atteler à une telle tâche... la venue d'enfants serait tellement distrayante ! De plus, l'idée de me joindre physiquement à lui me répugne jusqu'à la nausée. Je vomis dès que de telles images me traversent l'esprit. Je l'expulse et je jure que notre union ne portera pas ses fruits. J'ai déjà fait l'erreur de lui pardonner (car je savais pertinemment de quoi il était capable !). Je ne serai plus dupe. Je l'obligerai à me supplier, à pleurer. S'il veut vraiment un héritier, il va payer financièrement et émotionnellement pour les épreuves qu'il m'a fait endurer. Ces semaines d'enfer que j'ai vécues, dans mes entrailles et dans ma tête, s'achèvent par la condamnation de mon mari et ma détermination à me venger. S'il aime l'argent, alors je vais le saigner. Son manoir ne sera jamais achevé. Peu importe le prix. Sa construction n'aura pas de fin. Ma frivolité et mon imagination s'attaqueront à la réduction de ses fonds par n'importe quelle dépense, aussi peu nécessaire et banale soit-elle. Il répugnera à m'arrêter et n'osera certainement pas, car mes cuisses se refermeront définitivement sur sa lignée, comme un piège.

La soif de revanche me pousse à boire la soupe que m'offre Sukeena, à accepter que l'on change ma chemise de nuit et mes draps trempés. Tout sauf succomber à la fièvre. Alors je tolère les douloureux et humiliants traitements que m'inflige Sukeena.

Je suis décidée à quitter cette tente, à faire face à mon mari lors des repas. Je le regarderai droit dans les yeux, et je lui montrerai ma détermination à réparer cette injustice. Et il saura. Il sera affaibli par le pouvoir que j'ai acquis en priant (le bien et le mal), et grâce à ma précieuse amie Sukeena. Elle est capable de guérir, d'entrer en contact avec l'au-delà. Ses poupées noires en bois dur. Ses psalmodies et ses infusions. Mon mari se rendra peu à peu compte que ma maladie et mes souffrances m'ont raffermi l'esprit et endurci le cœur. Il va regretter son infidélité, définitivement et pour l'éternité.

Et je triompherai, avec Sukeena à mes côtés. Elle va nous accompagner à Seattle. Elle sera la première des nombreuses concessions que mon époux va devoir me faire.

LE CAIRE, ÉGYPTE – LE 15 JUIN 1908

Je pense qu'il n'existe pas d'endroit aussi chaud au monde que Le Caire en juin. Nous avons descendu le Nil pendant des jours et des jours. (Il est vraiment étrange que le nord soit en aval !) John est d'une humeur massacrante. Pas étonnant : il n'a pas gagné mon affection depuis la fin avril où il m'a contaminée avec cette horrible malédiction. Et maintenant, en compagnie si restreinte sur cette petite embarcation à fond plat, il ne peut cueillir aucune jeune fille en fleur, mis à part celles des familles européennes qui occupent ce bateau. Seulement, ces demoiselles savent parler, lire et écrire : elles le dénonceraient à l'instant même où il soulèverait leurs jupes. Il rumine, boit, fanfaronne avec les autres passagers. Il a trouvé judicieux de nous laisser seules, Sukeena et moi, sauf lors des dîners à l'assommante table du Capitaine, où l'alcool est la langue officielle que tous, excepté moi, parlent couramment. Je l'écoute raconter ses histoires de chasse et s'émerveiller de sa capacité à se faire des amis ; je vois les femmes se pâmer devant lui et je me demande si autrefois je me comportais ainsi en sa compagnie. J'aimerais le détester, mais ce tracas s'estompe peu à peu. Délibérément ou non, il a pris le temps de me charmer, m'a aidée à choisir plusieurs magnifiques tapis persans (achetés à Louxor), et une grande quantité de vanneries – des paniers et des bourriches pour la plupart, soixante-quinze en tout. Ce que j'ai acquis de plus remarquable jusque-là est un service en albâtre sculpté à la main, un service entier pour quarante personnes (assiettes plates, creuses et à dessert en deux tailles). La cargaison, dont chaque élément sera soigneusement emballé, doit être livrée à Seattle au cours de l'année. John m'a assurée que si la moitié du chargement arrivait en bon état, ce serait une grande victoire. J'ai donc immédiatement commandé quatre-vingts couverts supplémentaires. La hausse de prix a fait grimacer mon époux, alors que ces pauvres paysans égyptiens font quasiment cadeau de leur poterie. J'aurais pu demander huit cents pièces sans lui soustraire une semaine de revenu. Il apparaît désormais que la construction du manoir sera l'instrument de ma vengeance. C'est la seule arme que je possède.

Je commence à détester les Européens et leur manière de traiter Sukeena. Parmi ceux qui admettent sa présence (et je suis désolée de dire qu'ils sont assez rares), la plupart lui manquent de respect et la considèrent comme une esclave. Un couple de Français a été gentil avec elle – la femme lui a offert des habits qui lui allaient (les miens lui sont trop petits) – et elle a accepté. Une Canadienne assez attentionnée et respectueuse saluait toujours Sukeena par son nom. Les autres étaient des brutes. J'étais ravie d'échapper quelques heures au *Sun Ra*, même si cela signifiait errer dans les rues du Caire.

Peu de villes au monde sont aussi peuplées que celle-ci. Des corps bruns par millions, tous vêtus de grandes robes en coton marron clair ou vert délicat parfois. On dirait des chemises de nuit, comme si tout le monde sortait du lit. Les hommes s'enroulent la tête d'une cotonnade blanche. Les femmes se voilent le visage et l'on n'entraperçoit que leurs yeux noirs rivés droit devant elles, aveugles et clairvoyantes à la fois. Des buffles d'eau tirent des charrettes à travers les rues, souillent les briques brûlées par le soleil et dégagent une puanteur accrue par la chaleur. Les gens se lavent à la rivière – rivière qui est le cœur du pays. Ils y lavent leurs enfants, leur vaisselle, leur chameau. On peut dire qu'ils vivent quasiment dans cette eau putride et fétide.

Mais laisse-moi te conter ce qui m'est arrivé ! Un rickshaw nous promenait, Sukeena et moi, à travers le marché principal de la ville, en plein cœur de l'humanité. Nous étions loin d'être les seules touristes, mais telle était notre impression. Nous avions acheté quelques babioles, une grande quantité d'étoffes colorées et d'autres pièces d'albâtre richement sculptées. Tous nos biens s'empilaient sur la bicyclette à trois roues, sans que notre chauffeur proteste un seul instant. Au bout d'une heure, nous sommes allées prendre le thé dans une petite échoppe où de jeunes garçons agitaient l'air avec de grands éventails. Le thé m'a aidée à transpirer, ce qui m'a rafraîchie. J'ai commis l'erreur de montrer ma bourse au moment de régler – une habitude contre laquelle John m'a mise en garde maintes fois et dont je ne parviens pas à me débarrasser. En tout cas, après avoir ouvert mon porte-monnaie (John a bien entendu raison), j'ai dû montrer à toute l'assistance la grande quantité de billets que je possédais. John avait justement changé quelques dollars dès notre arrivée et m'avait donné de quoi faire mes achats.

Je me rends compte à présent de la mise en scène, mais sur le moment, l'agitation devant le bâtiment nous a poussées, Sukeena et moi, à nous replier dans l'arrière-boutique dans l'espoir d'échapper à la mêlée. Soudain, deux hommes très malintentionnés se sont approchés, un couteau à la main. Leur message était clair : la bourse ou la vie. Je me suis presque évanouie sous la menace, car je n'ignorais pas que des hommes confrontés à une femme blanche ne s'attaqueraient pas uniquement à sa bourse.

J'étais disposée à leur donner tout mon argent, mais Sukeena m'a gentiment prise par le bras, a fait non de la tête et m'a obligée à m'agripper à mon porte-monnaie. Un des deux brigands a avancé d'un pas, pour nous défier je suppose, pour défier Sukeena certainement. Mais la brave femme gardait la tête haute. Sa peau si noire avait des reflets bleutés.

« Nubienne ! » l'appelaient-ils dans leur dialecte.

C'est alors que j'ai découvert une facette de Sukeena que j'ignorais. Elle a dévisagé cet homme ; impossible de qualifier ou de décrire ses yeux brillants de colère. Sans faillir, elle s'est avancée vers lui avec fluidité, à la manière d'une vague, d'un serpent. En même temps, un son guttural, discret et profond, palpitait dans sa gorge et sa poitrine. Il semblait nous entourer. À son approche, l'homme de plus en plus mal à l'aise a reculé d'un pas, premier signe de sa domination sur lui. Le son guttural s'est alors transformé en une langue qui m'était inconnue, malgré toutes nos escales sur le continent noir. De leur côté, cet homme et son acolyte ont apparemment compris le message primitif qu'elle transmettait, car lorsqu'elle a agité les mains, l'un des deux s'est figé sur place. Aussi immobile que du marbre. Le couteau plus décoratif que létal. Nos deux agresseurs se sont mis à trembler et je jurerais avoir senti la terre gronder sous mes pieds, tel un séisme localisé. Puis ils se sont repliés sur eux-mêmes et se sont tordus de douleur par terre, comme frappés de dérangement intestinal. Puis leurs gémissements sont devenus des hurlements de terreur.

Sukeena m'a attrapé la main, les a contournés et m'a menée le long de l'allée jusqu'à notre chauffeur. Derrière nous, les deux hommes grognaient encore lamentablement.

Sukeena n'a pas reparlé de l'incident et pour ma part, j'en suis ravie, car je ne saurais que dire. Depuis, pénétrer ces ruelles étrangères m'inquiète beaucoup moins. Je me sens défendue, protégée contre le côté sombre par mon amie africaine. Ses pouvoirs innommables m'intriguent d'autant plus. D'où viennent-ils ? Peut-on ou non les apprendre ? Peut-on les faire siens ? Je dois encore le découvrir. Mais avec Sukeena pour me les enseigner, je sens soudain que tout ce que mon cœur désire est possible. Tout.

CRÈTE, GRÈCE – LE 4 JUILLET 1908

John a beaucoup bu pour célébrer notre fête nationale. Il a commencé avant midi avec l'alcool translucide que les pêcheurs d'ici boivent d'un trait. Il paraît que c'est une variante de l'alcool de grain. Bien entendu, les Grecs ignorent que nous fêtons l'Indépendance américaine, et doivent être quelque peu déconcertés par John et ses manifestations de patriotisme.

Sukeena et moi avons visité une ruine, une vieille cité portuaire aujourd'hui reculée de cinq cents mètres dans les terres, et qui se balance au-dessus du niveau de la mer à cause d'une secousse sismique survenue il y a deux siècles. Nous avons vu une rangée de lavoirs, si bien conservés qu'il ne manquait que la bonde et du savon pour les faire à nouveau fonctionner. Voici la patrie de l'huile d'olive vierge, des calmars et des chèvres qui grimpent aux arbres (oui, j'en ai vue une !). Ce peuple calme de paysans pacifiques raffole des discussions au comptoir, devant un verre ou un café si fort et amer qu'il m'écœure.

C'est là, ce matin, dans une spectaculaire suite donnant sur les riches profondeurs bleues de la Méditerranée que ma volonté a fléchi devant John, pour la première fois depuis avril dernier. Au petit matin, il faisait extrêmement chaud, alors je me suis glissée hors du lit afin de profiter de la brise océane à la fenêtre, quand mon époux m'a prise dans ses bras par-derrière. Ses mains massives étaient sous ma chemise avant toute protestation de ma part. Je me suis agrippée de chaque côté de la porte-fenêtre et je me suis arc-boutée, puis penchée en avant pour l'inviter clairement à poursuivre ses ardeurs et ses intentions effrontées. Le bord de ma chemise me frôlait les cuisses ; j'étais sur la pointe des pieds, les genoux tremblants, le cœur palpitant. Mon Dieu, je dois avouer avoir ressenti du plaisir à cet instant. Notre désir mutuel était exacerbé par des mois de refus et par l'agressivité de John, si masculin, si vigoureux et en même temps tellement doux et attentionné. Je n'ai pu garder l'équilibre et suis donc lentement tombée à quatre pattes, alors que mon époux maintenait fiévreusement notre union et prolongeait ses ardeurs. Soudain, dans un vertigineux instant de sensations débridées, j'ai essayé de l'appeler ; est sorti de ma bouche un gémissement composé de syllabes indistinctes que John a clairement pris pour un signal. Nous nous sommes effondrés dans un cri étouffé de satisfaction, lui sur mon dos, moi plaquée sur le sol carrelé.

« Voilà une situation peu seyante pour une dame ! » ai-je murmuré.

Nous avons alors spontanément éclaté de rire.

« Notre petite chevauchée du matin », a-t-il ajouté, et nous avons ri derechef.

Lorsque nos corps se sont séparés, il m'a fait rouler sur le dos. Nous étions allongés là, ni à l'intérieur, ni à l'extérieur de la chambre, à moitié conscients, nous prélassant dans le soleil matinal et dans notre union. J'ai enroulé mes jambes autour de sa taille, j'ai serré et je lui ai demandé :

« Tout est derrière nous à présent ?

– Je l'espère.

– Plus jamais ?

– Plus jamais, m'a-t-il dit en me caressant la joue. J'étais un idiot, Ellen. » Puis les mots tant espérés : « Pardonnez-moi.

– Nous n'en reparlerons pas. Ni aujourd'hui. Ni demain. »

D'où cette capitulation provenait-elle, je l'ignore. Je voulais peut-être sauver ce mariage. Cette vie. J'avais peut-être tellement confiance dans les immenses pouvoirs de Sukeena que je considérais John plus comme un jeu qu'un obstacle. Moi le chat, lui la souris. J'avais ce que je voulais : la capacité de mettre au monde son héritier. Il avait ce à quoi je m'étais vite habituée : la position, le pouvoir et une immense fortune.

Nous étions allongés là quand cet homme de quarante-deux ans a eu une nouvelle ardeur, et j'ai à nouveau capitulé. Et pour la première fois depuis notre mariage, je l'ai guidé dans la chorégraphie de mes plaisirs. À chaque instruction, je voyais l'excitation de mon mari. Il répondait à chacune de mes caresses par un « Oui ! » vigoureux et guttural, et faisait exactement ce que je voulais. Laisse-moi te dire, cher Journal : je ne savais pas... je ne savais pas. Mais grâce à la précision de mes indications, au mouvement de mes cuisses et de mes mains, il m'a donné du plaisir. Il m'a offert de nouvelles sensations qui m'ont inquiétée (car je m'y abandonnais), et qui, à ma grande satisfaction, m'ont submergée (tous mes muscles contractés en même temps...). Mes jambes l'enserrant encore, j'ai cessé d'agiter ma chevelure moite et ma poitrine en feu.

« Brave petit Johnny, » ai-je dit à mon mari qui haletait comme un marathonien.

Je n'avais jamais osé utiliser ce surnom auparavant, et j'ai adopté cette attitude comme un test, et comme une condamnation.

Il a posé la tête sur mes seins et est brièvement devenu le petit garçon que je complimentais. Je ne saurais l'expliquer ici, mais à ce moment-là, le courant de notre relation mari-femme s'est inversé. J'ai gagné la force et le courage d'exprimer mes désirs charnels. J'ai gagné en supériorité sur mon mari, autrefois intransigeant. Je ne voulais pas revenir sur le passé, je voulais maîtriser l'avenir.

Tandis que nous nous habillions et prenions le café sur le balcon, j'ai senti une nouvelle agitation dans le bas-ventre, et ai failli à nouveau demander les faveurs de mon mari. Mais ce trouble n'avait rien à voir avec des pulsions sexuelles. Je l'ai tout d'abord mis sur le compte de cet horrible café. Quelques instants plus tard, mon excitation a été refoulée par mes découvertes matinales, et l'accomplissement d'une partie de mon rêve.

Sur le moment, j'ai accusé l'acte en lui-même (ou les actes, si je compte bien !). En effet, bien que je n'aie jamais vécu une telle expérience, je ne pouvais que spéculer sur la sensation qui jaillissait dans mon esprit (pas dans mon corps, mon esprit !). Oui, je sentais bel et bien la présence d'une autre vie. Une vie à l'intérieur de moi. J'étais enceinte.

Cela ne faisait aucun doute. J'en étais absolument persuadée. Les tout premiers instants d'un être humain grandissaient en moi.

Quand Sukeena m'a vue, mes doutes ont été confirmés. Dans nos appartements, elle m'a regardée droit dans les yeux et m'a décoché un grand sourire.

« Bien, m'a-t-elle annoncé dans son anglais créolisé, c'est début. »

Effectivement.

PARIS, FRANCE – LE 9 SEPTEMBRE 1908

Je suis maudite. Depuis nos fiançailles, le meurtre tragique sur le chantier du manoir, la folie d'Harry Corbin, tous ces événements aussi étranges que bizarres laissent présager une vie tellement différente de celle rêvée par la jeune fille que j'étais. J'aurais dû le savoir ! Tôt ce matin, j'ai perdu mon enfant. Il est sorti de moi et Sukeena m'a aidée à traverser cette difficile épreuve (elle affirme que toutes les femmes perdent leur enfant s'il n'est pas destiné à vivre sur cette terre, mais ce n'est pas une consolation.) Tout cela à cause d'un emploi du temps trop chargé dans cette ville chérie ! J'ai pourtant prié John de m'épargner un tel rythme ! Nous sommes sortis tous les soirs pendant une quinzaine de jours : opéra, repas d'affaires, dîners. Épuisée, je me sentais faiblir ; parfois je luttais pour rester éveillée, je mangeais des plats peu appétissants et bien trop riches à mon goût. Je portais des corsets trop serrés. J'avais averti John qui connaît si peu les femmes et leurs besoins. S'il voulait cet enfant, il ne devait pas exiger autant de moi. Et aujourd'hui cette perte nous fait souffrir le martyre.

Je n'ai jamais connu un tel désespoir. Hystérique, j'ai passé deux heures dans les bras de Sukeena à sangloter et à délirer. Mon bébé qui se tenait au chaud dans mon ventre est parti. Un docteur est venu m'examiner. Je dois rester alitée une semaine à dix jours. Comme si le supplice de cette fausse couche n'était pas suffisant, mon mari est désormais libre, pour la première fois depuis des mois, de parcourir seul cette ville à la recherche de sa fleur préférée. (Ne crois pas que je l'ignore !) Ce matin, dès l'instant où il a su, il s'est mis à boire abondamment. Je m'imagine très bien sa future conquête : blonde, la quinzaine, les yeux bleus. Tellement à l'opposé de moi. Mon mari va dépenser sans compter pour cette jeune fille toute mielleuse, cette douceur à laquelle il ne saura résister.

Cette pensée m'écœure. Sukeena croit que mes nausées ont un

rapport avec le deuil, mais je ne suis pas dupe. Je suis blême de colère et de ressentiment. Je broie à nouveau du noir et je consulte le côté sombre pour savoir comment punir John. Il ne m'écoute jamais, me donne des ordres, comme à l'un de ses contremaîtres ou à l'un de ses capitaines de vaisseaux. Je sais bien sûr que le pouvoir dont je peux me targuer est celui de lui transmettre un héritier. Sans moi, il n'aura que des bâtards. Je lui offre la légitimité. L'immortalité.

Les yeux de Sukeena sourient lorsque je lui explique ma vision des choses.

« Aussi longtemps Miss Ellen en colère, moi savoir elle vivre. »

Elle veut que j'aie une raison d'être, elle a peur que cette fausse couche me plonge dans une dépression (car je suis certaine qu'elle a déjà vécu cela à travers ses sœurs africaines). Alors je me concentre sur la manière de punir John, de lui interdire l'accès à ma féminité, de le priver d'un enfant. Qu'il arpente donc les rues et lève des filles. Il ne connaîtra jamais l'amour. Il n'aura jamais de famille.

Mon esprit fomente un complot contre cet homme, alors que je continue à l'adorer. Parfois, je me déteste quand je voue un amour aussi fervent à mon époux : est-ce dû à l'âge qui nous sépare ? À son succès et à sa force ? Je le chéris tout en le haïssant au plus haut point. Si je dois sombrer dans la folie, ce sera à cause de ces deux femmes qui vivent en moi : une qui aime et une qui veut haïr ; une qui prie Dieu afin qu'Il célèbre la vie, et une autre qui prie les Ténèbres afin de punir son mari. Comment puis-je les concilier dans le même corps, la même femme ? Je l'ai en horreur. Je l'aime. Je requiers son attention et je pleure parce qu'il ne me laisse pas en paix. Je veux l'indépendance, la séparation et j'ai hâte que nous vivions ensemble au manoir, en famille. Je souhaite le punir, je souhaite le servir. Qui suis-je, cher Journal, pour être aussi déconcertée ?

Sans doute vais-je passer les dix prochains jours à pleurer la disparition de mon enfant ? Je vais demander à ce que l'on m'offre à nouveau la bienveillante bénédiction de Dieu. Je vais fortement en vouloir à mon mari s'il profite de mon infirmité pour me tromper à la moindre occasion.

Je ne parviens pas à trouver la paix. Je n'ai ni faim, ni sommeil. Mon corps se purge. Sukeena me soigne comme une sœur. Je commence à croire qu'il y a une raison cachée derrière cette épreuve que Dieu m'a envoyée. Pourquoi m'aurait-Il imposé une telle perte, tant de souffrance, d'angoisse et de douleur ? L'heure n'est peut-être pas encore venue pour John d'avoir un héritier. D'autres épreuves nous attendent-elles ? Ou bien suis-je défectueuse quelque part, incapable de mettre un enfant au monde, alors que toute autre femme accouche naturellement ?

Comment vais-je désormais trouver la paix intérieure ? Comment vais-je recouvrer mon âme ? Car je crains qu'elle se soit envolée avec cet enfant mort-né, ce petit héritier qui a fui son père avant même d'avoir pénétré ce monde. Au fur et à mesure que je relis ce qui précède, je réalise que la réponse à ces questions est elle-même une dichotomie : la maternité. Ce que je cherche à lui ôter est la solution à mon chagrin et mes angoisses. Je suis tellement désorientée. Fatiguée. Je dois me reposer. Je dois fermer les yeux, même si le sommeil ne veut pas venir. Sukeena va fredonner à mon chevet ses mélodies et ses rythmes tribaux. Je vais me laisser envoûter par cette enchanteresse qui m'aime et prend soin de moi comme de sa sœur. Où serais-je sans ma précieuse Sukeena ? Nous sommes liées à présent, toutes les deux. Pour l'éternité.

SEATTLE, WASHINGTON – LE 9 DÉCEMBRE 1908

Après plus d'un an d'absence, John et moi sommes arrivés à Seattle aujourd'hui en train. Mère et mon ancienne gouvernante (qui est à présent la secrétaire de Mère) nous attendaient à la gare et je me suis jetée dans les bras maternels comme une écolière qui revient de colonie de vacances. Je lui ai envoyé au moins une lettre par semaine, ainsi Mère est-elle au courant de ma grossesse et de ma fausse couche. Elle a accueilli Sukeena non comme une fille de cuisine noire, comme je l'avais craint, mais en tant que membre de la famille en l'embrassant le plus chaleureusement du monde. Cela, plus que tout, signifie tellement pour moi.

Mère a emmené Sukeena chez elle. Nous allons être séparées un certain temps, jusqu'à ce que John et moi emménagions dans le manoir. Cet événement doit avoir lieu dans quelques jours, voire quelques semaines, à cause des fêtes. Oh ! comme c'est formidable de voir cette ville que j'aime tant. Ses routes boueuses... Son ciel gris et pluvieux... Sa luxuriante verdure est un ravissement pour mes yeux, car des jours durant, par les fenêtres du train, j'ai vu défiler les champs de blé du Kansas et du Colorado, puis les mornes lacs de l'Idaho et du Washington oriental. Seattle nous inflige certes des pluies incessantes, mais sa végétation généreuse est aussi notre récompense.

John et moi nous sommes rendus dans ses appartements. Sukeena m'a rejointe plus tard dans la journée pour que nous nous attelions à la difficile tâche qui consiste à défaire mes douze malles. En plus de cette charge, il faudra faire l'inventaire des biens expédiés par bateau au cours de l'année. Les caisses ont été empilées dans un entrepôt en ville. Certaines doivent être ouvertes, d'autres attendront notre emménagement au manoir, mais il faut auparavant toutes les compter et les répertorier. Déballer ces trésors va nous occuper pendant des semaines Sukeena et moi, car j'ai dénombré pas moins de quatre-vingt-quinze cargaisons. Tapis, fourrures, urnes, vases, lampes, les trophées de chasse de John en Afrique... la liste est quasiment infinie. On se croirait à Noël. Je n'ai jamais été aussi enthousiaste. Je suis comme une petite fille sous le sapin.

Le long voyage en train m'a donné l'occasion de repousser tant et plus les avances de John. Quel plaisir jubilatoire ! Notre confinement signifiait pour lui l'impossibilité de descendre dans les rues. Jour après jour, il est devenu à la fois plus frustré et plus obséquieux. À ma demande, il répondait à chacun de mes besoins, appelait les employés des wagons-lits pour qu'ils nous apportent le dîner, agissait en valet de chambre. Quelle sensation ! Je ne saurais l'expliquer ici, mais c'est la première fois que je ressens cela depuis la perte de mon enfant. Il flétrissait au moindre regard. Il frémissait le soir lorsque nous nous couchions et que je me blottissais contre lui uniquement pour lui ôter la récompense ultime. Je céderai bien sûr. Il est tout aussi difficile pour moi de me soustraire à son plaisir (mais jamais je ne le montrerai !). Et comme nous sommes revenus là où il peut trouver de telles satisfactions sans moi, il est temps que je cède afin d'endiguer ce trop-plein. Je me prépare à cette éventualité.

John et moi avons passé la majeure partie du voyage à rédiger la liste des invités que nous convierons à l'inauguration du manoir. Nous avons prévu de donner une réception le quinze janvier, tout en nous laissant plusieurs semaines de battement en cas de grève perlée pendant les vacances. (John va se consacrer entièrement à la maison quand il ne sera pas à ses affaires. Il est déjà en réunion avec Douglas Posey, son associé, afin de discuter des événements survenus la semaine dernière quand nous étions isolés dans le train.) À New York où nous sommes arrivés en paquebot, un paquet de photographies nous attendait au Ritz. Oh ! Quelle magnificence ! La façade est en brique, la maison est protégée par une grille en fer forgé, cernée de deux piliers en pierre, et surplombée par les

armoiries des Rimbauer. L'allée abrite un îlot de verdure où trône une des statues que nous avons achetées en Italie. La façade comporte une trentaine de fenêtres, et une demi-douzaine de cheminées s'élèvent de la myriade de toits. Les photos prises à l'intérieur, celles du Grand Escalier et du Hall d'Entrée sont à couper le souffle. Quand je pense que ce magnifique endroit m'appartient ! J'ai peine à l'imaginer ! (Je m'en rendrai assez vite compte !) Dans le Petit Salon, j'ai vu que l'armure (d'Angleterre), l'ours brun (abattu par John dans les Alpes suisses), et les grandes orgues (de Bavière) ont déjà été installés. Quelle vue impressionnante ! Tous ces souvenirs et ces trésors amassés lors de notre année à l'étranger... J'ai vraiment hâte de prendre le thé dans mon Petit Salon !

La réception, qui célébrera notre retour au pays et la consécration de notre maison, sera somptueuse. Il y aura peut-être trois cents invités en tout, hommes politiques locaux, professionnels du music-hall, amis et hommes d'affaires. Mère a supervisé une grande partie des préparatifs avant notre retour. John a fait expédier une cinquantaine de caisses de champagne français, et plusieurs centaines de caisses de vin ; une partie sera bue lors de la fête et l'autre sera stockée dans notre Cave à Vins (John souhaite se glorifier de posséder la plus grande Cave à Vins privée de la côte Ouest). Du poisson sera livré sur les docks le jour J. Du bœuf viendra par bateau de Chicago et de Kansas City, du porc du Nebraska. Du chocolat de Suisse. Du thé d'Angleterre. Des cigares de Cuba. John n'a rien laissé au hasard. Personne à Seattle n'oubliera jamais cette fête.

Et si les choses se font à ma façon – ce qui arrivera certainement – nous donnerons cette réception tous les ans. Elle ridiculisera la plus somptueuse fête du Nouvel An. La Réception des Rimbauer. On en parlera dans les carnets mondains pendant des années. La plus grande réception dans la plus grande des maisons.

Je me sens à nouveau dans la course. Je suis ravie que notre long voyage soit terminé.

Un autre commence à peine.

Pendant les deux longues semaines où les ouvriers apposaient la touche finale, John a refusé que je me rende à notre manoir. Nous devons officiellement emménager le quinze janvier, le jour de la fête célébrant notre retour (John a prévu que tout le personnel nous salue le jour de notre *arrivée*). Après de nombreuses requêtes de ma part pour visiter notre nouvelle maison afin d'orchestrer la livraison de nos affaires personnelles bien avant notre arrivée officielle, John m'a conduite en Cadillac à travers *Main Street* cet après-midi. Je ne me souviens que trop bien de notre première promenade, il y a de nombreux mois.

La ville est encore paralysée par différents travaux de remembrement, ce qui explique certains spectacles plutôt incongrus. Quelques familles ont décidé d'intenter un procès à la municipalité qui, d'un côté, a abaissé certaines rues (de vingt et un mètres parfois), et a rempli divers ravins de l'autre. Tout passage est quasiment devenu impossible. Ces travaux qui durent depuis maintenant presque dix ans ont donné lieu à une amère bataille. On n'a pas exigé que ces familles qui poursuivent la ville en justice abaissent leur maison. Par conséquent, sur certains terrains, les bâtiments se retrouvent isolés sur des « pinacles » de douze à quinze mètres de haut, des tours en terre qui s'élèvent au-dessus du niveau de la rue (boueuse qui plus est). Comme il est impossible d'accéder aux maisons, les familles n'ont plus de logement. Évidemment, elles devront capituler à un moment ou à un autre, mais pour l'instant, le spectacle vaut le coup d'œil ! On dirait que neuf bâtiments sur dix du quartier est de la ville reposent sur un échafaudage et qu'entremêlés, ces *pinacles* de cinq étages s'élèvent dans le ciel gris et maussade.

Notre arrivée aux portes du Manoir Rimbauer (ni plus ni moins) m'a coupé le souffle. Ni tous ces mois passés à examiner les plans, déplacer les murs, changer les fenêtres, ni toutes les photos déposées à New York ne m'avaient préparée à vivre un tel instant ! Notre maison est spectaculaire ! D'une telle arrogance ! Magnifique !

La façade en pierre et en brique s'étend sur une centaine de mètres, du nord au sud, et offre à la vue une masse impressionnante de brique, de toits, de verre et de cheminées. Si John cherchait à impressionner son monde, il a réussi. Je pourrais continuer indéfiniment à décrire le manoir – ce que je ferai quand je serai moins lasse – mais pour l'instant, j'aimerais simplement dépeindre une ou deux pièces que la femme de cet homme-là ne cessera jamais de trouver importantes.

La salle à manger, qui s'appellera la Salle de Banquet, est magnifique avec, en son centre, sa table en noyer aux reflets discrets. J'estime que cette table peut accueillir environ soixante-dix voire quatre-vingts convives. Des deux côtés de la pièce, les vitrines encastrées abriteront bientôt notre vaste collection de vaisselle en porcelaine. J'imagine déjà sur le mur nord la collection de théières ayant appartenu à la famille de John et qui représente plus de soixante pays. De délicats tableaux de maîtres européens – surtout des paysages – orneront les murs. Nous en avons acquis plusieurs lors de notre lune de miel, si bien que nos invités pourront s'asseoir et rêver devant ces lieux lointains, pendant que des bûches de deux mètres embraseront la cheminée. Je suis tellement impatiente de donner cette fête ! Je veux un maximum d'invités autour de cette table et dans toute la maison – quel événement ce sera !

Mes appartements et ceux de John occupent le premier étage de toute l'aile ouest ; l'un et l'autre nous disposons de six ou sept pièces particulières si l'on inclut les petits salons, les dressings, nos bureaux et bibliothèques. Ma chambre, « la Chambre de Milady », est un rêve éveillé ! Elle possède un grand *bow-window* qui donne sur la cour et le Solarium près de la cuisine, où le jardin botanique est en cours de plantation. On a accroché à mes fenêtres des voiles en soie blanche et de lourds rideaux de brocart vert. Le lit est surélevé de trois marches et j'imagine déjà les commentaires du petit personnel au sujet de mon *trône*. Peu importe ! J'adore ! La plupart des boiseries ont été sculptées à la main à Oppède, une petite ville du sud de la France que John et moi avons visitée il n'y a pas six mois. À l'intérieur de ma chambre, la qualité de l'exécution est somptueuse, ornée et plutôt riche. À droite du lit, en bas des marches, se trouve un paravent oriental, derrière lequel je peux rapidement me déshabiller. Les trois panneaux comportent des miroirs en pied afin que je puisse me mirer de tous côtés, avant de rejoindre mon époux lors de ses visites conjugales. (Je dois admettre que la vue de la maison a quasiment effacé notre vilain passé. John en est tellement fier. Et moi je suis tellement fière de mon mari et de son œuvre fabuleuse !) Côté face à la chambre, le paravent est recouvert de peluche vert foncé qui rappelle la forêt derrière chez nous. Il y a aussi quatre tapis persans, une chaise longue en velours vert, deux fauteuils Louis XIV et une coiffeuse du val de Loire. Une vraie reine !

LE 16 JANVIER 1909

Je dois absolument, cher Journal, te décrire l'inauguration du manoir et la divine nuit romanesque qui a suivi.

D'abord le temps. Nous avons dû être punis pour avoir passé un an sous les tropiques. La chaleur qui régnait au Kenya et au Caire a été compensée par le froid le plus glacial que Seattle ait jamais connu. Depuis quelques jours, la température qui s'est emparée de la ville a atteint moins onze degrés, rendant le patinage possible sur le *Lake Union*. Du jamais vu ! Et le lendemain, il faisait moins trois degrés. Cette plaisanterie a continué toute la journée et la nuit aussi. Puis c'est devenu une tragédie, car le thermomètre est monté au-dessus de dix degrés, une température plus habituelle. Seulement, tôt le lendemain matin, les journaux ont annoncé que plus de vingt mille tuyaux avaient cédé à travers la ville. Miraculeusement, notre nouvelle maison, haut perchée sur la colline, a été on ne sait comment épargnée. Nous n'avons eu à déplorer aucun tuyau endommagé, ce qui a rapidement fait le tour des cercles mondains. John affirme que c'est le résultat d'une bonne planification de sa part, et de la part de ses ingénieurs qui avaient prévu l'isolation des tuyaux et leur installation dans les murs intérieurs. Cela n'a pas fait de mal non plus, je suppose, que le personnel ait allumé de grands feux de cheminée dans chaque pièce, ainsi que des chauffages d'appoint en prévision de la fête. Peu importe ! Nos invités – certains n'avaient plus l'eau courante chez eux – étaient enchantés de se joindre à nous ce soir-là !

Et à nouveau, je vais parler de la maison, car je suis sous son charme ! Une telle splendeur, de telles prodigalités sont plutôt rares, surtout sur ces côtes. Seuls peut-être Rockefeller, Vanderbilt ou Carnegie ont construit une maison américaine aussi majestueuse que la nôtre. Elle est encore en cours de construction au moment où j'écris ces mots (je me demande si elle sera achevée un jour...), et pourtant nous avons pu promener nos invités à travers les mille huit cents mètres carrés d'espace habitable. Le Hall d'Entrée, où sont disposés tous les trophées de chasse de John, mesure dix-huit mètres de long – un stupéfiant vestibule en riche acajou africain qui conduit à un double escalier monumental menant au premier des trois étages. Au pied des marches, on fait face à un vestibule qui s'étend à droite, à gauche, devant et derrière. Devant se trouvent la Cuisine et le Solarium, à droite la Galerie de Peintures et plusieurs salons. À gauche, il y a la Salle de Banquet, d'autres couloirs et salons, et la Salle du Petit-Déjeuner. Il m'a fallu des jours pour me repérer. On a si vite fait de se perdre !

Plus de deux cent cinquante personnes se sont présentées à notre inauguration. Toutes ont dîné dans l'une des six pièces. Puis on a dansé dans la Grande Salle de Bal jusqu'aux premières heures du matin. Nous avions un sénateur, le maire, Mrs. Marjorie Savoy, la fameuse comédienne de Broadway, un joueur de base-ball dont le nom m'échappe mais qui est, paraît-il, assez renommé, la soprano Jeanine Sabino, d'une beauté renversante (avec qui John a passé un peu trop de temps à mon goût), deux Italiens et un Chinois – selon la rumeur, tous trois pratiqueraient la contrebande de gin, ou toute autre forme de crapulerie ; John les a invités pour la seule raison que ses importations de pétrole dépendent de leur coopération. (Plus j'en apprends sur ses activités professionnelles, plus je suis horrifiée. Notre année à l'étranger aura eu au moins un avantage : John s'est confié à moi sur ces questions pétrolières et j'ai beaucoup appris. Il semble constamment impliqué dans des négociations secrètes, comme la fusion de raffineries et de compagnies pétrolières mineures, afin d'extorquer des coûts de transport moins élevés aux chemins de fer, d'influer sur le matériel, de négocier de meilleurs coûts de travail. Il y a tellement de secrets en jeu ; je n'en avais pas la moindre idée !)

Ma robe blanche a eu un tel succès auprès des hommes que je la porterai chaque année sans exception ! Toutes les autres femmes avaient redoublé d'élégance dans leurs riches tenues de velours, de soie et de laine. Les hommes si distingués et raffinés arboraient smoking et cravate blanche. Je te jure que nous étions les célébrités de la ville et que nous serons tenus en haute estime pendant de nombreuses années grâce à cette soirée. La plupart n'en revenaient pas de la taille de la maison, à une telle proximité de la ville. J'ai entendu des mots comme « musée » et « palais royal » sur les lèvres de tous ceux qui l'ont visitée. Les décorations sont splendides – notre long voyage trouve aujourd'hui sa justification quand je vois toutes nos acquisitions aussi admirablement coordonnées. L'ensemble est somptueux sans être tapageur, extravagant sans être hideux. Je suis assez fière de ce que John et moi avons accompli.

Je te rapporte une conversation que j'ai involontairement entendue alors que j'approchais de la Bibliothèque (six mille volumes !). Deux hommes s'entretenaient : Mr. Tanner Longford, président de l'université, et Mr. Bradley Webster, directeur d'une banque concurrente à celle de Père. Je te ferai remarquer, cher Journal, qu'ils ne sont pas mesquins, loin s'en faut ! Et qu'entendre de tels propos (sur le ton de la confidence, je présume) ajoute une grande vraisemblance au contenu de leur discussion.

Tanner a une voix grave qui rappelle celle d'un conteur. De petite taille, Webster parle exagérément du nez, sa voix est comme étouffée.

« Vous avez entendu parler du meurtre qui a été commis ici ? a demandé Tanner.

– Oui bien sûr. C'est horrible, pas vrai ? » Bradley Webster est un peu imbu de sa personne.

« Il paraît que le type... Comment s'appelait-il ? Corwin...

– Corbin, je crois.

– Oui, c'est ça. Et bien, le pauvre homme est devenu fou. Complètement désaxé. Il en a pris pour vingt-cinq ans. Il s'est arraché les yeux dans sa cellule. Il prétendait qu'il avait été contraint par un Indien. Qu'il était sorti du trou – c'est-à-dire des fondations – comme le Diable en personne et qu'il lui avait tendu le fusil.

– Les yeux !

– Oui, il paraît qu'il en est mort. Il s'est vidé de son sang. Le salaud courait autour de sa cellule en hurlant : "Laissez-moi tranquille ! Laissez-moi tranquille !" Il affirmait que ce même Indien lui avait rendu visite dans sa cellule pour lui dire que le travail n'était pas fini.

– Un Indien ?

– Rimbauer était au courant, bien sûr.

– Au courant de quoi, Tanner ?

– Vous n'avez jamais entendu parler de ce site ?

– J'ai bien peur que non.

– Lisa m'a tout raconté », lui a expliqué Tanner Langford. (Lisa est la sœur de Tanner, une femme d'influence, membre de notre comité pour l'hôpital des enfants.) « Ils ont mis au jour des vestiges indiens en creusant les fondations. Un foutu cimetière, voilà ce que c'était. Ils ont évacué les squelettes par chariots entiers, paraît-il. Certains Chinois n'ont pas voulu rester. Les ouvriers tombaient malades à cause des émanations. On a parlé de fièvres, etc.

– Mais je n'en savais rien !

– Lisa connaît tous les docteurs. On peut lui faire confiance.

– Je ne sous-entendais pas que...

– Certaines reliques n'ont pas été déterrées, à ce que l'on dit. Celles d'un chef de tribu ou d'un autre puissant guerrier. Il y a eu des pillages. Rimbauer a renvoyé plusieurs ouvriers. Mais des bruits ont couru. Le gouvernement devait envoyer un expert. C'est alors qu'il a brûlé les ossements.

– Il a quoi ?

– Il en a fait un feu de joie. J'ai compris qu'il a demandé à ce qu'on utilise quelques barils de son pétrole – j'aime ce petit geste – et qu'on les réduise en cendres. Le jour où l'émissaire est arrivé, il ne restait plus rien. Ils allaient le mettre sous les verrous, vous savez, mais ils ne peuvent plus. Rimbauer a tout mis sur le compte des rumeurs. Il est intelligent, ce Rimbauer, pas vrai ? Et puis, il y a eu ce Corbin. Qu'en pensez-vous ? Selon lui, un Indien l'a poussé à tirer. Vous imaginez ?

– Ce ne sont que des histoires. Rien de plus.

– D'accord ! D'accord ! Mais un Indien... »

À ce moment-là, quelqu'un est venu me saluer dans le Hall et a interrompu mon écoute. Je ne connais pas la suite. Par contre, je sais que John ne m'a jamais parlé d'un cimetière indien. Je n'étais pas non plus au courant du sort de Corbin. Les yeux ! Oh grands dieux ! J'ai peine à imaginer que l'on puisse s'infliger de telles mutilations ! J'espère de tout mon cœur que ce sont là de purs persiflages. Dieu que les gens aiment raconter des histoires sur les riches ! John a été le sujet de tellement de bavardages et de rumeurs toutes ces années... J'en serai la ciblc à mon tour et je suppose que cela continuera aussi longtemps qu'il détiendra ce genre de pouvoir. Il fournit presque quatre-vingts pour cent du pétrole, du kérosène et du gazole pour les lampes de cette ville. Et de Portland. À San Francisco, quarante pour cent. À Denver, quatre-vingt-dix pour cent. Les Japonais, les Indes françaises et anglaises achètent. Il a créé un empire (qui s'est agrandi pendant notre lune de miel !), et tout empereur souffre des médisances de son peuple.

J'ai tout raconté à Sukeena qui est si perspicace question spiritisme. Elle me dit que la maison est « puissante », et qu'elle n'a jamais rien ressenti de tel.

Au passage, plusieurs de nos invités m'ont soutenu qu'ils avaient eu terriblement peur de se perdre alors qu'ils se promenaient seuls à travers le manoir lors de l'inauguration. En fait, leur mésaventure m'a fort amusée car moi-même je m'étais perdue un ou deux jours auparavant. Effectivement, un instant j'avais réellement cru que le Hall d'Entrée venait juste de changer d'apparence. Tu imagines ? J'ai peu prêté attention à ces racontars jusqu'à ce que Sukeena me conseille de ne pas aller dans la Salle de Billard. J'ai d'abord cru qu'elle me mettait en garde contre la possessivité de John, et du temps précieux qu'il y passe en compagnie de ses cigares et de son cognac. Nous n'en avons pas reparlé avant ce soir où je lui ai confié les infortunes de nos invités.

« La Salle de Billard, a-t-elle dit.

– Je ne suis pas sûre que...

– Miss Ellen, je vous assure, eux parler de la Salle de Billard. Moi voir, moi sentir des choses là-bas. »

Sur ce, elle s'est frappé la poitrine (un geste qu'elle utilise de la façon la plus émouvante : quand j'ai perdu mon bébé, elle était assise à mes côtés, une main dans la mienne et l'autre se couvrant ainsi le sein).

« Qu'as-tu ressenti, chère amie ? »

D'un hochement de tête, elle m'a signifié qu'elle ne voulait pas en parler.

« Dis-moi, quoi ? ai-je répété sur un ton peut-être un peu trop désespéré.

– Pas quoi, mais qui, Miss Ellen. Moi les sentir. Eux nous prendre. Mes parents. Mon neveu. »

J'ai frémi. Ses parents et son neveu étaient décédés. Indiscutablement.

« Les Indiens... », ai-je murmuré.

Sukeena m'a jeté un regard empli de gravité et a acquiescé :

« Nous pas seuls dans cette maison, Miss Ellen. »

Quant à l'aspect romantique de cette soirée inaugurale, il me suffit de te dire ici sous le sceau du secret que le champagne m'est très rapidement monté à la tête et qu'au petit matin, John et moi avons fini par nous retirer. Je n'étais plus moi-même, abandonnée à mes désirs et submergée par les élans passionnés de mon mari. Nous avons fait l'amour de manière frénétique, voire désespérée : John était sur moi avant même que mes sous-vêtements soient enlevés. Il est tellement difficile de résister à ses élans dans ces moments-là. Sa force, son intensité. Sans le vin, moi aussi j'aurais peut-être trouvé la force, mais j'ai succombé sans la moindre résistance. J'ai participé. Plus je clamais mes exigences, plus il était frénétique – pratique que j'ai appris à contrôler en fonction de mes envies. Nous sommes tombés par terre dans le dressing, enchevêtrés dans la soie blanche, emportés par une faim mutuelle qui n'a pas faibli jusqu'à ce que la soie se déchire et que mon mari ait le dos couvert de griffures. (Ma robe aura grandement besoin d'une couturière !) J'ai peur d'avoir crié si fort que les domestiques, et peut-être toute la maisonnée, ont entendu nos ébats. Le regard que Sukeena m'a lancé ce matin m'a informée qu'elle avait tout entendu. Puis avec un clin d'œil, elle m'a obligée à m'allonger, les reins surélevés sur des coussins, pendant presque trois heures.

« Moi te donner enfant, Miss Ellen. »

Sukeena sait à quel point je veux un enfant et combien j'ai peur d'en perdre un autre. Mais ces simples mots m'ont remplie de joie. John est parti tôt à son étude ce matin (oh ! qu'il doit avoir mal à la tête !) pour établir un nouveau contrat avec l'*Union Pacific*. Mais avant de partir, il est entré dans mes appartements et a déposé une rose rouge sur l'oreiller à côté du mien. Il avait pris soin d'enlever au canif les épines de cette rose, dont le parfum était si voluptueux qu'il a empli mes rêves d'une grande satisfaction.

« Quelle couleur aujourd'hui, Miss Ellen ? m'a demandé Sukeena depuis le dressing.

– Rouge. » Je lui ai donné la couleur de la fleur. « Comme cette rose rouge », ai-je répété avec plus d'aplomb.

Cela me faisait penser à quelque chose, mais à quoi ? Et soudain j'ai saisi. Mon mari et moi venions de baptiser notre manoir.

Aujourd'hui j'hésite à retranscrire ici mes pensées, car je suis réellement troublée par ce qui vient d'arriver cet après-midi. En ce moment même, la police fouille la maison. J'ai l'impression, en mettant ceci noir sur blanc, de donner du pouvoir à cette demeure. Et je n'en ai aucunement l'intention, car je crains que ce pouvoir soit redoutable (s'il existe vraiment). Mais vers qui d'autre puis-je me tourner ? John ne voudra certainement pas en entendre parler, et même si j'aime Sukeena comme une sœur, son anglais restreint nous permet rarement des échanges au-delà du fonctionnement ordinaire de la vie et du corps de la femme.

Je suis actuellement enceinte de deux mois et je n'ai jamais été plus heureuse. Fier comme un paon, John parade autour de la maison et aboie après les employés pour qu'ils satisfassent tous mes besoins. Il reste à la maison le soir et me fait la lecture dans le Salon (le lieu de notre malheureux incident de ce jour), tout en ne cessant de s'inquiéter du moindre de mes haut-le-cœur. Ma grossesse commence à peine à se voir et John me rend visite le soir dans mes appartements, retrousse ma chemise de nuit au-dessus de la taille et me masse doucement le ventre, en utilisant parfois des lotions. Il pose la tête sur mon ventre et parle au minuscule enfant qui grandit en moi. Nous avons des rapports assez fréquents – il n'a jamais été aussi tendre – et je me sens plus proche de lui que jamais je ne l'ai été pendant notre bref mariage.

Ma grossesse – la nouvelle s'est rapidement propagée en ville – a donné lieu à une visite à l'heure du thé de ma chère amie Melissa Ray et de son amie Connie Fauxmanteur. Je connais moins Mrs. Fauxmanteur, même si je suis parfaitement consciente de l'immense fortune de son mari et de leur grande contribution aux œuvres de charité de la ville. De cinq ans sa cadette, je n'ai donc pas eu l'occasion de la fréquenter à l'école, contrairement à Melissa, camarade solide et fidèle.

Nous avons parlé de notre année à l'étranger, tandis que je prenais soigneusement garde d'embellir le voyage et de le transformer en lune de miel idéale. Nous avons eu une grande discussion sur les nourrissons et les enfants en général. L'après-midi a été très animé.

Le Salon est une pièce magnifique, située à gauche de la porte d'entrée. Recouvert de panneaux en noyer, avec des tapis d'Orient au sol, il abrite de grandes orgues que j'ai acquises en Allemagne pendant notre séjour en Europe, des paysages de France, un portrait que John a commandé en Angleterre et divers autres trésors moins importants, comme un vase de Chine et un jeu de pistolets allemands pour tireur d'élite. Bien que parent pauvre de notre Bibliothèque, le Salon abrite néanmoins sur ses rayons cinq œuvres dédicacées de Dickens et une autre demi-douzaine dédicacées de Rudyard Kipling, un écrivain brillant qui se consacre à l'Inde et qui est en passe de devenir très populaire ici et à l'étranger. Il y a aussi une mappemonde en cuir, achetée à Oxford en Angleterre, dans le coin opposé, et qui garde la porte menant au Grand Hall.

Mrs. Fauxmanteur examinait le globe la dernière fois que je l'ai vue. Melissa et moi étions en train d'échanger nos avis sur les rumeurs concernant le frère de Tina Coleman et sa dépendance à l'opium. Après un bref coup d'œil en direction de notre visiteuse, j'ai failli la mettre en garde contre ce globe que Sukeena utilise comme une sorte de moulin à prières. Il serait investi de pouvoirs extraordinaires, comme la capacité d'ouvrir un portail dans l'âme de Rose Red. (Sukeena affirme que la maison est vivante, qu'elle sent sa présence – cette idée a donné lieu à une grande controverse et demeure encore source de disputes entre nous.) Sukeena prétend qu'il existe d'autres portails à travers la maison, qu'il faut faire très attention où l'on se dirige, et surveiller ses pensées dans certains lieux ou en supporter les conséquences. (Lesquelles ? Elle ne l'a jamais dit.) Cependant, nous communiquons de manière tellement hachée et hésitante que je ne suis même pas sûre de l'avoir bien

comprise. Toutefois, je suis absolument certaine que Sukeena a peur de Rose Red et qu'elle s'en méfie.

En tout cas, cette chère Mrs. Fauxmanteur faisait tourner telle une enfant la mappemonde de sa main gantée, quand tout à coup, Melissa et moi l'avons entendue parler le plus surprenant des langages. Elle marmonnait, comme en prière, dans une langue qui m'est inconnue (et j'en ai entendu un certain nombre au cours de cette année !). Le globe tournait de plus en plus vite. Néanmoins, j'ai vu de là où j'étais que Mrs. Fauxmanteur ne prêtait plus attention à sa rotation.

« Connie ? l'a interpellée Melissa visiblement troublée.

– Mrs. Fauxmanteur ! À votre place, je ne toucherais pas ce globe », ai-je renchéri, car j'en savais plus que ma chère amie Melissa Ray.

Et maintenant je te jure, cher Journal, que la tête de cette femme bougeait malgré elle, comme si elle n'était plus attachée à son corps. Sa tête a fait une rotation vers nous ; cette femme aux yeux rougis et aux lèvres tordues nous lançait des regards déments. Mais ce qui nous a le plus étonnées, c'est l'aspect cendreux de son visage. Il faut dire qu'à son arrivée, Mrs. Fauxmanteur portait plus de rouge à joues que nécessaire. Et pourtant, au moment où elle nous a fait face, il ne lui restait plus aucune trace de maquillage. Sa peau semblait quasiment translucide, les veines bleues un enchevêtrement de fils à tricoter, ses lèvres exsangues étaient craquelées comme de la glace.

« Éloignez-vous de ce globe, très chère ! » me suis-je à nouveau exclamée.

Connie Fauxmanteur a effectivement reculé d'un pas. Le globe a entamé une rotation plus lente et, pour la première fois, j'ai entendu un bruit, comme une seule note aiguë émise par un chœur d'enfants, de moins en moins forte. Accompagnée de ce son, Mrs. Fauxmanteur est sortie de la pièce pour aller, je suppose, dans le Grand Hall Ouest. Je me suis dit qu'elle avait certainement besoin de se repoudrer le nez, alors je lui ai crié que je serais heureuse de lui montrer le chemin. À cet instant, Melissa s'est levée et m'a fait signe de ne pas bouger – à cause de ma grossesse certainement ; tout le monde en fait un tel cas... Melissa ne semblait pas en pleine possession de ses moyens et je dois admettre qu'elle était déconcertée par le teint translucide de notre chère amie. Cette femme qui d'habitude affiche une telle prestance et une telle grâce s'est précipitée hors du salon, dans la galerie, à la recherche de Mrs. Fauxmanteur.

Je me rappelle vivement une odeur amère que je pouvais presque goûter et qui était transportée par le courant d'air entre la porte battante et la galerie. Peu importe d'où provenait ce parfum, il m'a donné la chair de poule et des frissons le long du dos. J'avais ressenti la même chose à bord de l'*Ocean Star* quand la bourrasque était entrée dans notre cabine. En dépit de la mise en garde de mon amie, je me suis levée de mon fauteuil et je lui ai emboîté le pas. « Connie ? » entendais-je Melissa appeler.

Un instant plus tard, je me tenais aux côtés de Melissa dans le Grand Hall Ouest.

La magnifique pièce était vide, mis à part les peintures à l'huile, les bancs en merisier et en érable et quelques marbres de Rome. Mrs. Fauxmanteur avait apparemment traversé la pièce en courant et disparu avant que Melissa ait atteint la galerie.

« Mrs. Fauxmanteur, je serais ravie de vous montrer le chemin ! »

En effet, elle se trompait du tout au tout. Il lui fallait traverser la Salle de Banquet et un petit couloir qui menait au Grand Escalier pour trouver les toilettes. À l'autre bout du Grand Hall Ouest, on regagnait le Hall d'Entrée, ce qui équivalait pour elle à tourner en rond – à moins de se risquer à traverser un des nombreux panneaux cachés de la pièce. En effet, un ou deux mènent à la Cave à Vins, un autre offre un passage « secret » entre le Grand Hall Ouest et la Cuisine, ce qui permet un accès plus direct aux domestiques pendant nos fêtes. Maintenant que nous avons vu la galerie sous ce jour – la maison regorge de tels passages – je me rends compte du nombre d'occasions que l'on a de se perdre dans ce dédale.

« Connie ! »

Cette fois, la voix de Melissa reflétait l'inquiétude qui battait déjà dans mon cœur.

« Commencez par le Hall d'Entrée ! » ai-je ordonné à mon amie en désignant une porte fermée tout au bout de la galerie, pendant que je m'approchais du mur et tirais sur la cordelette afin d'alerter tous les domestiques de service à cette heure.

Je gardai un œil sur la porte de la Salle de Banquet, en me disant que cette pièce était la plus proche du Salon et donc, vu le peu de temps écoulé, l'explication la plus plausible à la rapide disparition de Mrs. Fauxmanteur.

Tandis que j'ouvrais en grand la porte de la Salle de Banquet, je me suis retrouvée nez à nez avec Brian, notre majordome qui répondait à mon appel. Mais notre synchronisation était tellement fortuite que nous avons sursauté et laissé échapper un petit cri qui n'avait rien de banal. Dès lors, John et toute la maison ont été sur le qui-vive. La pièce était vide et soudain plusieurs personnes ont accouru à mon aide à la fois par les portes et les panneaux dérobés. Nous étions désormais plus d'une dizaine à nous lancer à la recherche de Mrs. Fauxmanteur. Croyant avoir entendu du bruit au premier, Yolanda et Fredrick ont grimpé quatre à quatre le Grand Escalier.

Plus nous criions, plus l'écho de nos voix résonnait. La pauvre femme demeurait introuvable. J'étais au bord de m'évanouir à l'éventualité de sa disparition. Soutenue par Brian, je me suis effondrée dans un fauteuil. Au moment où je m'y enfonçais, la porte s'est entrouverte, ce qui m'a permis de voir l'autre côté du Grand Hall Ouest.

Sukeena se tenait là ; elle semblait contrariée et... comment dire... terrifiée. Elle faisait lentement pivoter le globe. Elle portait son mouchoir rouge sur la tête comme une écharpe, une longue robe bleue de travail sous un tablier blanc. Sa peau bleu-noir luisait sous la lampe à pétrole. Elle secouait la tête en me regardant. De gauche à droite. Elle pleurait.

La maison avait réclamé une âme et Sukeena savait mieux que quiconque que Connie Fauxmanteur ne reviendrait pas.

Les policiers ont été plutôt stupéfiés par la taille de notre maison. Peut-être avaient-ils entendu les rumeurs et étaient-ils surpris de voir Rose Red de leurs propres yeux. Il paraît qu'à Seattle, on l'appelle le « Palace » ou le « Château » et que l'on nous considère, John et moi, comme « des gens de la haute » ; en tout cas, John ne s'en excuse pas. Il est né pour réussir – ce sont ses propres termes – et selon lui, la réussite est une question de portefeuille et certainement pas de caractère.

« Que pensez-vous de cette disparition ? » lui ai-je demandé pendant notre copieux déjeuner.

Les policiers ont décliné notre invitation. Alors nous avons mangé en tête à tête, dans la Salle de Banquet – pourquoi John a-t-il insisté pour que nous déjeunions là, je l'ignore ; car habituellement le midi, nous prenons nos repas dans le Solarium ou dans l'une des plus petites salles à manger. Il n'y avait donc que nous deux et quatre domestiques (gantés de blanc, bien entendu).

« Je n'y souscris pas un seul instant, a répliqué mon époux.

– Mais John !...

– Non, non, Ellen. Je ne veux pas que vous vous laissiez berner. Il est clair comme de l'eau de roche que cette Mrs. Fauxmanteur nous a choisis comme boucs émissaires et a utilisé notre maison au lieu de la sienne pour mettre en scène sa petite fugue. Il s'agit tout bonnement d'une femme qui abandonne son mari et ses responsabilités – trois enfants, rendez-vous compte ! – et nous devrions en pâtir ? Nous devrions porter le poids de son irresponsabilité ? Pour ma part, je compte bien déposer plainte contre cette femme aussitôt qu'elle sera appréhendée. Écoutez-moi bien Ellen, je vous certifie qu'ils vont lui mettre la main dessus.

– Non, John. Ils ne la retrouveront jamais. Ou alors, ce sera dans cette maison, et morte j'en ai peur.

– Seigneur, femme ! Quelle mouche vous a piquée ?

– Rose Red, cher époux, Rose Red s'est emparée de nous tous.

– La maison ? Vous ne souscrivez pas à toutes ces idioties, j'espère ? Chère âme, je vous interdis de vous tourmenter et de risquer votre santé ainsi ! Vous n'imaginez pas à quel point je suis en colère contre cette Mrs. Fauxmanteur ! Vous vous portiez si bien ces derniers temps... Je vous en prie, ma douce Ellen, n'accordez pas une minute de plus à cette histoire.

– Je désire cet enfant plus que tout.

– Évidemment. Moi aussi. Plus que tout au monde.

– Cependant, je vous certifie qu'elle n'a jamais quitté cette maison, ai-je ajouté. Vous souvenez-vous de nos invités lors de notre soirée d'inauguration ? Certains nous ont affirmé s'être égarés très rapidement dans Rose Red... Dites-moi donc ce que vous en pensez ?

– Comme si cela avait un rapport avec Mrs. Fauxmanteur !

– Mais il y en a un.

– Ces deux événements n'ont rien à voir l'un avec l'autre. De plus, chère épouse, n'oubliez pas que nous n'avons perdu aucun invité lors de cette soirée.

– Vous vous moquez.

– Pas du tout.

– À mes dépens.

– Jamais, je vous assure. Je n'en ai jamais eu l'intention.

– Certains convives se sont plaints et, deux mois plus tard, quelqu'un disparaît. Pure coïncidence ?

– Je sens à votre voix, très chère, que vous vous inquiétez. Je vous affirme simplement que nous allons passer pour de mauvaises gens à cause d'une femme qui nous a choisis, nous et notre maison, pour mettre ses maudits plans à exécution. L'enfant... Je vous prie... Ne vous rongez pas ainsi les sangs.

– L'enfant va bien.

– Oui... Mais avant...

– Avant ! Ma difficile convalescence était due à trop de

mondanités, ou à une malheureuse exposition à une terrible maladie. »

Je me suis tue. J'aurais obtenu le même résultat si je lui avais planté un couteau dans le cœur. Je ne sais pourquoi j'ai remonté cette histoire à la surface, alors que nous avions décidé de l'étouffer depuis si longtemps. Au bout de la longue table, John s'est essuyé le menton avec sa serviette et s'est levé. Il a renvoyé les domestiques. La terreur et le regret m'échauffaient les sens. J'avais réveillé le monstre qui dormait en lui. Le mécontentement brûlait au fond de ses yeux. Nous n'avions jamais abordé le sujet directement.

« À dix-huit ans, je me suis engagé pour six années. J'ai pris certaines libertés que beaucoup de jeunes gens de cet âge s'octroient, et j'en supporte les conséquences aujourd'hui encore. Cette maudite maladie ressurgit rarement et je regrette terriblement cette jeunesse gâchée. J'espère simplement que vous trouverez au fond de votre cœur la force de pardonner les péchés que j'ai commis par le passé. Mais je ne permettrai pas que ma femme s'adresse à moi ainsi. Jamais. Vous ne me reverrez que le jour où vous serez prête à m'adresser des excuses. D'ici là, nous ne nous croiserons ni ici, ni ailleurs. »

Bien que ses explications m'aient peu convaincue, je me suis excusée sur-le-champ avant qu'il ne quitte la pièce, sinon j'aurais été obligée de le rattraper.

Je lui ai expliqué que la disparition de mon invitée m'avait bouleversée au plus haut point et que mes mots avaient dépassé ma pensée. La police qui fouillait la maison n'avait rien arrangé à l'affaire.

« Je vais leur demander d'évacuer les lieux.

– Non, mon ami.

– Ah mais si ! Je ferai tout ce qui sera nécessaire pour préserver votre santé. »

Comme je l'avais constaté en Afrique, l'héritier avait plus de valeur aux yeux de John que tout le reste.

Il est sorti en coup de vent de la Salle de Banquet, en aboyant ses ordres aux domestiques, à la police, à quiconque croisait son chemin. De fait, la maison fourmillait d'ouvriers sans discontinuer, alors que sa construction continuait avec la même intensité. Personne ne peut croire que le Manoir Rimbauer, comme on l'appelle désormais en dehors de ces murs, est toujours en construction. Au bout d'une dizaine de minutes, John, usant de toute sa prestance et de son sens aigu de la négociation, avait pris les dispositions suivantes : seuls deux policiers resteraient et continueraient à rechercher Mrs. Fauxmanteur, même si je dois admettre avoir déjà perdu tout espoir. (Ne va pas croire que j'aie souscrit une seule minute aux explications de John ! Il est peu probable que mon mari comprenne mon point de vue, et moi le sien. Tel est le fléau du mariage ! Certaines questions demeurent sans réponse, parce que des opinions divergentes ne parviennent pas à trouver un terrain d'entente. Soit on passera entièrement outre, soit on tolérera ces divergences. On les respectera parfois, mais chacun restera campé sur ses positions, et personne ne fera la moitié du chemin vers l'autre.)

J'ai téléphoné à Tina Coleman pour connaître son avis sur cette disparition, et me suis trouvée dans l'embarras car j'ai fondu en larmes au beau milieu de notre brève conversation. Tina m'a conseillé de consulter une « voyante » qui pourrait « localiser » Mrs. Fauxmanteur, là où il est peu vraisemblable que la police la trouve. Cette suggestion n'a fait qu'augmenter mon trouble, alors j'ai abrégé cet appel aussi rapidement que possible. J'avais trop peur que l'opératrice intercepte notre communication, pratique courante de nos jours. Nous avons toujours vécu dans l'aisance, mais on peut dire que John Rimbauer possède une belle fortune. En tant qu'épouse de cet homme, j'ai tout de suite appris ce que signifiait l'absence de vie privée qui accompagne l'existence des nantis. On dirait que quelqu'un – un domestique, une bonne, un chauffeur ou autre – nous regarde, nous écoute sans arrêt. Les gens nous montrent du doigt lorsque John et moi descendons de voiture devant un restaurant ou une salle de spectacle. Ils murmurent et ne se donnent même pas la peine de cacher le fait qu'ils nous ont vus. Nous vivons jour et nuit sous un microscope, et cette inspection rapprochée a pour seul effet de m'épuiser. John, qui vit avec depuis tant d'années, semble ne rien remarquer, ou alors il s'en contrefiche. Il ne se conduit pas différemment en public : il se montre un peu impertinent tout en restant charmant, calme et pourtant facilement exalté. Il prend le contrôle de la situation aussitôt qu'il apparaît, même lors de fêtes données par nos amis les plus proches. C'est cette cohérence qui, je crois, fait de lui un formidable homme d'affaires. Il s'octroie un sens du pouvoir qui attire et séduit hommes et femmes, pour des raisons différentes évidemment. John Rimbauer distrait autant qu'il effraie. Personne n'ose le contrarier ; peu osent le défier.

Ainsi doit-il considérer notre mariage comme un sujet vraiment épineux !

Tina suggère que je consulte un médium.

Après avoir raccroché, alors que les policiers se rassemblaient dehors et dispersaient quelques journalistes, j'en suis venue à considérer sa suggestion un peu plus sérieusement. Si j'avais effectivement besoin des services d'une voyante, qu'est-ce qui pouvait bien me retenir ?

Oserais-je te confier cela ? (Je crois que je vais ordonner à Sukeena de te détruire, cher Journal, si jamais je meurs en couches. Absolument personne d'autre ne doit lire les secrets que je vais te confier ici.) Aujourd'hui, j'ai menti à mon mari pour, je crois, la toute première fois. (Il y a bien sûr eu quelques pieux mensonges comme : « ce n'est pas grave s'il rentre tard le soir » ; « sa visite au lit me fait plaisir alors qu'elle me répugne » ; j'affirme le bien-fondé d'une de ses actions tout en étant persuadée du contraire...) Mais jamais je ne lui ai menti à ce point !

Cet après-midi, je lui ai dit que Tina Coleman m'emmenait faire les boutiques pour la *nursery*. Sukeena devait m'accompagner et nous devions rentrer bien après l'heure du thé, puisque nous avions prévu de le prendre à l'hôtel, ou bien alors à la banque avec Père, si cela était possible. John m'a souhaité un bon après-midi, en faisant vaguement attention à moi, tellement il était accaparé par des problèmes de construction. Je l'avais supplié d'ajouter une tour centrale à Rose Red, ce qu'il m'avait refusé. Mais je parviendrai un jour à mes fins. (Je souhaite y installer un exquis vitrail que j'ai commandé à un artisan londonien. Au début de la semaine, nous avons reçu un câble nous informant que l'ouvrage était sur un bateau en partance pour New York, et que nous serions bientôt livrés. À moi de convaincre John désormais !)

Bien entendu, il n'était pas question d'aller faire les magasins. Je ne pensais pas du tout à la layette. En vérité, ma très chère Tina m'avait arrangé un rendez-vous avec Madame Lu, une Chinoise qui posséderait d'extraordinaires pouvoirs de sorcellerie. Et ma foi, quelle journée !

Tina a envoyé sa voiture à treize heures trente, en insistant pour que l'on accepte son offre, puisque son chauffeur savait se diriger dans les bas quartiers de la ville où officie Madame Lu. Rien que de repenser à ce trajet me donne la chair de poule ! On entend tellement d'histoires sur le quartier chinois : la consommation d'opium y est répandue, les jeunes filles coûtent trois fois rien, les maladies et la pauvreté touchent tous ceux que le rail a laissés pour compte, une fois que les voies ont atteint l'océan. Les Chinois finissent à Seattle par dizaines de milliers, désespérés et sans travail. Je suis bien consciente que nos époux viennent parfois dans ce quartier se risquer aux jeux de hasard – à en perdre leur pantalon (...) –, d'autres goûtent à l'opium, certains s'amusent avec de jeunes garçons. Mais je ne pensais vraiment pas que des Occidentales s'aventuraient par ici, encore moins des femmes parmi les plus respectées de notre communauté, comme cette chère Tina Coleman.

À l'heure dite, la voiture à cheval de Tina est passée nous prendre, Sukeena et moi, et nous a emmenées à la résidence des Coleman où nous nous sommes rafraîchies. Ensuite, toutes quatre (Tina était accompagnée de Gwen, sa petite bonne suédoise d'une étonnante beauté), nous nous sommes dirigées vers le sud de la ville.

Le route poussiéreuse s'est vite transformée en épaisse boue au fur et à mesure que nous nous éloignions ; les immeubles en pierre du centre-ville ont fait place aux cabanes en bois, collées les unes aux autres, aux cageots et aux immondices boueuses à perte de vue. Dans les sombres ruelles fangeuses et étroites, entre ces cabanons, couraient de minuscules enfants à moitié nus malgré la pluie froide ; ces petits corps jaunes et faméliques s'amusaient à des jeux de balle et de bâton. Des panaches de fumée s'élevaient des tuyaux de poêle, et des feux de bois abrités de la pluie par des bâches goudronnées ou des tresses de bambou. Ce monde se situe à quelques minutes du mien, et pourtant je pensais que de tels lieux existaient seulement dans des pays comme l'Égypte ou les Indes, où John et moi nous sommes rendus.

Mon cœur battait à tout rompre quand la voiture est arrivée devant un bâtiment en bois de deux étages au fin fond du quartier chinois. Je m'attendais à tout moment à ce que surgisse d'un recoin un Chinois armé d'une sinistre machette à double tranchant – Kipling parle de telles gens –, que l'on nous dérobe notre argent, ou pire, que l'on commette sur nous le crime qu'une femme redoute plus que les autres : le viol. Mais à ma grande surprise, aucun de ces actes monstrueux n'a été perpétré. Bien au contraire, le chauffeur nous a même aidées sur le chemin de planches menant au bâtiment en question.

J'ai immédiatement reconnu une odeur d'encens et de santal, réminiscence de notre année à l'étranger. Il faisait sombre dans la première pièce éclairée à la bougie et non au gaz, puisque l'extrême sud de la ville n'est pas équipé des installations adéquates. La structure ne paraissait pas particulièrement solide : le vent qui s'infiltrait par les fissures faisait vaciller les flammes et leurs ombres sur les murs. Quelle atmosphère angoissante et déconcertante ! Sukeena m'a légèrement poussée du coude et m'a fait un signe réprobateur de la tête. En de telles circonstances, j'ai pleinement confiance en sa clairvoyance et en sa capacité à anticiper l'inattendu. Tout comme moi, elle avait l'impression que quelque chose n'allait vraiment pas en ces lieux ; nous ressentions une présence sombre et menaçante, sinistre et inhospitalière.

« Êtes-vous certaine..., ai-je demandé à Tina.

– Plutôt spectaculaire, vous ne trouvez pas ? Ellen, je vous assure que cet endroit et ce bâtiment ne reflètent en rien la vraie Madame Lu. Je crois que c'est une question de commerce. Les Chinois, qui composent la majeure partie de sa clientèle, s'attendent à une ambiance funèbre, et Madame Lu est bien trop contente de les satisfaire... moyennant finance. Non, elle n'a rien à voir avec tout ceci. Vous la trouverez noble, infiniment patiente et conciliante. Gwen aussi était très inquiète lors de sa première visite. »

La jeune et pâle beauté a acquiescé. Tout à l'opposé de ma Sukeena : l'une si pâle et translucide, l'autre si sombre et opaque. Et je me suis demandé si la mignonne avait été engagée par Tina ou par son mari... Plus d'une domestique en ville met au monde des bâtards... voilà la récompense pour leurs bons et loyaux services !

« Mais maintenant, elle est aussi à l'aise que moi, car elle aussi a rencontré l'incomparable Madame Lu et sait qu'il n'y a pas lieu de s'inquiéter. Rappelez-vous, chère âme, que ces voyantes offrent avant tout un spectacle. Je suis heureuse de vous annoncer que Madame Lu n'est pas un charlatan. Mais elle est en concurrence avec des imposteurs, ce qui l'oblige à jouer sur le même terrain que les meilleurs d'entre eux. »

Je n'ai pas été entièrement convaincue par ses paroles. (Je sais que Sukeena doute depuis le début des pouvoirs de cette femme.) Cette atmosphère de danger qui émanait de la pièce était pesante ; peut-être était-ce dû à l'encens, qui troublait ma respiration, ou aux ombres mouvantes qui donnaient une sensation de vertige ? En tout cas, j'ai avancé avec circonspection tout en étant, je dois l'admettre, grandement excitée. Ce n'était pas un endroit pour une femme, et le seul fait de me savoir là me remplissait tellement de frissons qu'il m'est impossible de l'expliquer par écrit. (À mots couverts, mes amies annonçaient souvent l'avènement d'une « ère des femmes ». Honnêtement, j'ai réellement compris en ces lieux que certaines frontières allaient être franchies. En fait, j'ai eu l'impression d'être une pionnière en me rendant là-bas.)

Nous avons entrepris l'ascension d'un escalier plaintif, caché dans un étroit tunnel de bois sans aucun éclairage. En haut, dans un salon austère, la redoutable Madame Lu occupait une chaise en osier, aussi pleinement qu'une main occupe un gant. Je dirais qu'elle était aussi large que trois ou quatre femmes réunies, un monstre de chair et de soie coiffé de deux épingles en ivoire retenant un épais rideau de cheveux noirs, qui devaient toucher le sol une fois détachés. Elle possédait une série de mentons qui tombaient en cascade sur la couture supérieure de sa robe en soie rouge, et des mains boudinées apparemment inflexibles. Sa voix doucereuse résonnait avec autant de profondeur que celle d'un homme. Un bouillonnement de mots est sorti de sa gorge.

« Je vous en prie, asseyez-vous », nous a-t-elle dit en désignant le sol, recouvert d'une simple natte.

J'ai jeté un regard étonné à Tina. Elle s'est contentée de me sourire, a croisé les jambes et, aidée de sa petite bonne, elle s'est lentement accroupie. (À présent, je comprends pourquoi elle avait tant insisté pour que Sukeena nous accompagne !) Sukeena m'a aidée à m'asseoir par terre – franchement, je crois que la dernière fois remonte à ma prime enfance ! – puis nos deux servantes ont fait un pas de côté vers les protégées de Madame Lu, deux minces jeunes filles encore pubères.

« Toi toujours la bienvenue ici, Miss Tina. Tu as emmené amie.

– Je viens pour mon amie, Grande Dame.

– En effet. »

Elle m'a dévisagée de ses yeux noirs et brillants comme des perles, et j'ai senti une onde de chaleur vibrer dans mon corps comme si ses grosses mains chaudes s'étaient emparées de moi. J'ai eu l'impression qu'elle me dérobait mes secrets, comme si elle avait ouvert tes pages et commencé à lire.

Madame Lu en impose. Tandis que l'encens m'étourdissait et que je me sentais effectivement quelque peu « sous le charme », elle a ouvert une vieille boîte de conserve qui renfermait une pleine poignée d'os blancs en ivoire, tous petits et brillants d'avoir été manipulés un millier de fois.

« Quelle question tu demandes ? s'est-elle enquise auprès de moi d'une voix aussi masculine que celle de mon mari.

– À combien de questions ai-je droit ? »

La grosse femme a roulé des yeux. Elle a jeté un regard insolent et interrogateur à ma chère Tina qui s'est penchée vers moi et m'a murmuré que selon l'étiquette, les Chinois ne discutaient pas directement d'arrangements commerciaux et que Madame Lu faisait

payer chaque interprétation. Je pouvais poser autant de questions que je le désirais, seulement je devais savoir que chaque explication supplémentaire me coûtait cinquante cents. J'ai trouvé cette somme excessive, mais ai néanmoins donné mon assentiment.

« Très bien », me suis-je reprise, quelque peu outrée d'être assise par terre sur ce tapis. J'ai dit quelque chose comme : « Mrs. Fauxmanteur est-elle saine et sauve ? »

Madame Lu m'a examinée un long moment, a approché vers

elle une table en laque noire sur laquelle elle a jeté sa poignée d'os, qui ressemblaient fort à des pierres. Elle a observé la pile en désordre avec la détermination d'un chien examinant un objet inconnu, c'est-à-dire la tête légèrement penchée à gauche. Elle a fait « oui » de la tête, marmonné dans sa barbe et plongé la main dans la petite pile d'objets. Elle a pris la parole d'une voix tonitruante :

« Plusieurs formes à la vie. Hum... L'esprit de cette femme vit. Je m'occupe des esprits. Hum... Son corps ? Il vit peut-être pas comme toi tu imagines. »

J'ai frémi. Vivante tout en n'étant pas vivante ? De telles choses étaient-elles possibles ? Ces relents de paganisme et de discours impies heurtaient mon éducation chrétienne... qu'à l'aide de mes prières, j'avais depuis longtemps foulée aux pieds. Je venais d'être rattrapée par le monde extérieur.

Tout en gardant un œil prudemment rivé sur moi, la grosse femme s'est emparée des os d'une main avide et les a déposés au fond de la boîte de conserve, dans l'attente d'une nouvelle question. C'était moi qui l'attendais.

« Autre chose ? » s'est-elle enquise.

J'ai regardé Tina ; je ne voulais pas qu'elle entende ma question au sujet de Rose Red. Pouvais-je lui faire confiance ? J'ai décidé qu'il le fallait.

« Notre maison, Rose Red, est-elle possédée ? »

Ma question a attiré toute l'attention de Tina, qui m'a dévisagée, mais il m'était impossible de la regarder droit dans les yeux.

Le rituel s'est répété. Ses gros doigts boursouflés ont plongé dans la boîte grise et terne, avant de déposer une poignée d'os sur le plateau laqué. Elle a de nouveau poussé la pile de l'index, à la recherche d'informations. Un soupir de Sukeena m'a fait savoir qu'elle n'avait aucune confiance en notre hôtesse.

« Toi pas seule dans maison.

– Des esprits ? » ai-je soufflé, soudainement refroidie.

Peut-être ne voulais-je pas savoir la vérité ? Peut-être n'étais-je pas prête à ce choc ?

« Une présence, a continué Madame Lu. Je peux pas dire plus. »

De toute façon, je ne souhaitais pas en entendre davantage. Une présence. Pourquoi cette confirmation revêtait-elle une telle importance à mes yeux ? Pourquoi étais-je aussi effrayée, aussi transie de froid ? Pire, Sukeena semblait d'accord avec cette femme. Une présence.

Je voulais partir. Je voulais rentrer chez moi. Enfin, jusqu'à ce que je réalise que chez moi, c'était Rose Red.

En ce jour de facéties, je prie de tout mon cœur pour que quelqu'un nous ait joué une farce à John et à moi. Mais la femme que je suis n'est pas dupe, car ce n'est pas la première fois que cela arrive, n'est-ce pas, cher Journal ? J'ai l'impression de devenir folle ; l'inquiétude me fait délirer.

Une autre femme a disparu sans laisser de traces.

Cette fois-ci, il s'agit d'une domestique prénommée Laura, une jeune orpheline assez séduisante qui travaillait pour nous comme femme de chambre : elle changeait les draps, faisait le ménage et veillait à la propreté de nos toilettes et de nos bains. Cette femme de couleur, à la peau claire et tellement radieuse, était l'une des plus proches de Sukeena parmi le personnel, une jeune sœur de ma reine africaine, en quelque sorte.

Quand Daniel Thomas – un individu surnommé « le Régent » – a averti John, j'ai cru que mon mari allait s'évanouir, ce qui est assez inhabituel pour un homme de cette carrure.

« C'est Laura, Monsieur », lui a dit Daniel tandis que nous allions prendre le thé. (Exactement l'heure à laquelle Connie Fauxmanteur a disparu !)

« Laura ?..., a bredouillé John.

– Notre femme de chambre », ai-je dit dans un souffle.

Croyant que ma remarque s'adressait à lui, John m'a répondu d'un ton brusque : « Je sais qui est Laura, Ellen. Taisez-vous ! »

J'ai eu envie de le gifler, tellement j'étais humiliée. Il sait évidemment qui est Laura, car il a eu le dernier mot lors du recrutement du personnel. Il m'avait pourtant affirmé que la responsabilité des domestiques me revenait : c'est assurément le contraire.

Il s'est mordu la lèvre et s'est mis à ruminer, plongé dans quelque considération diabolique (vu l'expression de son visage, j'en donnerais ma main à couper). C'est à ce moment-là que, pour la première fois, j'ai entrevu la possibilité que cette malédiction qui s'est abattue sur nous ait un rapport avec John, et non avec moi. Peut-être sont-ce les prières de John et non les miennes qui ont atteint l'au-delà. À chaque fois que j'ai prié l'autre monde, c'est peut-être la voix de John qui a été entendue ? Et s'il en est ainsi, ses prières visaient quel but ? Il ne peut assurément pas me vouloir de mal, pas avant la naissance éventuelle d'un héritier ! Qu'est-ce alors ? Je me le demande. Je ne trouve pas de réponse, alors que des preuves se présentent à moi pour étayer ma théorie. En effet, cette disparition a grandement contrarié mon époux, mille fois plus que l'évanouissement dans la nature de Mrs. Fauxmanteur.

À l'annonce de la disparition de Laura, John et le Régent ont réuni nos trente-trois employés (Laura étant la trente-quatrième !) dans la Grande Salle de Bal. Il y régnait un silence de mort, car les nouvelles vont vite dans cette maison, crois-moi. (Je n'ai aucune vie privée : tout se sait.) Daniel et Sukeena, nos représentants respectifs, se tenaient devant la rangée d'employés. L'homme s'est adressé à eux avec une voix de stentor et, comment dirais-je, un soupçon d'effroi.

« Je dois absolument savoir où se trouve notre Laura Hirtson, femme de chambre de notre maître, sous les ordres de Mrs. Watson. Quiconque possède une information sur Miss Hirtson est prié de s'avancer. »

Daniel est un homme grand, sa présence est synonyme d'autorité et sa voix traverse les murs. Certaines filles pleuraient déjà, tout en essayant de cacher leurs larmes du mieux possible. À ma grande surprise, un jeune homme de dix-huit ans du nom de Rodney a fait un pas en avant et a répondu d'une voix humble :

« Monsieur, si je peux...

– Rodney ? »

L'étendue de la mémoire de John ne cessera jamais de m'impressionner. Je suis persuadée qu'il se souvient du nom de chaque employé ; s'il le fallait, il serait capable de dire d'où ils viennent. Je les connais pour la plupart, mais pas tous.

« J'ai aperçu Laura en fin de matinée dans le Solarium. J'en suis pas certain, mais je crois qu'elle se dirigeait vers les Écuries. »

John et Daniel ont échangé un regard qui en disait long. Un instant, j'ai senti un courant d'air traverser la pièce.

« En est-il ainsi ? » John s'est interrompu. « Daniel ?

– J'ai jamais posé les yeux sur elle, Monsieur, et j'ai pas quitté les Écuries de toute la matinée. »

Les deux hommes se connaissent depuis des décennies. Le Régent prend soin des chevaux de John depuis une vingtaine d'années. Je sais, sans avoir besoin de le demander, que mon mari a une confiance aveugle en cet homme.

« Le Solarium, a répété John à Rodney.

– Oui, Monsieur. Et si je peux ajouter, Monsieur, sa présence là-bas... semblait un peu... un peu suspecte, à mon avis. Elle a été surprise de me voir, comme qui dirait. Elle s'est lancée dans une explication sans queue ni tête, alors que je ne lui avais rien demandé ! Mais c'est not' Laura tout craché, hein ? Elle a la langue bien pendue, pas vrai ? »

Ses paroles bien pesées ont fait glousser certains hommes à ses côtés. Mais John, ne voyant pas là matière à plaisanter, a redressé les épaules, ce qui a eu pour effet de calmer tout le monde.

« Quelqu'un d'autre ? »

Comme personne ne s'avançait, j'ai élevé la voix.

« C'est assez important, pour ne pas dire plus. Je vous en prie, si l'un d'entre vous l'a vue... »

Linda – l'assistante de Mrs. Danby et compagne de dortoir de Laura – a légèrement fait la moue. Je les crois proches, malgré le peu que je sais. Elle a écarquillé les yeux. J'ai cru la voir lever la main, même imperceptiblement.

« Linda ? l'ai-je interpellée.

– Oui, M'dame, m'a-t-elle répondu d'une voix tendue.

– Vous alliez dire quelque chose ?

– Non, M'dame, a-t-elle affirmé après nous avoir jeté un bref coup d'œil à John et à moi.

– Je pensais justement...

– Non, M'dame. »

John m'a lancé un regard virulent, destiné à me faire taire. C'était lui qui avait convoqué le personnel, pas moi.

Il a aussitôt formé des groupes et indiqué à chacun où chercher. Selon ses calculs, les trente-trois employés réunis devaient mener une recherche complète des lieux, c'est-à-dire fouiller placards, armoires, réserves, malles, sans exception, en une heure, une heure et demie. Deux heures au maximum. (Je me suis rendu compte du gigantisme de cette maison encore en construction au moment où j'ai vu, assemblée devant nous, cette armée qui allait inspecter la propriété si longtemps. Même moi qui en suis la maîtresse en ai perdu le fil. Un exemple : une nouvelle aile vient d'être ouverte au deuxième étage, elle a été achevée et décorée il y a plus de trois semaines, et je ne l'ai pas encore vue.)

Le personnel s'est dispersé et les recherches ont commencé, alors que mon cher John était d'une pâleur que je ne lui avais jamais vue. Je me suis efforcée de localiser Sukeena pour lui demander de mettre la main sur Linda, et de la conduire à mes appartements.

« Mais les recherches, Ma'am ? » a psalmodié Sukeena. On pourrait parfois la confondre avec une Britannique, avec son accent kenyan. « Et Monsieur John ?

– On se fiche de John, lui ai-je rétorqué. Je veux parler à Linda. Maintenant.

– Très bien, Ma'am », m'a-t-elle répliqué, apparemment déterminée à satisfaire ma requête.

Un des nombreux et merveilleux attributs de Sukeena réside en sa capacité à rester calme et cohérente. Sans se soucier des générations, les Africains sont assez doués à cet égard : ils sont capables de tourner le dos au passé – une dispute, un désaccord ou toute autre contrariété – sans la moindre crainte, comme si de rien n'était. (En dépit des intentions de Mr Lincoln et de cette horrible guerre de Sécession qu'ont traversée nos parents, l'arme au poing en général, je ne crois pas que les esclaves – d'origine africaine pour la plupart – ont eu la chance de progresser sur l'échelle sociale comme on l'affirme. En réalité, je crois que l'histoire se souviendra du comportement de Mr Lincoln comme le résultat de pressions politiques plutôt que d'intentions philanthropiques. Les affranchis semblent rarement mieux lotis ; souvent sans emploi et déracinés, on leur interdit d'acheter des terres dans les régions où ils ont vécu pendant plusieurs générations. Les militantes pour le droit de vote chuchotent que les Noirs ont autant, sinon plus, le droit de se battre pour leurs libertés personnelles que les Américaines !)

Sukeena est partie en courant. Dix minutes plus tard, alors que je regagnais mes appartements dans l'Aile Ouest, les deux femmes m'y attendaient déjà. Tandis que je demandais à une Linda toute craintive de s'asseoir, Sukeena s'est reculée vers la porte – elle n'est jamais présomptueuse, une autre de ses adorables qualités – et je l'ai priée de rester avec nous. Je me suis assise devant cette chère Linda ; mes mains froides se sont emparées des siennes et nous avons discuté.

« Chère enfant, que souhaitais-tu me dire tantôt ?

– Rien, M'dame.

– Allons, allons, chère enfant, nous savons toutes deux que tu as failli prendre la parole. Je l'ai lu dans tes yeux. Si tu sais où se trouve Laura... Je ne peux pas te dire quelle importance cela a. C'est une question de vie ou de mort, peut-être. Nous ne pouvons pas oublier le triste sort de Mrs. Fauxmanteur, n'est-ce pas ? »

La pauvre chose effarouchée a d'abord dévisagé Sukeena, puis moi, avant de fondre en larmes.

« Confie-toi à moi, mon enfant. Il ne te sera fait aucun mal.

– Ça s'est... Ça s'est passé comme Rodney a dit.

– Le Solarium ? »

Elle a acquiescé, les lèvres tremblantes, la tête baissée.

« Tout va bien, mon enfant.

– Non, M'dame », a-t-elle murmuré.

J'ai regardé Sukeena, infiniment patiente et bienveillante. Elle a examiné l'enfant pendant de longues secondes et a dit :

« Toi avoir vu Miss Laura dans le Solarium ?

– Non.

– Quitter la maison alors ? »

Je sais, après avoir longuement discuté avec Sukeena, qu'elle croit que Mrs. Fauxmanteur n'est jamais partie de Rose Red, contrairement à ce que prétend la police.

Linda a faiblement acquiescé.

« Décris ses habits, lui a demandé Sukeena.

– Portait-elle un châle ? Un manteau ? » ai-je insisté.

Il fait froid depuis quelques jours, à cause d'une tempête océanique venue du nord, ce qui n'est pas vraiment inhabituel à cette époque de l'année.

La jeune femme a hoché la tête.

« Les Écuries ! » s'est exclamée Sukeena.

J'ai frissonné. Mon mari avait posé beaucoup de questions à Daniel, qu'il considère comme un frère. Que cachaient-ils ?

Linda a écarquillé les yeux. Elle se mordait les lèvres, quand soudain elle s'est levée de sa chaise et s'est enfuie si rapidement de la chambre que l'on aurait cru qu'elle ne s'y était jamais trouvée.

« Oh mon Dieu ! ai-je bégayé.

– Ç'a un rapport avec lui, Ma'am.

– Daniel ? lui ai-je demandé tout en sachant qu'elle ne se référait pas à lui.

– Non, Ma'am, m'a répondu Sukeena qui me transperçait du regard. Lui », a-t-elle répété.

Rose Red a effectivement été fouillée de fond en comble, de la cave au grenier. D'une aile à l'autre. Du sol au plafond. John était au désespoir à chaque nouvel échec. J'ai l'impression... comment dire... qu'il s'intéresse beaucoup plus à la disparition de Laura qu'à celle de notre chère Mrs. Fauxmanteur. Peut-être est-ce la réitération de cet événement qui le vexe tant ? (Je préfère cette possibilité à une autre hypothèse plus probable, qui m'obnubile !) Retrouver cette fille est devenu son obsession, si bien qu'il a exigé du Régent une nouvelle répartition du personnel, en des lieux différents, pour approfondir les recherches. En parallèle, il a envoyé ses chiens de chasse dans les bois derrière le manoir, après leur avoir fait renifler un des sous-vêtements de Laura récupéré dans son dortoir. Les recherches durent depuis six heures à présent, et toujours aucun signe de notre douce Laura.

Voilà ce qui me trouble le plus : John vient de décider de ne pas avertir la police. Les yeux injectés de sang, le teint blafard, mon mari a affirmé sur un ton étrangement calme :

« C'est le propre des domestiques de s'enfuir.

– Mais pas de cette maison, John, lui ai-je répondu. Aucun ne nous a jamais quittés. Ils ont les meilleurs gages de toute la ville.

– Il y a toujours un début.

– Et ses affaires ? Ses vêtements ? Tout est là. Rien n'a été déplacé. Qui peut donc partir ainsi ?

– Un de nos jeunes domestiques est peut-être impliqué, chère épouse. Il lui aurait brisé le cœur. Vous savez comment sont les enfants...

– Laura n'est pas une enfant, John. Elle est à peine de trois ans ma cadette.

– Un jeune homme. Une idylle. Un cœur brisé, je parie.

– Mais ne pas appeler la police...

– Vous devez considérer notre position dans cette société, Ellen. La police chez nous deux fois dans l'année ? Pensez-vous que nous pourrions survivre à un tel scandale ?

– Vous voulez parler de survie, John ? Alors ne devrions-nous pas nous inquiéter de Laura au lieu de craindre les mauvaises langues de cette ville ? Je peux calmer les commères. Elles ne jaseront pas dans notre dos.

– Comment pouvez-vous en être aussi sûre ? Il y a notre différence d'âge pour commencer. Vous savez très bien ce que les gens en pensent : selon eux, nous ne vieillirons pas ensemble.

– Nous avons déjà traversé beaucoup d'épreuves lors de notre première année de mariage. » Je lui ai laissé le temps de savourer cette phrase. « Nous nous en sortirons la tête haute, même si l'on ne retrouve jamais Laura.

– Ne dites pas de telles sottises ! s'est-il exclamé, lui-même au bord de l'agonie.

– John ?

– Que se passe-t-il dans cette maison ?

– Cela n'a rien à voir avec la maison. C'est une simple coïncidence », ai-je ajouté.

Au fond de moi, je ne croyais pas un mot de ce que je venais d'avancer. Soit mon mari était responsable, soit les deux disparitions avaient un rapport quelconque avec l'enfant que je portais en moi. La peur m'empêchait d'examiner quel rôle pouvait avoir mon mari, alors je me suis concentrée sur la seconde possibilité. Des sacrifices. Mes prières au côté sombre avaient été entendues, mais il me fallait à présent comprendre dans quelle langue on me parlait. En mon for intérieur, je me demandais si une autre visite à Madame Lu s'imposait. Ou si, inversement, ma récente visite à la Grande Dame avait été entendue... Une chose est certaine, la prière est une arme redoutable et lorsqu'on souhaite du mal à son mari, on doit faire extrêmement attention.

« Une coïncidence ? » s'est-il moqué. Il postillonnait en criant après moi. « Elle était ici, et maintenant elle n'y est plus. »

Jamais je n'avais été aussi sereine, alors je me suis adressée à lui avec retenue :

« Et où ici, John ? L'auriez-vous vue aujourd'hui par hasard ? »

Mes paroles l'ont mis dans tous ses états.

« Comment ? » a-t-il aboyé, on aurait dit un chien de sa meute. « Quelle sorte d'accusation est-ce là ?

– Je ne vous accuse de rien. J'observe simplement. Je vous demande juste si vous avez vu la pauvre femme aujourd'hui.

– Et si je l'avais vue ? a-t-il rugi.

– Ce n'est qu'une question.

– Et vous, si calme et si sereine ? Oui, vous Ellen ? N'auriez-vous pas vu Laura aujourd'hui ? » Il secouait sa large tête de gauche à droite, j'ai cru qu'elle allait se détacher de son corps. « Elle est justement affectée à cette aile où se trouvent nos appartements. Cette jeune femme est pratiquement à notre disposition nuit et jour. Il suffit de l'appeler. Elle est à mon service autant qu'au vôtre. »

Oh, cher Journal ! Si tu avais vu le regard dans ses yeux ! Une telle terreur, une telle culpabilité ! Une femme sait. Une épouse mieux que quiconque. « À notre disposition nuit et jour. » Moi, la première, je n'aurais jamais appelé Laura dans mes appartements la nuit. Par contre, impossible de compter le nombre de fois où j'ai fait venir Sukeena. Mais la petite Laura ? Mis à part son exceptionnelle beauté – sa peau translucide, son nez aristocratique –, j'avais à peine remarqué son existence. Je me rends à présent compte que ses atouts n'avaient pas échappé à mon mari, ce dont j'ai pris note.

« Elle était plutôt charmante, vous ne trouvez pas, John ?

– Vous parlez d'elle au passé ?

– Je parle de sa beauté. Si innocente. Si jeune et... séduisante. Ou peut-être n'était-elle pas si innocente ? La beauté est tellement trompeuse. »

Purement et simplement, j'ai lu de la panique dans les yeux de mon époux. Voilà, c'était fait. Tous deux nous savions.

Je vais peut-être avoir un « accident ». Je vais peut-être demander à Sukeena de mélanger quelques herbes qui délogeront le futur héritier de son cocon. C'est la seule vraie punition que je peux lui infliger. La disparition de Laura – un accident en apparence – n'est pas tout à fait innocente. Si Sukeena sait et me protège, je ne lui demanderai pas ce qu'il est advenu de la jeune femme. Peut-être Laura a-t-elle quitté Rose Red de son plein gré ? Peut-être Sukeena est-elle intervenue et l'a-t-elle chassée sans même lui accorder une visite aux dortoirs pour faire sa valise ? Je suis de plus en plus convaincue que ma chère servante possède des pouvoirs plus importants que la perspicacité et quelques herbes. Extralucide, elle devine parfois les pensées des autres. Je ne vais pas lui demander d'explications, parce que je ne veux pas savoir. Si l'innocente Laura n'était pas si innocente, alors son départ sous une forme ou une autre est le bienvenu. Je l'ai dit précédemment dans mes prières. *Maudite soit la femme qui prend mon mari pour le sien.* Je la répéterai à nouveau ce soir avant de me retirer, comme chaque soir que Dieu fait. Si Sukeena a entendu par hasard cette prière – grâce à ses pouvoirs considérables ou un lapsus de ma part –, si elle contrôle mon destin de quelque manière que ce soit, si elle me protège, alors qui suis-je pour me plaindre ? Qui suis-je pour poser des questions ? Laura nous a quittés. La police ne doit pas savoir. Plus d'un verrou va être fermé dans cette maison ce soir.

Plus d'une question demeure.

ROSE RED – LE 9 SEPTEMBRE 1909

Ma main est faible, mais je ne voudrais pas manquer cette occasion de retranscrire sur tes pages le jour le plus important de ma brève existence. Il y a onze heures, au petit matin, j'ai donné naissance à un garçon. J'ai décidé d'appeler notre premier enfant Adam. Les sages-femmes m'ont affirmé que l'accouchement avait été « facile ». Si elles qualifient de facile trois heures de travail et une délivrance rapide, alors je ne veux pas que cela se passe autrement la prochaine fois ! Je n'ai jamais enduré une telle douleur, surtout dans des parties de mon corps dont j'ignorais l'existence jusqu'à aujourd'hui. Courbatures, crampes, contractions, pertes de conscience, hurlements de douleur, cris de joie... et enfin on a déposé sur ma poitrine cet être rose et humide qui cherchait déjà mon sein, poussé par un instinct primitif, bien avant que le cordon entre nous soit coupé.

Emmailloté dans le linge le plus délicat, Adam est en ce moment dans son berceau, à côté de mon lit. Ses petits yeux bleus sont fermés. Ses minuscules poings sont serrés. Il dort d'un sommeil paisible, comme absorbé dans ses pensées. Oh, quel trésor ! Quelle joie ! Il paraît que Rose Red déborde d'allégresse et que tous les domestiques sourient. Le maître chanterait dans ses appartements et aurait déjà commandé deux fois du champagne. Un fils ! Quand j'ai accouché d'Adam, son père m'a embrassée si tendrement que je n'avais pas le souvenir d'autant de douceur. Les larmes ruisselaient sur ses joues quand il m'a remerciée. Il nous a promis une vie joyeuse et prospère. En tant que famille – « une famille ! » a-t-il rugi – nous ne connaîtrions ni douleur, ni perte, ni tristesse. (Il devait déjà être bien éméché, mais son petit discours m'a néanmoins mis les larmes aux yeux.)

Telle une sage-femme, Sukeena est restée assise à mes côtés tout au long de la nuit « d'avertissements », comme elle appelle les premières contractions et les douleurs intenses qui sont survenues au petit matin. J'ai poussé la dernière fois entre ses mains habiles et j'ai ressenti ce soulagement que seule une femme enceinte connaît. Neuf longs mois venaient de s'achever. Rien que pour cette raison, j'aurais dansé une gigue.

Je bataille à présent avec les bulles de lait au bout de mes seins, un écoulement entre mes jambes – Sukeena m'assure que c'est normal – et une quantité de peau anormalement abondante à l'endroit où devrait se trouver mon ventre. Je n'ai pas faim et pourtant mon estomac crie famine. Je bois l'eau la plus froide que l'on puisse m'apporter en quantité incroyable. Je dors pendant des heures qui me semblent des minutes. Tout cela est tellement nouveau pour moi. Quasiment un miracle ! Je regarde le visage paisible de mon enfant. Dire qu'il vivait en moi, sans air, il y a moins d'un jour ! Ce petit garçon, cet être qui respire. Ce Rimbauer.

On joue de la musique dans les quartiers des domestiques. Sukeena me dit que l'on y mange et on y boit à volonté. John leur a offert de l'alcool et du vin. Les réjouissances sont en mon honneur. (Je crains que Rose Red fonctionne au ralenti demain, vu la conduite du personnel ce soir, mais peu importe !)

La nouvelle s'est vite répandue en ville. Le chauffeur de Tina Coleman a apporté une carte sollicitant une visite, et je crains d'être assaillie par de telles requêtes. J'ai demandé à Sukeena de me préparer un bain et à mes autres petites bonnes de m'aider à me laver les cheveux, mais elle m'affirme qu'il est trop tôt. Elle m'autorise juste une toilette au gant, jusqu'à ce que je sois complètement rétablie. On pourra me laver les cheveux, mais uniquement à la cuvette. Demain matin, nous nous occuperons du mieux possible de ma personne.

Mon petit Adam est tellement précieux. Je me sens si bien quand il tète ; je déborde de bonheur et j'ai envie de rire sans aucune raison. Sa faim m'est d'un grand secours, car mes seins sont parfois sur le point d'éclater. Nous avons déjà trouvé un équilibre entre sieste et allaitement. Il ne s'est pas encore soulagé, et Sukeena attend cet événement aussi impatiemment que moi j'attendais mon accouchement. Je ne crois pas qu'elle se soit reposée depuis deux jours ; elle est toujours à mes côtés quand je me réveille et elle me tient la main quand je glisse dans le sommeil. Quelle chère amie est-elle devenue ! Comment pourrais-je exister sans cette sœur ? Ces mains, à l'intérieur de moi, ont été garantes d'un accouchement idéal. Si gentille et si douce. Si prévenante et consciente de ma douleur. Un jour peut-être, j'oserai lui demander plus de détails, mais pas aujourd'hui. Je ne fais que sombrer dans le sommeil, Adam contre mon sein, dans le berceau, contre mon sein. Le visage bleu-noir de Sukeena brille sous la lampe à gaz. Je vois de l'amour dans ses yeux. Je sens son amour. Je lis de l'espoir et de la bonté. Je me souviendrai toute ma vie de ce jour où j'ai transmis la vie, de génération à génération. Mon mari hurle dans le couloir devant ma chambre. « J'ai un fils ! J'ai un fils ! » Cette maison déborde enfin de joie. J'espère et je prie simplement pour que cela dure.

Grand Dieu du Ciel, je crains que cette maison ait une âme !

Adam, Sukeena et moi avons passé ces deux dernières semaines à flâner le long des couloirs du manoir. J'ai ainsi pu revisiter l'Aile Est, que j'avais à peine vue et où se trouve la Grande Salle de Bal. Nous ne l'avons pas réutilisée depuis l'inauguration, mais elle reste merveilleusement fraîche et immaculée, grâce au zèle de nos employés. Je revois les danseurs et j'entends encore les musiciens. (Dieu merci, je ne sens aucune vapeur d'alcool, car depuis la naissance d'Adam, mes sens se sont sérieusement accrus : j'entends le moindre bruit et je détecte le cigare de mon mari à l'autre bout de notre gigantesque Rose Red.) Je me souviens du fringant chef d'orchestre et je revois nos invitées dans leurs somptueuses tenues. Sukeena tenait Adam dans ses bras, tandis que j'arpentais la grande salle : je revivais cette merveilleuse fête et commençais à anticiper la suivante, qui aura la même envergure, dans quelques mois. Les préparatifs que je vais coordonner débuteront dans une semaine ou deux ; les employés et moi allons élaborer les décorations, les festivités, les mets, les invitations et tous les détails auxquels il faut penser avant le quinze janvier. Voilà quel était, en réalité, le but de ma visite : je voulais me faire une nouvelle impression du Hall aux murs lambrissés de noyer, et de cette Salle de Bal avec ses superbes peintures à l'huile – portraits et paysages – que John et moi avons acquises à Paris et à Londres lors de notre lune de miel. J'aimerais des fleurs fraîchement coupées dans les vases méditerranéens : nos jardiniers devront donc travailler des mois à l'avance, car les seules fleurs disponibles à ce moment-là seront des bulbes forcés, et j'en veux à profusion. (Ce climat semble particulièrement favorable aux bulbes, et je présage qu'un jour les agriculteurs en feront pousser des grandes quantités. Dans ce but, j'ai déjà encouragé John à acheter un terrain au nord de la ville. Il envisage une transaction avec les gros industriels du bois. En effet, une fois qu'ils ont mis un terrain à nu, ils n'en tirent pratiquement plus de bénéfices.)

Nous avons tous trois arpenté cette pièce en long et en large, pendant que j'expliquais à Adam où je prévoyais d'installer les boissons, les sièges et les festivités. Puis nous sommes sortis de la Grande Salle pour à nouveau pénétrer dans l'impressionnant Grand Hall Est.

Heureusement que Sukeena portait Adam dans ses bras lorsque je me suis évanouie, sinon il aurait très bien pu se blesser lors de ma chute.

À l'autre bout du Hall, juste devant la montée des escaliers, se tenait la jolie Laura, notre petite disparue depuis des mois. Sa blouse était ouverte sur ses seins nus et sa peau noire. Elle ne portait pas de jupe. Ses sous-vêtements froissés étaient défaits et bâillaient à l'entrecuisse, mettant sa féminité à nu comme, je pense, une prostituée dans la rue. Elle semblait effondrée, une femme fraîchement anéantie, les cheveux en bataille, la peau marbrée. Je n'entendais pas sa voix, alors que je voyais ses lèvres bouger. Je suis néanmoins parvenue à comprendre clairement ce qu'elle me disait : « Ma jupe. » Elle me regardait, se regardait et faisait semblant de se nouer une jupe autour du ventre. Tellement bouleversant ! Tellement épouvantable !

C'est alors que j'ai perdu conscience et suis tombée par terre. Sukeena a poussé un cri, non de peur mais pour appeler à l'aide. Le temps que je revienne à moi, Laura était partie. Perdue dans cette maison ou... kidnappée par elle... une seconde fois.

Ce soir, j'ai confié Adam à une femme de chambre et je les ai enfermés à double tour, puis je suis sortie de Rose Red pour la première fois depuis l'accouchement. John était allé en ville vaquer à ses « occupations », c'est-à-dire une partie de poker, un déjeuner d'affaires ou quelque autre activité à laquelle je ne souhaite pas penser. Avec Sukeena à mes côtés, je suis partie à l'aventure. Nous avons suivi une logique toute simple : si Laura avait effectivement été vue dans les Écuries et si elle avait perdu sa jupe, alors il y avait des chances pour que toutes deux nous mettions la main sur cette preuve, qui pourrait aider la pauvre créature. Peut-être était-ce cette jupe et uniquement cette jupe qui la retenait prisonnière en enfer où nous l'avions vue. (Cette femme de l'autre côté du Hall était un fantôme et non un être en chair et en os ! Ne me demande pas comment cela est possible, je l'ignore. Mais je n'en démordrai pas !)

Je dois admettre que je me sentais dans la peau d'une adolescente, le cœur battant la chamade. Invisibles, Sukeena et moi avons fui par l'Aile Ouest, en empruntant l'étroit escalier de service qui mène au rez-de-chaussée, entre le Petit Salon et le Grand Hall Ouest. De là, grâce à Sukeena qui faisait le guet, nous avons traversé le couloir extérieur menant à la Salle d'Armes, entre la Galerie des Tapisseries et le mur sud ; puis au bout d'un long couloir en pierre fermé par une porte, nous avons emprunté un escalier en colimaçon qui mène à l'extrémité de l'Aile Ouest, près des appartements de John. (Je jurerais qu'il utilise cet escalier caché pour entrer et sortir de la maison sans que je le sache.) Nous sommes passées par le Bowling, avons contourné la Piscine jusqu'aux portes situées à l'est qui donnent sur le Jardin, derrière Rose Red. Sukeena est capable de se déplacer sans faire de bruit. Ma reine africaine semblait flotter au-dessus du sol, elle se mouvait avec fluidité dans les recoins tout en passant inaperçue, quasiment invisible. Au moment d'atteindre le Jardin, nous nous sommes arrêtées pour reprendre notre respiration (moi bien plus qu'elle), et nous avons laissé nos yeux s'habituer à l'obscurité. Oh mon Dieu, comme j'étais oppressée par tant de tension ! Le bruit de la fontaine, à quelques mètres seulement entre nous et les Écuries, nous empêchait d'entendre, alors nous sommes restées tapies dans l'ombre, le long du mur des Vestiaires de la Piscine. Nous nous sommes tenues à l'écart des parfaites allées en pierre et avons préféré un chemin plus tortueux entre les arbustes, les buissons et les fleurs.

« J'y ferai plus tard ! » s'est exclamée une voix masculine que je n'ai pas reconnue – sans doute un des préposés aux voitures qui s'apprêtait à quitter la propriété pour aller boire une bière, ou se retirer dans l'un des dortoirs que nous avons mis à la disposition du personnel.

Sukeena et moi avions soigneusement choisi notre heure. En effet, les employés des Écuries terminent leur journée environ une heure après le retour du dernier cheval ou de la dernière voiture. John avait pris une automobile pour régler une soi-disant affaire. Par conséquent, l'endroit était désert cette nuit. (John se gare dans une stalle aménagée spécialement pour son auto et il ne devait revenir que tard dans la soirée.) Je présumais que Daniel, en tant que palefrenier en chef, se mettrait à la disposition de mon mari dès son retour. Mais Sukeena avait entendu de source sûre que notre homme avait prévu une partie de dés ce soir même, et était déjà en route vers la salle de *skeet* au sous-sol – dans cette pièce, on lance des pigeons d'argile que l'on tire au fusil depuis la loggia située au nord, au rez-de-chaussée, tout près de la Salle de Billard. Si Sukeena disait vrai, Daniel aurait beaucoup de mal à se trouver plus loin tout en étant encore sur la propriété ! Enfin, je sais qu'il est dans la nature de l'homme de positionner quelque part un jeune éclaireur, qui garde un œil ouvert en cas de retour impromptu du maître. Sukeena et moi cherchions donc à éviter ce jeune homme, certainement le fils d'un ouvrier auquel il aura donné une collation ou la pièce pour sa peine.

Nous nous sommes donc installées à couvert, derrière un rhododendron bien entretenu dans le coin nord-ouest du Jardin, où se trouve une petite partie de la roseraie entre la fontaine et notre cachette. Juste en face de nous s'élevaient les sombres et indistinctes Écuries, et l'on entendait seulement leurs résidents à quatre pattes. (Ensemble, la Piscine, le mur ouest de la maison et les

Écuries forment une cour immense et offrent une seule issue à l'ouest, là où nous étions fermement retranchées.) Nous avons attendu ce qui m'a semblé une éternité ; mes muscles se plaignaient de mon récent accouchement tandis que Sukeena ne remuait pas un cil. Une fois certaines qu'aucune voix humaine ne s'élevait du bâtiment, nous avons traversé en courant et sans un bruit la petite clairière tondue, pour atteindre l'entrée ouest des Écuries, la seule qui ne se voit pas de la maison.

Si quelqu'un nous surprenait à l'intérieur, j'avais préparé plusieurs excuses plutôt malignes sur notre présence sans invitation en ces lieux, grâce auxquelles mon mari ne serait pas mis au courant. Mais les événements ont pris une telle tournure que je n'ai pas eu besoin de me justifier. Enfin, pas sur le moment...

Sukeena ouvrait le chemin sur la courte distance à découvert jusqu'au bâtiment. Laisse-moi te dire que mon cœur était au bord de l'explosion quand j'étais accroupie, puis quand je me suis précipitée à travers le Jardin sur la courte allée en gravillons. Tremblantes et collées l'une à l'autre contre le mur froid, nous avons essayé de reprendre notre souffle. J'ai regardé Sukeena et failli éclater de rire. J'étais si nerveuse et elle tellement stoïque et impassible. À quoi pouvait-elle penser ? Je ne sais pas si elle s'amusait autant que moi. Peut-être avait-elle peur de perdre sa place ? À ce moment seulement je me suis rendu compte dans quelle position difficile je l'avais mise. Il lui était impossible de me dire non, ni aujourd'hui ni jamais j'en suis sûre, et dire que je lui avais confié la délicate tâche de me conduire dans la gueule du loup ! (Ne crois pas qu'il me soit interdit de me rendre dans les Écuries, mais y pénétrer pour chercher un vêtement de femme est une autre affaire !)

Nous avons pris notre courage à deux mains et calmement, nous sommes entrées, l'air de rien. On avait sûrement laissé les portes grandes ouvertes en prévision du retour de John, plus tard dans la nuit – une chance pour nous ! Nous avons avancé sur les larges planches en séquoia couvertes de poussière et de paille. Le magnifique bâtiment baignait dans une faible lumière électrique, sans âme qui vive. J'ai toujours aimé l'odeur des chevaux, et des souvenirs de mon enfance me sont tout de suite revenus à l'esprit. Chaque stalle possède une porte en fer forgé et séquoia sculpté, qui s'ouvre quasiment sans bruit. (Il paraît que Daniel est le meilleur lad de tout l'État.) Il y a deux étages : en bas se trouvent les stalles des chevaux, l'emplacement de plusieurs voitures, une sellerie, un magasin et le bureau de Daniel. Le haut est essentiellement destiné au stockage de la paille et du foin, bien que l'on ait fait construire plusieurs grandes pièces froides. Je présume que la plupart sont vides, puisque nous vivons à Rose Red depuis moins d'un an. Nous avions tout de même prévu ces pièces en cas d'excédent. (Remarque, je ne peux imaginer qu'un jour on manque de place au rez-de-chaussée, puisqu'il fait la surface d'une cour d'école.)

Sukeena et moi nous sommes arrêtées plusieurs fois, guettant le moindre son humain ou équin. Fausses alertes heureusement, alors nous avons continué à avancer dans les profondeurs de l'immense grange. Je dois reconnaître, puisque je partage avec toi mes pensées les plus intimes, que j'imaginais le pire. Si la jupe de Laura avait disparu, il fallait peut-être blâmer un homme. Dois-je aller jusqu'au bout de ma pensée ? Je craignais que Daniel soit mêlé à cette histoire ; inutile de remettre en question son allégeance à mon mari. Je ne parviens pas à oublier le démenti du palefrenier devant tous les employés. Il avait prétendu ne pas avoir vu Laura.

Nous sommes passées devant chaque stalle où étaient installés quelques-uns des meilleurs chevaux de la région, comme *Summertime* et *Rex* – ce sont mes préférés, car j'ai participé à leur acquisition. Je dois dire qu'il est parfaitement possible de monter tous nos chevaux, qui sont d'élégants représentants de leur espèce. John s'y connaît en équidés.

Au milieu du bâtiment, nous avons trouvé la porte de la sellerie et du magasin verrouillée. Déçues, nous avons passé notre chemin.

Le bureau de Daniel était aussi fermé à double tour. En silence, nous avons suivi le couloir central. Sukeena prenait soin de vérifier toutes les quinze secondes si personne ne nous suivait, et regardait en particulier vers l'entrée, de peur que quelqu'un nous surprenne et nous demande des explications. Les stalles sont plus grandes côté est. De grandes portes coulissantes permettent de passer d'un attelage à l'autre ; il y en a six en tout, soit trois de chaque côté. Les deux premiers sont décoratifs, l'un est prévu pour un cheval, l'autre pour deux. Nous avons jeté un œil à travers les barreaux en fer forgé. Ensuite venaient l'attelage des poneys et le traîneau, suivis de deux grandes charrettes à foin dont l'une était pourvue d'une pompe à incendie en cas de besoin.

Je ne peux absolument pas expliquer pourquoi Sukeena s'est arrêtée devant la porte qui mène au deuxième entrepôt, ni pourquoi elle a choisi la charrette à foin. Mais je peux dire que cette femme possède une troublante perspicacité, une capacité quasiment magique de « voir » au-delà de ce que nous, simples mortels, voyons. Elle s'est arrêtée là, comme si elle venait de heurter un mur invisible, la tête complètement penchée, les yeux braqués sur l'obscurité derrière la porte.

« Là, Miss », a-t-elle murmuré de sa voix monocorde et angoissante.

Elle prend ce ton uniquement lors des conversations les plus sinistres, ce qui a par conséquent attiré toute mon attention.

« Sukeena ?

– Il faut regarder là. Oui, exactement ici.

– D'accord. »

Je l'ai aidée à faire coulisser les lourdes portes. Prévues comme zone de reproduction, ces stalles sont beaucoup plus grandes que celles situées à l'ouest. On apprend vite à ne pas mettre en doute les instincts d'une sœur, et je n'avais absolument pas l'intention de m'engager dans un tel débat avec ma chère Sukeena. La porte s'est ouverte presque sans un bruit et nous avons fait face à une charrette que je reconnaissais fort bien, car elle appartenait depuis des années à la famille de John, qui y tenait beaucoup. Soudain, je suis restée bouche bée en me rendant compte que c'était ce même chariot que conduisait Mr Corbin le jour où il avait tué le contremaître d'un coup de fusil. On voyait encore les traces du sang versé lors de cet horrible accident. Je frissonnais encore lorsque la porte a bougé sur ses rails. Sukeena venait de la fermer derrière nous. Seule la petite fenêtre d'observation munie de barreaux communiquait avec l'aile centrale de la grange. Je voulais sortir de là. Prendre mes jambes à mon cou. John parlait souvent de ce chariot – il semble que plus d'un souvenir de son enfance ait trait à ce véhicule, comme par exemple les tout premiers dollars gagnés auprès d'un voisin pour avoir évacué ses ordures. (John amuse ses convives en leur racontant comment il a commencé éboueur et fini magnat du pétrole !)

Sukeena s'est approchée du chariot comme s'il possédait un pouvoir sur elle. Elle l'a touché, a fermé les yeux. Elle avait la chair de poule, comme si elle se tenait à la fenêtre en hiver. Quand elle les a rouverts et m'a regardée, j'ai senti un frisson de peur me parcourir le corps.

« Quoi ? lui ai-je demandé, la voix chevrotante.

– Nous être au bon endroit, Miss Ellen. »

Et elle n'a rien dit de plus. Elle a fait le tour du chariot et est revenue à l'arrière d'où l'on pouvait charger ou décharger le plateau. Elle a posé sa large main noire sur les planches parfaitement ajustées et, pendant une seconde, j'ai cru que tout le véhicule tremblait à son contact. Je n'avais jamais vu un visage s'enflammer si vite, comme si elle était tout à coup brûlante de fièvre. Bouche bée, elle émettait les grognements caractéristiques d'une femme qui souffre. Et en vérité, ce n'était pas du tout la voix de Sukeena, mais celle d'une autre femme. Je me suis bouché les oreilles pour ne pas entendre cet horrible supplice. Sukeena – ou celle qu'elle incarnait – tournait si rapidement la tête qu'on aurait dit une chouette se permettant des rotations à quatre-vingt-dix degrés.

Il y avait là, suspendue à un solide crochet, une épaisse couverture de cheval, ou peut-être était-ce un simple carré de laine matelassé utilisé pour protéger les chargements fragiles à l'arrière. D'un vert pin sombre, cette couverture était maculée de taches noirâtres. Comme en transe, Sukeena s'en est approchée, l'a attrapée de ses deux mains et l'a décrochée du mur. Au même moment, le plateau du chariot s'est mis à bouger tout seul derrière nous, de haut en bas sans discontinuer.

Là, sous la couverture, était cachée une jupe noire de femme.

Nous nous sommes retournées au premier grincement du chariot et je suis restée paralysée de peur. Allongée sur le plateau en bois, l'image spectrale de la jeune Laura était vulgairement exposée à notre vue, le chemisier dégrafé, les seins nus, les bras maintenus de force au-dessus de la tête, les jambes écartées. Son bassin bougeait de manière absolument laide et disgracieuse, mais parfaitement reconnaissable. Elle était agressée, obligée de se soumettre à cet acte, sans que nous puissions voir son assaillant.

Sukeena, Dieu la bénisse, est restée sur le qui-vive. Elle a attrapé la jupe noire pendue au crochet et l'a jetée à la créature spectrale qui ondulait devant nous. Une monstrueuse expression de douleur barrait le visage de la jeune fille. Sukeena avait jeté le vêtement comme on couvre un feu. La jupe s'est évanouie dans les airs en emportant la fille. La charrette s'est immobilisée. Je te jure que je n'ai pas rêvé ! Un instant après, nous avons entendu des voix masculines qui s'approchaient et ne présageaient rien de bon. Je crois que je me suis évanouie à ce moment-là. Le moteur d'une automobile grondait au loin.

Sukeena m'avait retenue dans ma chute et me secouait pour me réveiller, une main délicatement plaquée sur ma bouche pour m'empêcher de parler et de nous trahir. Pas de doute : Daniel et l'un de ses subalternes avaient eu vent de l'arrivée de John. Ils venaient accueillir le maître de maison et mettre l'automobile à l'abri pour la nuit. Tout cela s'est produit presque en même temps : la discussion vive et houleuse des deux hommes qui se disputaient pour une partie de dés, le léger teuf-teuf et le cliquetis de l'auto de John remontant la longue allée, passant devant Rose Red et entrant dans les Écuries, l'odeur d'huile qui se dégageait du pot d'échappement. Le soudain silence.

« Salut, Daniel.

– Monsieur ! Vous rentrez plus tôt que prévu.

– Une petite visite aux docks, un cognac, et me voilà. Laisse-moi te dire Daniel, je suis vraiment satisfait de savoir que ces barils de pétrole ont gentiment été bordés et qu'ils sont à présent en route pour les îles du Pacifique. De l'argent à la banque pour le petit Adam, voilà ce qu'ils représentent. De l'argent à la banque. Pourvu que le bateau ait une traversée tranquille.

– Je suis certain qu'il y aura pas de problème, Monsieur.

– Vous attendez peut-être de la visite, Daniel ? Et si je restais...

– Vous pourriez trouver la vue divertissante depuis la sellerie, Monsieur. Si je peux me permettre...

– C'est qui ?

– Une blonde, Monsieur. Une nouvelle. Employée aux cuisines. Aussi croquante qu'une pomme verte, Monsieur. Alléchée par mon offre d'un pur whisky irlandais, elle ne devrait plus tarder.

– Très bien. »

J'ai surpris cette conversation entre les deux hommes et j'ai alors su que le Régent était l'homme sur Laura à l'arrière du chariot. Peut-être mon époux avait-il regardé, car je connais fort bien son goût pour le voyeurisme. (Sukeena a découvert deux miroirs sans tain dans la maison, l'un donne dans le dortoir des femmes et l'autre dans la salle de bains attenante. Inutile de dire que les pièces secrètes d'où l'on peut regarder sans être vu ne figuraient pas dans les plans que j'ai examinés avec mon mari lors de notre lune de miel !) Si tu savais à quel point je m'accroche à l'idée que c'est Daniel qui se trouvait avec la jeune Laura, et non mon John. Après tout, c'est le territoire de Daniel. Peut-être mon mari était-il au courant et essayait-il de protéger l'un de ses plus loyaux employés ?

Sukeena m'a aidée à gagner l'arrière de la charrette dès que les voix se sont rapprochées. Les deux hommes se sont arrêtés juste devant la porte derrière laquelle nous nous trouvions. Sous la faible lumière devant nous, le fantôme de Laura est réapparu. Vêtue de loques, elle était assise sur le banc du conducteur et montrait les deux hommes d'un doigt accusateur. Elle nous voyait ! Elle nous appelait à l'aide !

John a levé la tête, comme s'il avait senti quelque chose. Et je jurerais qu'il m'a regardée moi, droit dans les yeux. À travers cette fille éphémère. Il m'a regardée, mais comme il ne s'attendait pas à me trouver là, il ne m'a pas vue. Et s'il m'a vue, il a dû se convaincre que je n'étais qu'une illusion.

Je bouillonnais de colère. On avait abusé de ce joli brin de fille, on avait menti sur sa disparition. Cette horrible image spectrale dans la charrette me hantait. Peut-être avait-il eu l'intention de lui jeter quelque pièce pour le service ? Peut-être lui avait-il promis une promotion ? Peu importe. Elle n'est plus là aujourd'hui. Avalée par Rose Red, tout comme Mrs. Fauxmanteur. À ce moment-là seulement et pour la première fois, j'ai compris quelque chose dont je serai bientôt sûre, quelque chose dont je vais tirer parti durant les nombreuses années à venir. Rose Red est de mon côté.

Rose Red est mon amie.

Je trouve une consolation dans mon enfant à l'innocence si douce, mon cher Adam. Sa présence en ce monde est si récente. Quelle bénédiction de partir sur de bonnes bases ! Je pense parfois à Mrs. Fauxmanteur et à la séduisante Laura souffrant le martyre. À Mr Corbin flirtant avec le meurtre et la folie. Quel genre d'endroit est-ce donc ? Il semblerait que Rose Red se débarrasse des hommes tout en ravissant des femmes. C'est désormais un grand sujet de discussion entre Sukeena et moi, tant je suis inquiète. (Je frôle la crise de nerfs ; mes mains tremblaient tellement au souper ce soir que j'ai refusé le potage, prétextant que je n'en voulais pas, alors qu'en vérité, je ne parvenais pas à tenir ma cuillère. John ne se rend compte de rien. Sukeena voit tout.)

Sukeena et moi nous demandons tout haut pourquoi et comment le manoir opère ses choix. Pourquoi nous a-t-on préférées à nos deux sœurs ? Pourquoi ne pas s'emparer de la vingtaine de servantes qui travaillent ici ? Pourquoi ne pas « accidentellement » tuer un jardinier ou un palefrenier ? Pourquoi le contremaître et certains ouvriers ? Je cherche un message parmi ces événements, pendant que Sukeena s'en tient fermement à ses positions.

Voici ce qu'elle m'a confié tantôt :

Rose Red abrite l'âme des Indiens dont on a dérangé les tombes lors de la construction. Le contremaître et d'autres ont été tenus pour responsables de cette atrocité ; mais aujourd'hui la maison est construite et s'élève dans toute sa splendeur. Ses habitants doivent donc payer, et cher. Rose Red est bienveillante envers elle et moi, car nous sommes toutes trois victimes des hommes à l'origine de sa construction. La vérité sur le sort de Mrs. Fauxmanteur n'éclatera pas de suite au grand jour, mais Sukeena pense que Laura a été élue à cause d'une indiscrétion soit avec le Régent, soit avec mon mari. Rose Red a choisi son camp dans la guerre vieille comme le monde qui oppose les époux. Elle n'ose pas tuer John, puisqu'il est le moteur lui permettant de croître sans cesse : il la rend plus grande et plus forte. Elle n'ose pas s'en prendre à moi, car je suis celle qui a ordonné sa construction à mon mari. Ensemble, John et moi représentons sa seule chance de vivre, du moins de continuer à se déployer, selon Sukeena. L'âme des défunts indiens ne s'embarrasse pas des guerriers ; et les hommes sont tous des guerriers aux yeux des chefs de tribus. De l'autre côté, les femmes ne représentent pas une grande menace et peu contesteraient le fait que seules les femmes connaissent la vraie histoire de leur tribu, comme elles vivent plus longtemps que les guerriers. Sukeena croit que Rose Red punit non seulement John et ses maîtresses, mais qu'elle capture les femmes pour en apprendre plus long sur elles, pour avoir une compagnie. Aussi longtemps que la construction perdurera, aussi longtemps que John et moi vivrons ensemble, Rose Red prendra des forces ; cela signifie que d'autres hommes mourront et d'autres femmes disparaîtront. Elle me conseille d'ordonner à mon mari de stopper toute construction et de vendre la maison.

« Rien de bon pouvoir venir de cet endroit, Miss Ellen. Une femme doit pas élever enfants ici. »

Au cours de ces deux dernières années, nous nous sommes rarement disputées, Sukeena et moi. Nos occasionnels désaccords ont pris la forme de débats informels où chacune faisait valoir ses arguments, sans prononcer un mot au-dessus de l'autre. Mais lorsqu'elle a avancé cette théorie sur Rose Red ce matin, j'ai laissé éclater ma colère (ce que je regrette à présent !). Je lui ai dit de s'occuper de sa sorcellerie africaine et je suis sortie précipitamment de la Salle de Dessin, sans plus d'explications. Je ne l'ai pas revue depuis.

Cher Journal, quelle sotte suis-je donc de risquer ainsi mon amitié avec la seule personne au monde qui me comprend, alors qu'au fond de mon cœur, j'ai si peur qu'elle dise la vérité. Son explication est d'une telle logique qu'elle me hante. Et pour que ses arguments se tiennent, je dois lui concéder que cette maison, cette structure alliant brique, pierre, bois et verre, possède réellement un esprit. C'est cette brèche dans ma foi qui me rend perplexe : le cœur n'admet pas ce que l'œil voit. Vivante, ma maison ? Il n'est pas possible qu'un bâtiment de cette taille, construit sur un cimetière consacré, existe dans une sphère spirituelle ! Le peut-il ? Je me le demande bien, moi qui me sens hantée et instable ! Mon esprit divague. Je suis incapable de me concentrer sur un seul sujet bien longtemps. Est-ce dû à la maternité, ou à Rose Red qui se serait emparée de moi sans que je m'en rende compte ?

Je suis tentée d'appeler ma chère amie Tina Coleman pour qu'elle m'organise une autre consultation avec Madame Lu. J'aimerais exposer cette éventualité à la Grande Dame (en termes ambigus, évidemment), afin de recueillir son avis et ses conseils. Madame Lu est en contact avec « l'autre côté » et elle pourrait très certainement me procurer une vision de l'intérieur quant à la validité des suggestions de Sukeena. (Sans mentionner son nom ! Les Chinois ne regardent pas les Africains d'un très bon œil ; il n'y a guère de doute à ce sujet.)

J'ai mes raisons d'être aussi suspicieuse : je crois fermement que Sukeena est un puits de savoir et que Madame Lu elle-même ne lui arrive pas à la cheville. Sukeena est mon ange noir. Ses talents d'infirmière m'ont ramenée à la vie dans le *bush* africain. Dès cet instant, elle est devenue une partie de moi, une amie, une sœur. Parfois, et il n'y a qu'à toi que je peux le confesser, j'aperçois le creux de ses reins ou la courbe de ses hanches, et j'éprouve alors ce honteux désir que j'avais pour ma petite bonne indonésienne. Elle me masse le ventre avec des huiles pour qu'il retrouve son aspect précédant la naissance, et je meurs d'envie que ses mains vigoureuses courent le long de mon corps. (Cela fait des mois que mon mari et moi nous nous évitons, et depuis la naissance, j'exècre la seule pensée de nos retrouvailles.) Tout cela est tellement immoral que j'ose à peine l'écrire ici. Mais si je ne le fais pas, ces pensées vont m'obséder et devenir beaucoup plus destructrices. Tu ne sauras jamais, cher Journal, à quel point tu m'es utile. Une fois qu'elles se sont immiscées dans tes pages, je suis libre de recommencer à zéro. Je suis purifiée. Tu vois, par exemple ce soir, dès que j'aurai couché ma plume à tes côtés, j'appellerai Sukeena, elle viendra et tout sera pardonné. On parle beaucoup dans les cercles mondains de cet étranger nommé Freud et de son extraordinaire compréhension du genre humain. Moi, je ne ressens nullement le besoin de m'épancher ailleurs que sur tes pages. Tes capacités d'écoute me sauvent ! Il en est ainsi entre Sukeena et moi ; c'est un mystère sur lequel le voile n'est pas totalement levé, un peu comme avec cette maison et ses habitants.

Je reviens me confier à toi après une brève et merveilleuse réconciliation avec Sukeena. Lorsque j'ai suggéré de retourner voir Madame Lu, elle n'a émis aucune objection et à mon grand soulagement, elle a proposé de prendre elle-même toutes les dispositions. Je crois qu'elle s'est en quelque sorte liée d'amitié avec la domestique de Tina, une femme prénommée Gwen, qui s'était jointe à nous auparavant.

Je me rends compte que John est de moins en moins fasciné par son héritier. Les odeurs, les pleurs, la bave et même l'allaitement le dégoûtent un peu (malgré les deux nourrices dont une allaite Adam la nuit). À mon avis, quand le petit aura atteint l'âge de huit ou neuf ans, l'âge où l'on apprend à chasser, à pêcher, etc., les élans de tendresse de John referont surface ; mais pour l'instant, il est absent et ne montre aucun intérêt pour son fils. Je peux parler au passé des attentions frivoles qu'il me prodiguait lors de ma grossesse. J'ai porté son enfant. Son premier-né est un fils. J'ai accompli ma tâche, je le crains. Si j'avais su ce que la vie me destinait, j'aurais exprimé quelques réserves quant à la consommation de ce mariage. Seulement, aujourd'hui, il est trop tard pour de telles considérations. Il faut que je fasse pour le mieux ou... que je m'accommode du pire. Je lutte afin d'obtenir une meilleure position, et j'appréhende les conséquences si John et moi devons nous lancer dans une très longue bataille.

Je vais requérir la venue de mon mari dans ma couche aussitôt que mon corps sera complètement remis. Je sais désormais que seuls les enfants m'apporteront joie et bonheur. (Adam me comble comme jamais je n'ai été comblée. Ce petit miracle est ma raison de vivre. Ma raison d'aimer !) Si mon destin consiste à mettre au monde des enfants, j'obéirai même si j'hésite entre aimer mon mari et le mépriser. Adam Rimbauer occupe une place à part dans mon cœur, une place réservée à lui seul. Comme je désire multiplier ce sentiment par quatre, par cinq ! J'ai hâte ! J'ai tellement envie d'entendre mes bambins cavaler à travers la maison ! Maudit soit John Rimbauer. J'aurai ma propre vie en dépit de ce coureur de jupons.

J'ai beaucoup moins appréhendé ma visite chez Madame Lu que la première fois où j'ai vu cette partie de la ville. Je n'irais pas jusqu'à dire que je suis à l'aise dans le quartier chinois, mais au moins je m'y suis habituée, et mon angoisse est moindre.

De son côté, Madame Lu s'est montrée plus accueillante et plus accommodante. Une nouvelle fois, Tina Coleman m'avait accompagnée et s'était occupée de nous introduire (les Chinois insistent pour que cet échange de mondanités ait lieu avant de discuter toute transaction). Madame Lu a fini par jeter un œil sur moi et m'a questionnée.

« Tu veux une aut' visite, mon enfant ?

– Oui, Grande Dame. (Je suis autant que possible l'exemple de Tina.)

– Quelque chose tourmente beaucoup toi, m'a-t-elle dit après m'avoir toisée.

– Notre foyer, ai-je répondu. Notre maison. »

Elle a hoché la tête. Son énorme visage est tombé en avant comme une pierre. Une grosse masse de cheveux était emprisonnée dans un chignon sur sa nuque, et pourtant la queue de cheval qui sortait de ce nid mesurait facilement soixante centimètres. En tout, ses cheveux devaient faire plus d'un mètre cinquante de long, c'est-à-dire sa hauteur, voire plus.

« Moi rentrer en contact avec grandes personnes, enfants, pas maisons.

– Deux femmes ont disparu chez nous, dont une jeune domestique. Elle est encore là-bas, mais pas en chair et en os. Je l'ai vue comme je vous vois. Ma femme de chambre l'a vue elle aussi », ai-je dit en désignant Sukeena.

Seulement, la Grande Dame faisait à peine cas de la présence de ma petite bonne.

Tina Coleman est restée bouche bée. Jusque-là, elle avait dû penser que mes supplications concernaient mon mariage ou mon accouchement, au pire la disparition de Mrs. Fauxmanteur. Une seconde disparition (dont elle ignorait tout), suivie d'un fantôme, semblait apparemment trop pour elle. Elle a pris son éventail et a brassé l'air avec une telle force qu'une partie de ses cheveux s'est dressée sur sa tête.

« Moi je peux pas aider toi, mon enfant, a dit la grosse femme. Moi je suis pas dans maison. Moi je dois être dans maison pour parler à femmes disparues.

– Une séance de spiritisme ?

– Je dois être dans maison. Mais pas possible. Madame Lu quitte jamais quartier. Dangereux plus loin.

– Mais je pourrais vous envoyer une voiture », suis-je immédiatement intervenue.

Tina s'est penchée vers moi et a rapidement murmuré à mon oreille que Madame Lu ne quittait jamais sa demeure, car le moindre Chinois influent capturé en dehors de son fief subissait immanquablement les foudres de la police. Madame Lu se gardait bien de défier ces principes fortement ancrés. La structure politique de la ville est, paraît-il, pourrie par la corruption, le favoritisme et le népotisme. La ville est exceptionnellement indulgente vis-à-vis des hommes d'affaires et personne n'est prêt à contester cet état de fait. Je n'ai pas du tout aimé entendre ce genre de propos – je voulais comprendre ce qui se passait à Rose Red – mais j'ai aussi reconnu qu'en dépit de l'influence du nom de Rimbauer dans certains cercles, nous n'existions quasiment pas dans le monde de Madame Lu.

Tina a demandé à la Grande Dame auprès de qui nous devions nous adresser.

« Je connais quelqu'un, a dit Lu. Madame Stravinski. Juste elle. Pas une autre. Vient pas souvent à Seattle. Laisse-moi écrire lettre et voir.

– Je vous en serais particulièrement reconnaissante.

– Tu soupçonnes mari », m'a-t-elle dit sans mettre de gants.

J'en ai eu le souffle coupé.

« Dis pourquoi à Madame Lu. »

Je me suis tournée vers Sukeena, qui semblait aussi surprise que moi. Tina ne voulait pas regarder dans ma direction. Je me demandais si je pouvais parler librement en présence de mon amie. Il n'y avait pas d'autre issue, alors j'ai raconté à Madame Lu notre récente mésaventure dans la grange, la jeune Laura horriblement dénudée, les jambes écartées dans cette charrette, Sukeena lui lançant sa jupe, Laura désignant mon mari et son palefrenier en chef.

Le visage de Madame Lu est resté impassible. Elle me regardait sans ciller.

« Tu as donné fête, ou gens ont dansé dans maison récemment ?

– Mon mari distribue généreusement de l'alcool le week-end, et on entend souvent de la musique dans les quartiers des domestiques.

– Des endroits où mari et palefrenier ont vu jeune fille danser comme ça ?

– Les domestiques aiment faire la fête. Il paraît que leurs agapes durent parfois toute la nuit. »

J'ai à nouveau jeté un œil à Sukeena, puis à Madame Lu qui a fait mine de ne pas la voir. J'avais la gorge nouée.

« Autre femme manque. Elle connaît mari ou palefrenier ?

– Mrs. Fauxmanteur ? Certainement pas. C'était une amie de Melissa Ray, ai-je dit en désignant ma chère amie à ma gauche. Elle était simplement venue prendre le thé. »

Livide, Tina Coleman m'a regardée de la tête aux pieds. Son visage n'avait aucune couleur, ses lèvres semblaient jaunes sous son maquillage.

« Mon amie ? lui ai-je demandé.

– J'aimerais pouvoir vous conforter dans vos pensées, ma douce Ellen.

– Tina ?

– Quant à la nature des relations amicales qu'entretenaient John, votre beau mari, et ma chère amie Melissa Ray...

– Ils se connaissaient ? »

Le rouge lui est monté aux joues.

« John... comment dire... est venu à la maison pour affaires, voyez-vous. Plusieurs fois. Mon époux est un co-actionnaire de John. Le saviez-vous ?

– Peut-être », ai-je murmuré, prise de vertiges.

Il me semblait que j'étais au courant, et pourtant je n'avais pas fait le rapprochement comme je l'aurais dû.

« Ils se sont croisés, plusieurs fois. Mrs. Ray, la veuve Fauxmanteur et votre mari.

– Cette femme était veuve ! me suis-je exclamée.

– Amitié est née entre eux, m'a appris Madame Lu, comme si elle lisait dans les pensées de Tina. Ton mari comprend nature humaine, hum ? Lui triste quand elle a perdu mari. Amitié est née entre eux.

– Oui, a confessé Tina, nous avons donné plusieurs dîners... quand vous étiez enceinte et que vous ne vous sentiez pas bien... des dîners auxquels John assistait sans vous. »

Madame Lu a fermé les yeux avant d'ajouter :

« Mari a proposé de la raccompagner en automobile.

– Et la visite de Melissa à Rose Red ? ai-je demandé, le corps tout engourdi. Pour le thé. C'était son idée d'emmener son amie. Dites-moi que c'était son idée. »

Les lèvres de Tina tremblaient. Elle regardait ses pieds.

« Connie Fauxmanteur a demandé à Melissa de tout organiser. John... il semblait que John ne voulait pas rendre ses billets doux à Connie... et puisque Melissa trouvait injuste qu'il puisse... car vous voyez... elle m'a confié la nature de leur... leur amitié.

– Mon mari et Mrs. Fauxmanteur ? me suis-je étranglée. Êtes-vous en train de dire ce que vous êtes en train de dire ? »

Tina était en larmes. Madame Lu restait de marbre.

« On ne devrait pas chercher à savoir ce qu'on n'a pas envie de voir », a dit la Grande Dame.

J'ai cru qu'elle citait un livre. Jamais elle n'avait prononcé une phrase complète.

« Je... veux... la vérité », ai-je bafouillé.

Je jurerais avoir entendu l'écho de mes mots dans la pièce.

« Madame Stravinski, a lancé Madame Lu sans la moindre hésitation. En Europe. Moi écrire mot à elle. Moi appeler.

– Devrons-nous attendre des semaines ? ai-je demandé. Des mois ?

– Des années, a répondu Madame Lu. Patience, ma chère. En matière d'esprit, le temps importe peu. »

Nous sommes le lendemain de l'extraordinaire fête que nous avons donnée à Rose Red en l'honneur du deuxième anniversaire de son inauguration. Pour ma plus grande joie, le manoir est toujours en construction, ce qui coûte une petite fortune à mon mari. La façade n'a quasiment pas changé depuis l'année dernière, et le visiteur de passage ne verra pas énormément de différence par rapport au quinze janvier dernier. Mais en réalité, beaucoup de modifications sont survenues. J'ai donné l'ordre de remodeler complètement le deuxième étage de l'Aile Est, soit cinq cent cinquante mètres carrés baptisés l'« Aile d'Adam ». À la fin des travaux, il aura sa bibliothèque comprenant quelque deux mille volumes, une salle de jeux, une salle pour son train miniature (la contribution de John), un petit gymnase et une salle de classe.

Je portais la même robe que l'année dernière, raccommodée pour qu'elle semble neuve et j'espère instaurer cette tradition. (J'étais tellement heureuse de montrer à nos invités que j'avais recouvré mes formes initiales à peine quatre mois après la naissance d'Adam ! Certaines ne s'en remettent jamais !) Je n'avais jamais vu d'aussi belles robes, le velours bleu étant le plus prisé. Nous avons accueilli soixante-quinze couples de plus que l'année dernière ; plus notre fête acquiert de la popularité, plus notre liste d'invités grandit. Dieu merci, personne ne s'est perdu ni n'a disparu. Comme cela semble ridicule d'écrire ces mots sur tes pages, cher Journal, mais si tu savais à quel point je me suis inquiétée ! J'ai passé une soirée épouvantable : je faisais les cent pas dans les couloirs, j'escortais ceux qui souhaitaient visiter la maison, car je croyais que Rose Red allait nous gâcher notre plaisir. Bien que nos invités aient paru s'amuser, il m'a fallu trois grandes flûtes à champagne pour vraiment me détendre. Notre manoir nous a enfin permis d'apprécier son existence ! (Je me demande si Rose Red sent la présence de tous nos convives, si elle fête cet anniversaire avec nous.)

Il n'y a pas grand-chose à raconter, sinon les habituelles rumeurs de maîtresses et d'adultères. Quels maux engendre donc cette société ! Notre femme de chambre en chef, Mrs. Watson, m'a signalé ce matin avoir trouvé une parure complète de sous-vêtements féminins sous le lit de l'une de nos chambres d'amis dans l'Aile Est. (La femme a apparemment quitté notre fête sans rien d'autre sous sa robe que ce que le Seigneur lui a donné le jour de sa naissance !) De telles histoires abondent dans les meilleures soirées. John est resté à mes côtés quasiment toute la nuit, et je sais qu'il n'est pas machiavélique au point de donner un rendez-vous galant pendant sa propre fête. Je suis donc grandement soulagée de savoir qu'il n'a pris part ni à cette inconduite, ni à toute autre entrevue du même acabit.

En fait, après le départ des invités, à presque quatre heures du matin, mon mari un peu ivre a pris le chemin de mes appartements et s'est occupé de moi jusqu'à ce que le soleil affleure à l'horizon. John est un amant plutôt impressionnant, et je dois dire qu'il était temps que nous nous retrouvions à nouveau en tant qu'époux. Je sais qu'il nourrit certaines réserves quant à ma féminité, car il est bien conscient des souffrances que j'ai endurées lors de l'accouchement. Depuis, la seule idée de me toucher comme un mari touche sa femme semblait le répugner, mais le cognac a réussi à dissiper ses inhibitions. Il n'a montré aucune réserve la nuit dernière, et mon grand enthousiasme prouvait ma satisfaction qu'il ait retrouvé le chemin de ma couche. Il faut espérer qu'il choisira de revenir avant une nouvelle période de quatre mois. Je dois admettre ici que je suis prête à le recevoir. Je suis pleine d'ardeur à la seule pensée de ses étreintes. (Je me déteste quand je succombe à cet arrogant pouvoir qu'il a sur moi. Après toutes ses infidélités... me voilà allongée dans ce lit, pleine d'espoir... oserais-je le dire... frémissante à la pensée de l'entendre frapper à ma porte ! Un tel comportement chez une femme est dû à quel genre de maladie ? Je n'ose pas aborder le sujet avec mes amies, même si je ne crains plus rien avec Tina, qui en sait tant à présent !)

Notre fête s'est déroulée à la perfection, comme les instants qui ont suivi, dans ma chambre. Je me demande si les choses sont revenues en bonne voie. Je me demande si cette force qui a été synonyme de tant de tragédies dans cette maison n'a pas soudainement disparu. Rose Red n'est peut-être rien de plus qu'une habitation, un bâtiment.

Il n'y a rien à craindre. Je répète cette phrase lors de mes prières et pourtant je n'en crois pas un traître mot. Le souvenir du fantôme de Laura persiste dans mon imagination avec une telle vigueur !

Je meurs d'envie de croire qu'« il n'y a rien à craindre ». Si seulement je pouvais m'en convaincre !

Douglas Posey, l'associé de John à *Omicron Oil*, et Phillis, son épouse, sont venus dîner ce soir. Nous avons reçu six autres convives qui nous importent peu dans cette histoire. Nous les avions invités en partie pour célébrer avec nous l'amendement de la constitution de cet État. Cette semaine, Washington est devenu le premier État du pays à accorder le droit de vote aux femmes. Plusieurs de mes amies à la commission médicale ont participé à cette bataille acharnée ; si bien que John a débouché du champagne pour nous donner de l'entrain ! Nous avions orné la table de drapeaux américains et disposé des assiettes rouges (acquises au Moyen-Orient) sur des nappes bleues, avec des serviettes blanches. Quelle ambiance festive !

À la minute où les Posey sont arrivés, j'ai ressenti une certaine tension entre John et Douglas. (Celui-ci s'est offert une magnifique automobile de première main et je sais que John l'envie.) Au bout de quelques instants, John a pris de force son associé par le bras, et l'a escorté jusqu'à la Salle d'Armes, de l'autre côté du Grand Hall Ouest. Je n'ai pas été la seule à entendre des éclats de voix. Ils provenaient de cet espace lambrissé et si masculin, comportant de grandes vitrines où est exposée la collection de fusils de John. Quelques minutes plus tard, nous les avons entendus parler dans le Fumoir. Les hommes avaient dû passer directement par les escaliers de service, sinon Phillis et moi les aurions vus traverser le Petit Salon. Dans la Galerie des Tapisseries, on avait servi du saumon fumé, du fromage du Wisconsin et des boissons aux autres invités. Il s'est avéré que Phillis avait réellement besoin de s'entretenir avec moi.

Je croyais que cette tension entre Douglas et John provenait d'un contrat en Europe que mon mari avait entériné. Douglas avait bloqué les négociations pour des raisons juridiques. Il est possible que ce soit en Espagne. Une autre firme – *Standard Oil* qui plus est ! – avait profité de cet ajournement pour négocier un arrangement de son côté. Résultat : la part de marché d'*Omicron* était réduite d'environ quatre-vingts pour cent, et cette transaction allait coûter à John et à sa compagnie des dizaines de milliers de dollars par an. C'est vraiment amusant de découvrir que vous pouvez être tellement sûr de quelque chose, jusqu'à ce que vous réalisiez à quel point vous avez tort. Je ne pouvais pas plus me méprendre sur les raisons de leur prise de bec. Oui, Douglas Posey avait différé les contrats. Oui, cela avait coûté une fortune à John. Mais la source de leur désaccord allait m'être fournie lors de mon entretien secret et passionné avec Phillis, l'épouse désemparée de Douglas.

Cette femme, qui a environ quinze ans de plus que son mari, n'a d'épouse que le nom. (Par certains côtés, leur couple est diamétralement opposé au nôtre. Phillis a un sens aigu des affaires, alors que Douglas est plutôt mondain. De son précédent mariage, Phillis a eu cinq enfants aujourd'hui adultes ; elle sait donc comment va le monde. Douglas découvre le mariage et la joie d'être parent, tout comme moi. Néanmoins, la comparaison s'arrête là.)

Phillis ne possède aucun charme. C'est une femme de forte corpulence – on aurait pu tenir à deux dans sa robe noire. Elle a l'habitude de mettre la main en coupe derrière son oreille si on s'adresse à elle du côté gauche (quand elle était enfant, un garçonnet lui a jeté une boule de neige qui contenait plus de glace que de neige). Elle s'était aspergée de parfum – fort agréable par ailleurs, j'en suis persuadée mais qui tournait à l'aigre sur elle et piquait au fond de la gorge. (Elle aurait mieux fait de s'en passer.)

« Quelque chose me tracasse », s'est-elle exclamée de sa voix grave. On aurait dit que ses paroles émanaient d'un soufflet. « Et je n'ai personne à qui me confier, si ce n'est vous, ma chère enfant, car j'ai le sentiment que nous sommes assez proches. »

Je connaissais à peine cette femme, et cela m'a beaucoup appris sur son comportement en société. C'était son mari le beau parleur. Phillis aurait dû être en affaires avec mon John. Si notre société le permettait, mon époux aurait certainement envisagé cette possibilité.

« Que se passe-t-il ? me suis-je enquise, impatiente de rejoindre mes invités dans la Galerie des Tapisseries.

– John vous en a touché mot ? Oh mon Dieu ! Je vois bien que non... » Énervée, elle est assez effrayante. Ce doit être dû à sa carrure. « John... Enfin Douglas... Il se peut que cela soit de ma faute, si on y regarde de plus près. » Elle m'a dévisagée, a rougi avant de détourner le regard. « Oh Seigneur ! »

Elle me retenait à l'écart de mes invités, et cela me perturbait tellement que j'ai dû paraître plus insolente que je ne l'ai jamais été.

« S'il n'y a pas matière à discussion...

– Oh, détrompez-vous ! » Elle a sorti un mouchoir de sa manche et s'est tamponné les yeux, alors que je ne discernais aucune larme. « C'est la différence d'âge.

– Mais vous êtes jeune, Phillis, lui ai-je dit aussi gentiment que possible, même si elle n'est pas très jolie.

– Le pensionnat, quand on y regarde de plus près...

– Je vous demande pardon ?

– Douglas... eh bien... comment dire ? Douglas a toujours préféré le vestiaire des garçons à celui des filles... si vous voyez ce que je veux dire, ma chère. »

Je voyais très bien. J'espère seulement que je ne suis pas devenue cramoisie. Il y avait eu des rumeurs. C'était vraiment la première fois que Phillis en parlait à cœur ouvert.

« Il y avait un jeune homme dans la firme », a-t-elle commencé. John, Douglas, quiconque ayant un rapport avec *Omicron* l'appelait « la firme ». « Un comptable, un trésorier. » Elle s'était mise à chuchoter et même à ses côtés, je ne l'entendais quasiment pas. « John les a surpris. Ils étaient compromis. Dans le bureau de

Douglas, qui plus est. » Soudain redevenue elle-même, elle ajustait assez vite sa confession. « J'étais au courant avant notre mariage. Le cher homme m'en avait parlé plutôt ouvertement. Il se cherchait une épouse pour pénétrer les cercles mondains et devenir l'associé de votre mari. Je pensais ne pas trop mal convenir, malgré mes quelques années de plus. De mon côté, je ne demandais pas grand-chose. Moi-même, je m'autorise une aventure avec un homme plus jeune de temps à autre. » Elle m'a fait un clin d'œil ; j'étais sur le point d'éclater de rire. La seule pensée de cette femme avec un homme était risible. « Une femme expérimentée n'hésite pas devant un mariage pouvant lui apporter une position sociale, et il lui est facile de gérer ses désirs les plus physiques hors des limites de cet accord. »

Mon mari pensait-il ainsi ? John avait-il voulu un mariage de convenance, n'ayant absolument rien à voir avec ses appétits ? Je ne partageais pas l'opinion de ma robuste amie, mais évitais bien de lui en parler.

« Continuez donc.

– Eh bien, rien de plus. John l'a pris... les a pris en flagrant délit. Aujourd'hui même ! »

Voilà qui expliquait l'humeur massacrante de John. D'habitude, à l'approche d'un dîner, sa compagnie est plutôt amusante et agréable. Ce soir, il avait été renfrogné et bougon.

« Je crois qu'il a l'intention de punir mon Douglas, a-t-elle ajouté, la mâchoire tremblante. Alors je suis venue vous dire... vous demander... vous expliquer... que Douglas est dépassé par ce genre de situation. C'est un peu comme mon aventure avec le jardinier, m'a-t-elle dit en me lançant à nouveau un de ses troublants clins d'œil. J'espère que John ne sera pas trop sévère avec lui... question affaires, Ellen. Douglas travaille tellement dur.

– Au point de le laisser partir ? ai-je lâché.

– Ils sont associés. Il ne peut pas le renvoyer ! a-t-elle protesté. Pas parce qu'il marche sur le trottoir d'en face. »

Laisse-moi te dire, cher Journal, Mère et ses amies n'auraient jamais discuté de telles choses. Au grand jamais. Même des cousines ne parlent pas de tels écarts. Il n'y a rien de nouveau dans le fait qu'un homme fréquente un garçon, mais devant sa propre porte ! Il y avait des rumeurs, c'est tout. Impossible que l'un de vos amis agisse ainsi. Je sais que de tels désirs peuvent remonter à la surface, ayant moi-même eu des tentations diaboliques avec la petite bonne à la peau mate. Je sais que la seule réponse est la patience et la ferveur des prières. (À vrai dire, il m'arrive encore de regarder Sukeena d'une manière qui sied plus à un homme.)

À chaque fois que Phillis riait de ses bons mots, elle était pitoyable. J'ai pris sa main dans la mienne. Je lui ai assuré que je parlerais à John.

« Vous êtes un amour.

– Mais je vous préviens, John est son propre maître. » Je savais très bien que Phillis Posey n'était pas née de la dernière pluie. « Surtout dès qu'il s'agit d'affaires. Quant à cette histoire de... comptable, à mon avis, John sera plus contrarié par le fait qu'un employé soit impliqué et que cela se passe... au bureau, et tout et tout. » Je n'avais pas besoin que ces images se dessinent dans mon esprit. « Les choix que Douglas a pu faire entrent moins en ligne de compte.

– Mais ce n'est pas un choix. Non, pas Dougie. Il est ainsi depuis son enfance. Il a pris goût à la nage, à la plongée... Les maillots, vous comprenez », a-t-elle ajouté comme si cela expliquait tout. Je ne voulais pas y penser. « Toute cette peau nue. » Je suppose que cette précision provenait de son angoisse, de sa nervosité à aborder le sujet. En effet, elle m'exposait le problème de son mari de manière tout à fait inhabituelle.

De mon côté, cette conversation m'instruisait bien plus sur ma situation que sur celle de Douglas Posey. Dans le cas présent, je n'avais aucune influence sur John et je n'allais pas essayer d'en avoir. Mon mari, qui ne mâche pas ses mots, me répète suffisamment souvent ce qu'il pense des homosexuels. Une aventure entre deux femmes semble moins le déranger. Il ne m'a pas caché qu'il trouvait indécent que deux hommes se touchent l'un l'autre de manière aussi intime. Note que l'auteur de ces propos a installé des miroirs sans tain dans le quartier des servantes. Je ne l'imagine que trop en train de se rincer l'œil quand une fille savonne le dos d'une autre !

Cependant, les explications données par Phillis sur son mariage de convenance ont eu un épouvantable effet sur mon humeur. M'avait-on en fait considérée comme une jument poulinière, et rien d'autre ? (Cette crainte s'est insinuée dans mon cœur depuis bien longtemps déjà !) John justifiait-il ses infidélités en prétendant avoir fait un mariage de convenance : une bonne famille, un bon pedigree, on engrosse la femelle et on la garde afin qu'elle élève les enfants, pendant qu'on descend dans la rue pour assouvir ses moindres désirs ? Le dégoût et l'amertume sourdaient en moi.

Lors de ce dîner, j'étais loin d'être la plus gracieuse des hôtesses, tellement j'étais soucieuse, et j'ai dû boire un peu trop de vin.

John et Douglas Posey avaient émergé du Fumoir en masquant à peine leur mépris l'un pour l'autre. Je ne crois pas qu'ils se soient adressé la parole le restant de la soirée, ni même qu'ils aient échangé une poignée de main au moment du départ. Je me suis retirée dans ma chambre où Sukeena m'a aidée à m'apprêter avant de me coucher. J'ai allaité mon adorable Adam. (Il ne va pas tarder à marcher ! Aussi rapide que l'éclair, il rampe, se redresse tout seul puis me regarde avec le plus mignon des visages comme pour me dire : « Et si j'osais, Maman ? » Sukeena et moi l'encourageons. Un Rimbauer n'a besoin que d'indépendance et de force !)

Le temps était au calme et la nuit horriblement chaude. Nue sur mon lit, je me demandais si je devais mettre une nuisette tellement l'air était étouffant. La nourrice de nuit avait ramené Adam dans sa chambre. Sukeena rangeait dans mon dressing les bas de soie et les chaussures noires que je portais durant le dîner. Le vin me faisait l'effet d'une chaleur pénétrante.

John a frappé et ouvert la porte avant que j'aie le temps de répondre. Il m'a vue là, allongée sur le ventre. Chose étrange, il a rarement l'occasion de me voir dévêtue. Les nuits où il me rejoint, il fait déjà sombre quand il se glisse à mes côtés. Pendant notre lune de miel, il m'accordait un peu d'intimité – je suppose qu'il me croyait pudique – et à vrai dire, je rougissais beaucoup les premiers jours en sa compagnie. Mais la nuit dernière, il a ouvert la porte en grand et le désir s'est emparé de lui lorsqu'il m'a vue là complètement nue. Ma personne l'a rarement intéressé autant qu'à ce moment-là. Il a fermé la porte à clef derrière lui et était déjà à moitié dévêtu en arrivant à mon chevet. J'allais l'avertir de la présence de Sukeena, mais sa bouche était déjà sur la mienne avant que j'aie pu prononcer un seul mot. Mon Dieu comme il était excité !

Je dois te confier que mon attention ne s'est pas exclusivement portée sur mon mari : ma servante était quasiment dans la chambre avec nous et les lumières électriques étaient encore allumées ! Sukeena ne pouvait s'échapper sans passer par mes appartements. Et elle n'aurait pu manquer nos ébats, même si elle l'avait voulu (et je suis sûre qu'elle ne voulait pas y assister !). Alors que les ardeurs de John étaient décuplées comme jamais auparavant, nous avions un témoin. Essayait-il d'effacer de son esprit la fascination qu'a Douglas Posey pour les garçons ? Était-il saoul au point de ne pas résister à une femme nue sur des draps frais ? (Sa propre femme qui plus est ?) En tout cas, ses avances... et ses prouesses (dont je ne débattrai certainement pas ici !) me font dire qu'un homme et une femme peuvent encore se découvrir après bien des années de mariage. Je me suis mordu le poignet avant de m'enfoncer un coin de l'oreiller dans la bouche pour ne pas réveiller la moitié de la ville. Au summum de notre excitation, j'ai jeté un œil par-dessus l'épaule de John et j'ai vu le visage sombre de Sukeena qui regardait par la porte du dressing. Elle me souriait. Et je ne puis l'expliquer, mais sa présence et son regard ont enflammé mes ardeurs. J'ai fini par tomber lourdement contre le dosseret du lit, en sueur et pantelante, rouge de la poitrine aux genoux.

Sans un mot, John s'est rhabillé et m'a embrassée sur le front avant de quitter la pièce.

Un instant plus tard, Sukeena est furtivement sortie de l'ombre et s'est dirigée vers la porte.

« Ne pars pas, lui ai-je demandé.

– Sukeena désolée, Miss Ellen.

– Je ne lui suis pas, chère amie.

– Pas dû regarder.

– Cela ne me dérange pas.

– Sukeena désolée, a-t-elle timidement répété.

– Cela ne se passe pas toujours ainsi.

– La chaleur, Miss Ellen. La chaleur faire faire drôles de choses aux hommes. » Elle s'est approchée avec circonspection du lit ; elle m'avait déjà vue complètement nue une centaine de fois, mais jamais dans cet état-là. « Un oreiller, Miss ? » Elle désignait mon postérieur. « Utiliser un oreiller si vous vouloir enfant. »

Un autre enfant... Mon cœur sautillait de joie. Utilisez un oreiller si vous voulez un enfant. J'ai attrapé deux oreillers, même si je me disais qu'il ne m'en fallait aucun. Jamais mon mari ne s'était comporté comme cela. À mon avis, s'il faut un motif valable pour qu'une femme conçoive un enfant, je venais d'expérimenter un tel instant.

Et je sais que j'ai raison. Je suis enceinte. Ce sera un bébé du printemps.

ROSE RED – LE 9 AVRIL 1911

Nous l'appellerons tous Avril, comme son mois de naissance ; mais c'est le Diable qui a voulu que cet enfant vienne au monde, et c'est au Diable qu'elle appartient. L'accouchement a été insoutenable, et le docteur est resté à mes côtés pendant presque sept heures afin de sauver la vie de mon enfant et la mienne. Elle est née avec un bras atrophié. On m'a affirmé que ce bras ne me permettrait pas d'accoucher dans de bonnes conditions, alors ils m'ont incisée. Et ils m'ont coupé un peu plus avant d'extraire le bébé, d'une manière que seuls les *ranchers* utilisent. Heureusement que mon docteur a été élevé dans un ranch où l'on élève des moutons. Ma petite Avril est vivante ; ses yeux bleus brillent et elle a la beauté robuste de John. Il paraît que je ne pourrai plus avoir d'enfants et cela me rend malade de chagrin. Ils m'ont sauvé la vie mais n'ont pas préservé ma féminité. Ils m'ont ôté tout ce qui fait de moi une femme. Stérile. Cette seule pensée m'empêche de me lever. Je suis alitée depuis une semaine (Avril est née le premier jour du mois – le deuxième anniversaire de la disparition de Laura !). Même si le docteur m'avait autorisée à me lever, je ne l'aurais pas fait. Plus d'enfants. Plus de raison de vivre dans cette famille avec cet homme dont la semence est tellement souillée qu'elle atrophie les bras de sa descendance. En effet, Sukeena m'a expliqué que la difformité d'Avril est due à la maladie que j'ai contractée en Afrique. Je déteste mon mari. Je déteste cette maison qui nous retient tous prisonniers. Je vais cesser d'écrire, car j'en suis venue à te détester aussi, cher Journal. Je déteste me relire et voir qu'il existe une époque où j'avais encore le choix. Qu'ai-je donc fait ? Qui est ce monstre que j'ai épousé et qui, intentionnellement ou non, empoisonne nos enfants dès la conception ? Qui sont ces putains avec lesquelles il copule et dont le venin se retrouve dans les racines de notre arbre généalogique ? Je les déteste tous. Toi, eux, la terre entière.

Je suis de bien meilleure humeur depuis ma dernière entrée sur tes pages, mais je n'ai pas pu te feuilleter durant toutes ces semaines. Je ne pouvais pas passer en revue le déclin de ma vie et la tragédie de mon mariage. Assise dans le Jardin en ce jour florissant de printemps, bercée par la musique des oiseaux chanteurs, je regarde Adam qui joue au lancer d'anneaux avec sa nourrice. Avril est à mes côtés ; tes pages sont ouvertes sur mes genoux et j'ai un crayon à la main.

Je suis enchantée de t'annoncer qu'une autre servante manque à l'appel. Cela m'en donne le vertige. D'après Sukeena, cette fille aurait eu des relations intimes avec John avant cette chaude nuit de juillet pendant laquelle Avril a été conçue. Je voulais la renvoyer, mais Sukeena a suggéré que nous la gardions à notre service. C'est alors que j'ai compris. À partir de ce moment-là, j'ai concentré mes prières sur cette fille. Prières au côté sombre bien sûr. J'ai sollicité son décès. J'ai mis en avant le bras d'Avril comme un acte du malin. Et j'ai patiemment attendu une réponse. Sukeena a fabriqué une poupée qu'elle a recouverte de papier noir et cachée au fond d'un tiroir.

Aujourd'hui, nous avons obtenu notre réponse. Pendant que John et le reste de la maison s'agitent telles des fourmis dans tout le manoir à la recherche de la jeune envolée, je reste assise, fière et sereine, dans le Jardin ensoleillé, un rictus aux lèvres. Qu'ils fassent venir la police, ou les chiens. Ils ne la trouveront pas. Qu'ils posent toutes les questions qu'ils veulent : ils ne peuvent pas concevoir la vérité. (Ah ! Encore ce mot, « concevoir », comme il est approprié !) Les policiers ne se rendent pas compte qu'un esprit hante ces lieux, sinon ils mettraient le feu à la maison. Ils la feraient brûler comme une sorcière. Rose Red a réclamé un autre sujet déloyal. Et je te jure qu'elle s'en repaît. Elle a l'air plus grande aujourd'hui. Elle est plus grande ! Plus impressionnante que jamais. Ou je me fais peut-être des idées...

Ah, quelle belle journée ! Je l'inscris ici sur tes pages pour que ma petite Avril sache un jour que son bras a été vengé. En partie du moins.

Je ne suis pas tout à fait sûre d'en avoir fini avec mes prières.

J'éclate de rire au soleil. Mon petit Adam lève les yeux et se joint à moi. Cette insouciance, malgré la disparition, contrarie quelque peu la nourrice. Cela ne m'empêche pas de rire. Qu'ils me traitent de folle, si tel est leur désir. Rose Red et moi sommes en contact.

Je crois que je commence à la comprendre.

Ma chère petite Avril a plus d'un an, et notre jeune Adam grandit comme de la mauvaise herbe. Aujourd'hui j'ai décidé de me pencher sur l'année écoulée. Nous avons fini par nous sentir chez nous à Rose Red, et cela est peut-être dû au fait que John a passé presque quatre mois en Europe et au Moyen-Orient, où il a ouvert de nouvelles succursales pour sa firme. (Les géologues pensent que l'on peut trouver du pétrole dans les déserts d'Arabie – là et nulle part ailleurs ! – alors John a mis toute cette région sous contrat afin qu'*Omicron* puisse sonder le terrain.) En l'absence de John, la maison semble se reposer. Et j'essaye à nouveau de minimiser mes soupçons quant à son caractère humain.

Aujourd'hui j'ai fait un rêve horrible. Je n'ai pas la moindre idée de la manière dont il va affecter les occupants de Rose Red. Dans mon rêve, un pont s'effondrait. Il était très haut et enjambait un torrent, un peu comme les chutes du Niagara, où John et moi nous sommes rendus après notre année à l'étranger. Le pont tombait dans le torrent et provoquait la mort de dizaines de personnes. Leurs cris étaient avalés par le grondement qui les engloutissait. Ce n'est pas ma première vision. Et ce ne sera pas la dernière.

Je dois admettre, cher Journal, que je ne me suis pas sentie terriblement solide depuis que mes prières ont mis cette jeune putain entre les griffes du manoir. Sukeena, que Dieu la garde, s'est renseignée sur cette jeune mégère, Delora (son nom de baptême). Je me suis complètement fourvoyée. (Je porte le poids d'une épouvantable culpabilité à cause de mes prières maintenant !)

Selon une de nos servantes orientales – une fille prénommée Kathy – Delora White se serait plainte de sa situation au maître d'équipage, ne sachant à quel saint se vouer. Comme la jeune Laura, il semblerait qu'on lui ait affecté une tâche aux Écuries au moins une fois par semaine, parfois deux. C'est là que Daniel a commencé à l'interroger – souvent juste après une visite (une arrivée ou un départ) de mon mari en automobile ou à cheval. Delora a trouvé ses questions étranges : si elle sortait souvent, si elle avait un petit ami parmi le personnel, d'où elle venait, si elle parlait souvent aux siens. Mais les questions qui l'ont vraiment vexée avaient un rapport avec sa loyauté envers « la famille », les Rimbauer. Envers John et moi. Envers John. Elle aurait rétorqué qu'elle nous devait tout et qu'elle ferait n'importe quoi pour nous.

Sukeena n'en sait pas plus, mais je crains que mes prières pour la révoquer soient une méprise. Il me semble que Daniel au minimum, et très probablement John en personne, a manipulé l'esprit de jeunes servantes et testé jusqu'où leur loyauté pouvait les mener. Je n'ai nul besoin de deviner dans quel dessein. Que pourrait-il bien demander à une fille comme Delora, si ce n'est de se soumettre aux désirs masculins ? Un vol ? Cette maison n'a pas besoin d'argent. Une escroquerie ? Dans quel but ? Non, je crois que les sollicitations de Daniel sont assez claires.

Cependant, voilà ce qui m'intrigue désormais : j'ai supposé à tort que mes prières étaient responsables de la disparition de Delora. Peut-être que non. Peut-être ne connais-je pas cette maison aussi bien que je le crois. Peut-être Rose Red elle-même prend-elle pitié de ces jeunes filles qu'elle étreint, quand elles sont en prise à des actes innommables exigés par leurs supérieurs ? Peut-être ces disparitions sont-elles des gestes de miséricorde et non des condamnations ! Et si le Manoir les protégeait d'un danger intérieur ? Et si la loyauté aveugle de ces jeunes filles suscitait a posteriori de la culpabilité à Rose Red ? Quel autre choix aurait la maison que celui de les sauver d'elles-mêmes, de les transporter à travers ses murs dans des pièces où elles seront en sécurité pour l'éternité ? Cela pourrait expliquer pourquoi des hommes meurent et des femmes disparaissent entre ces murs.

Maintenant, plus que jamais, je désire communier avec Rose Red, entrer en elle et deviner les réponses à ses remarquables questions. Madame Lu m'a un jour proposé de me mettre en relation avec Madame Stravinski, et j'ai négligé de donner suite à son offre. Que ce soit dans un mois ou un an, je ressens l'absolue nécessité de la faire venir pour une séance. Ici. Sur notre propriété. Et mon mari sera présent. (Je suis stupéfaite que John ait manifesté son intérêt et requis en sus la participation de Douglas Posey. Il ne cache pas sa curiosité.) Peut-être Laura est-elle là et peut-elle parler ? Delora aussi ? Il est possible que le manoir, la dame en personne, condescende à communiquer avec les responsables de sa naissance et de sa croissance.

Cette seule pensée me grise ! Une séance ! La chance d'entendre la voix qui se tapit derrière les murs de ce gigantesque édifice ! Rose Red. Ici. En personne.

Je n'inscrirai rien d'autre sur tes pages avant l'avènement de ce jour !

Je me relis et je vois que j'ai menti ! (Je couche à nouveau mes pensées ici ! Je ne peux pas me passer de tes pages !)

Oh ! cher Journal, dis-moi que ce n'est pas à moi que cela arrive ! Il y a d'abord eu ma vision de ce pont pendant la sieste d'hier. Et puis aujourd'hui, j'apprends en première page des journaux que le pont des chutes du Niagara vient de s'effondrer. Quarante-sept personnes ont trouvé la mort. Comment savais-je ? Comment ai-je pu voir cette tragédie telle qu'elle s'est produite ? Quel pouvoir se cache en moi ? Que m'arrive-t-il ?

Je connais la réponse : Rose Red s'est frayé un chemin dans mes rêves... dans mon âme... et je suis incapable de lui en barrer l'accès.

L'éventualité d'une guerre met John dans tous ses états. Je ne comprendrai jamais les hommes et je dirai simplement que mon mari est persuadé que cela va arranger considérablement ses affaires. S'il existe une manière d'acquérir des richesses, John Rimbauer la connaît. On rapporte aujourd'hui que les Britanniques ont disposé leur puissante marine en mer du Nord, afin de barrer le passage aux Allemands. On rapporte également que les Allemands ont tenté d'acculer les Britanniques en leur faisant signer une déclaration commune de neutralité, mais les Britanniques n'ont pas voulu en entendre parler. John croit à l'imminence d'un voyage d'affaires en Europe qui durera peut-être six mois, voire plus. Il a demandé à ce que les enfants et moi nous joignions à lui ! Être délivrée de Rose Red ! J'ai immédiatement accepté son offre, jusqu'à ce qu'il m'informe que Sukeena devrait rester et céder la place aux nourrices des enfants.

Je ne sais comment interpréter sa requête. En est-il venu à redouter la perspicacité de Sukeena ? Sait-il qu'elle s'est enquise de la disparition de Delora auprès de certains membres du personnel ? Souhaite-t-il la laisser derrière nous pour qu'il lui arrive malheur pendant mon absence ? Ou alors soulève-t-il les jupes d'une des nourrices sans que je m'en rende compte ? J'ai catégoriquement refusé de partir et John a tenu bon : l'offre d'un voyage en Europe est maintenue tant que Sukeena ne vient pas.

J'ai ajourné ma réponse d'un jour ou deux. Pendant ce temps-là, je dois occuper Sukeena. Ici, tout n'est pas aussi simple qu'on le croit.

Au moment où j'écris, mon petit Adam est sur le point de s'endormir dans mes bras, son petit visage chaud appuyé contre mon sein. Il remue les mains comme s'il ne parvenait pas à se décider entre s'endormir et partir trottiner à travers la maison. Pour l'instant, j'ai congédié sa nourrice, Miss Susan McConnell, tellement je suis contente d'être seule avec mon enfant, l'héritier de Rose Red. Oh ! Comment mon cœur peut-il aimer autant ? Mes enfants m'emplissent d'un chant de contentement et de satisfaction. Si seulement j'avais su plus tôt que la vie pouvait être si épanouissante et si bien remplie. J'ai peur de m'être mariée pour de fausses raisons – une vie mondaine, de l'argent – alors que mariage devrait rimer avec famille et amour, deux choses qui me comblent à présent.

Le voyage de John en Europe est sans doute à l'origine de ces réflexions. J'ai envisagé de partir avec lui et d'emmener les enfants, mais j'ai utilisé comme excuse une épidémie qui sévit actuellement dans cette partie du monde pour rester à la maison (c'est ma manière de protester contre son refus d'autoriser Sukeena à m'accompagner durant le séjour). Je prie pour la santé de mon mari. Il m'a écrit une lettre ou deux dans lesquelles il me parle de ses affaires, de la probable expansion de la guerre – une éventualité dont il sera l'un des rares à profiter. Je ne sais à peu près rien de ses activités mondaines, mis à part la mention d'un dîner de temps à autre avec l'une de nos relations, et mon cœur craint le pire. Je connais l'homme. J'ai vécu et appris. Le savoir seul dans une suite de cinq pièces trouble mon imagination, sans compter ses automobiles avec chauffeur, ses dîners tard dans la soirée, ses cognacs...

Du côté de Rose Red, je suis triste de t'annoncer la mort de Daniel, un des employés les plus dévoués de John. Je l'ai averti de cette perte (je sais que cette nouvelle va le dévaster !), mais plusieurs semaines au moins vont s'écouler avant qu'il reçoive ma lettre. D'ici là, notre palefrenier en chef sera enterré et pratiquement tombé dans l'oubli.

On peut imaginer que de tels accidents sont monnaie courante chez les palefreniers. Cependant, grâce à la présence d'esprit des aides de Daniel, le scandale n'éclaboussera pas Rose Red à nouveau. Crois-moi, la mort horrible de cet homme n'avait rien de fortuit ! En vérité, Rose Red s'est emparée d'une autre vie. Nous en sommes à quatre décès « accidentels », en guère plus de deux ans.

La police a officiellement conclu à une mort par piétinement. Daniel a été retrouvé dans la stalle d'un jeune étalon connu pour son excès de fougue dès qu'il a mangé trop d'avoine. Par malheur, un des lads, inexpérimenté, venait de lui en donner un plein seau. Officieusement, son cadavre gisait dans le fameux chariot dans lequel Sukeena et moi avions observé le spectacle fantomatique de l'infortune de Laura. Remarque bien, cher Journal, qu'aucun cheval ne l'a jamais piétiné à mort dans sa stalle et, comme je l'ai signifié plus tôt, seule la vivacité d'esprit d'un lad (qui a déplacé le corps brisé de Daniel dans la stalle de *Black Thunder* et étalé de la paille dans le chariot pour recouvrir l'effusion de sang) nous a évité d'attirer l'attention de la police et du reste de la ville. Cette maison et ses employés ont assisté à tellement d'événements étranges que, désormais, nous nous protégeons les uns les autres. Secoué par le drame, Dirk, le lad, s'est vu offrir plusieurs bouteilles de bordeaux. Il a rapidement perdu connaissance ensuite. (Sukeena a sagement suggéré ce remède afin que j'achète le silence de ce garçon le temps que nous formulions un plan. Pendant l'absence de John, je porte solidement sur mes épaules l'intendance de cette maison. Ce matin, j'ai prévu de lui offrir un mois de salaire et une promotion au poste de palefrenier en chef en échange de son silence.)

Autrefois, je croyais que les problèmes se présentaient par trois. Aujourd'hui je sais que les problèmes surviennent, simplement. On apprend à les esquiver. Synonyme d'ennui, Daniel était, suivant les critères de cette grande maison, susceptible du pire. Coupable ou non, mon mari – toutes les preuves sont contre lui – a trop de valeur aux yeux de Rose Red pour être sacrifié. Peu importe ce que les autres peuvent croire, moi je suis convaincue que Rose Red se dissimule derrière tout cela : elle fait ressortir le pire chez un homme, elle engloutit les femmes. Elle juge, prononce une sentence et condamne. (On m'a rapporté que Daniel a tellement été piétiné que seules ses bottes et sa ceinture ont permis son identification.) Il n'a pas été tué, mais exécuté.

Une autre vie traverse Rose Red. Une autre vie est requise. Les Saintes Écritures ne se trompent pas quand elles promettent l'enfer aux pécheurs. Demande à Daniel ! J'ignore pourquoi cela me fait autant plaisir. Et ce plaisir que j'éprouve en de telles occasions me plonge dans un gouffre de culpabilité. Pourtant, cette force qui a subtilisé Mrs. Fauxmanteur et les autres (pour les emmener je ne sais où) a aussi laissé derrière elle le corps de quatre hommes (cinq si je compte le pauvre Mr Corbin !). Ces corps vont payer pour avoir participé aux « activités » qui occupent les longues nuits de Rose Red.

Elle nous observe tous. Et John peut bien prétendre au titre de maître de maison, ou me confier les clefs en son absence, il va falloir que nous reconnaissions tous qu'il n'y a qu'un seul maître ici. Une maîtresse pour être précise. C'est la maison elle-même. Elle régente tout. Personne ne part sans sa permission.

Les événements de ces dernières années sont trop nombreux pour que je m'en souvienne. J'étais inquiète. Et si tenir ce Journal avait d'une manière ou d'une autre contribué aux disparitions et aux décès survenus à Rose Red ? Alors je me suis abstenue d'écrire bien trop longtemps. En effet, deux autres femmes ont disparu : une jardinière et une petite bohémienne, dont la présence en ces lieux était contestable. Cette seconde disparition a déclenché une nouvelle intervention de la police, à la demande de John cette fois-ci. Selon les accusations, John aurait été aperçu sur les quais en compagnie de cette femme la nuit précédente. (Heureusement, on a réussi à faire taire les rumeurs !) John n'était certainement pas à proximité des docks ce soir-là, puisque lui et moi assistions à un dîner donné par la fondation de l'hôpital. Nous sommes rentrés en auto bien après minuit, avant de nous retirer chacun dans nos appartements.

Aujourd'hui, alors que la guerre fait rage en Europe, que John est on ne peut plus absent, et que Sukeena affirme avoir vu toutes les disparues danser ensemble dans la Grande Salle de Bal, je me suis sentie obligée de reprendre ma plume. Très cher Journal, j'ai été idiote de penser que tu étais la cause de tout ceci. Alors je viens à nouveau te confier mes pensées les plus secrètes, car je suis certaine que seuls mes yeux liront ces mots. (Malheur à quiconque violera l'intimité de ces pages par-delà les frontières et les époques ! Soyez maudit. Si vous avez lu ce qui précède, vous savez que ce Journal n'est destiné qu'à moi.)

Un nouveau pape a été élu hier à Rome. Benoît XV. Comme John, je suis protestante, mais j'aimerais que ce pape nous rende visite dans notre grande maison, et nous explique quel esprit la possède. Celui des Indiens ? Je le crains. Ils ont des tombes à remplir, tombes que nous avons retournées. Des substituts feront l'affaire, je suppose. « En rang, s'il vous plaît... » Comme au guichet d'un spectacle.

D'après Sukeena, les employés me croient folle, ils pensent que j'ai perdu la tête (Sukeena et moi en gloussons ensemble). Il est vrai que je passe beaucoup de temps dans mes appartements, car lorsque ma fièvre africaine réapparaît elle dure parfois des jours, voire des semaines. Sinon, je me promène dans les jardins, seule ou avec les enfants ; je dîne rarement avec John et je me montre encore moins en ville. Mes enfants occupent chaque instant de ma vie où je suis bien dans mon corps et dans mon esprit. Les domestiques peuvent penser ce qu'ils veulent. Personne ne devrait endurer de telles fièvres. Et je crains que mon Avril, qui souffre aussi de terribles maux, meure de l'infâme poison de mon mari, si je ne cherche pas une solution en dehors de ce que peut offrir la médecine.

Quant à Sukeena, elle est devenue ma sœur. Elle a joué le rôle de tes pages ces dernières années ; pendant des heures entières, elle a écouté mes doléances, mes peurs, mes coups de cœur. Je n'aurais jamais imaginé que deux personnes puissent devenir aussi proches. Elle connaît chacune de mes pensées avant qu'elle se forme dans mon esprit ; elle anticipe chacun de mes besoins avant que je l'exprime. Si j'étais dupe, je penserais que cette chère femme lit en moi comme dans un livre.

La raison pour laquelle je prends ma plume, la nouvelle dont je veux te parler est la suivante : après trois années d'attente, trois années de prières incessantes, mon vœu a été exaucé. Madame Stravinski va diriger une séance, oui, ici, dans cette maison, ce soir. Je suis tellement excitée ! Nous avons invité huit personnes, dont les Posey. John s'est résigné à y participer (je crois en fait qu'il meurt de curiosité). Inutile de dire que les autres convives, mis à part John et Douglas, sont des femmes. Certains croiront que cette précaution est stupide, mais elle est à mon avis nécessaire, puisque je souhaite voir leurs réactions. Au cas où Madame Stravinski entrerait en contact avec l'au-delà, je veux comparer mes propres convictions à celles des autres. Sukeena n'a pas caché son hostilité envers les Madame Stravinski et les Madame Lu de ce monde. (Les pouvoirs et les capacités de Sukeena à cet égard sont indubitables.) En partie à cause de la méfiance de Sukeena, je n'ai invité que des amies très chères, car je peux compter sur leur avis, qu'elles croient ou non au surnaturel. Le temps dira comment nous allons juger cette initiative. L'atmosphère est électrique. Nous avons demandé à tous les domestiques, sauf quatre, de se cloîtrer dans leurs dortoirs et leurs quartiers. (Madame Stravinski ne veut pas d'interférence humaine dans la maison pendant qu'elle tente de prendre contact.)

J'attends cette soirée comme Avril et Adam attendent leurs cadeaux au pied du sapin.

Il a fallu que je monte à l'étage et retranscrive aussitôt ces quelques mots, afin de ne pas perdre ces réflexions après la séance de spiritisme qui doit commencer d'un instant à l'autre. L'événement doit avoir lieu dans la Bibliothèque des Dames, au nord du Grand Escalier ; au-delà se trouve la Salle de Billard. (Nous n'aurions jamais dû accoler un espace féminin à un tel repaire masculin – même si les deux pièces ne sont pas reliées par une porte !)

Sukeena et moi avons pourvu aux besoins de Madame Stravinski, une vieille femme desséchée, vêtue de châles et de soies colorés. Elle portait tellement de bracelets que chacun de ses gestes était accompagné de cliquetis. Madame Stravinski m'avait demandé de passer un peu de temps seule dans la Bibliothèque pour « s'organiser ». (Selon Sukeena, c'est plutôt un cambriolage qu'elle organisait.) Nous allions la rejoindre quand j'ai entendu mon mari adresser de stridents reproches à son associé, de l'autre côté des étagères de livres. John ne cachait pas à Douglas qu'ils ne partageaient plus les mêmes intérêts, que la guerre offrait des occasions uniques, et que s'ils ne les saisissaient pas, de peur de passer pour d'impitoyables vautours, ils rateraient effectivement l'opportunité d'une guerre.

« La guerre naît du profit et de la perte, grondait-il, sur plusieurs niveaux, que ce soit économiquement ou en terme de vies humaines. Pertes et profits ! De quel côté de l'équation suggérez-vous que nous vivions ? Oui, nous étranglons toute compétition. Oui, nous avons conclu des marchés avec les Européens. Mais pas avec les Allemands, Douglas. Nous n'avons pas retourné notre veste ! Nous sommes des hommes d'affaires. Nous empêchons les réserves d'augmenter d'un côté, et nous tirons des profits de l'autre.

– Au prix de nos propres militaires par la même occasion, s'est plaint Posey. Nous obtenons des bénéfices en déniant un libre marché. Nous tirons profit de l'argent de guerre d'un gouvernement, pendant que nous contrôlons le marché pour nous-mêmes. Sans moi. Je ne veux pas participer à cela.

– Du business. Pertes. Profits. Une compagnie pétrolière est dans le business pour faire de l'argent.

– Je ne veux pas rester. Je veux vendre mes parts.

– Non.

– J'en ai le droit. Lisez les contrats de partenariat.

– Si vous vendez vos parts aujourd'hui, les gens douteront de la stabilité de la compagnie. Il en a toujours été ainsi. Encore plus en ce moment. Non, Douglas, je vous l'interdis.

– Nul ne peut m'arrêter.

– Je vous les rachète.

– Comment ? s'est exclamé Posey en état de choc.

– Notre partenariat pourvoit aussi à cette éventualité.

– Avec quel argent ? Nous avons investi notre dernier dollar dans ce pipeline au Texas !

– Cela ne vous concerne pas », a rétorqué mon mari qui, je pense, commet une grave erreur. Les actions de Posey doivent valoir des millions. John va devoir rendre visite à tous les banquiers qu'il connaît. Il risque de nous conduire à la faillite. « Je paierai comptant, et bien que nous devions tenir nos agents de régulation au courant de la vente, ni vous ni moi n'aviserons la presse. Vous me devez bien cela, Douglas. Où en seriez-vous sans *Omicron* ?

– Je serais un homme bien plus heureux, je présume, a rétorqué Posey. Je ne vous dois rien.

– Vous me devez vos parts », a répondu John d'une voix qui m'a donné des frissons, alors que j'étais dans l'autre pièce, c'est-à-dire à des années-lumière.

S'ils s'étaient trouvés dans la Salle d'Armes au lieu de la Salle de Billard, on aurait découvert l'un des deux raide mort.

« Et vous les aurez. »

Aussitôt que nous avons entendu le loquet de la porte annonçant la sortie de John et son associé, Sukeena et moi avons traversé en courant le splendide Grand Hall Est, et trouvé refuge dans la Grande Salle de Bal. Si John nous avait surprises en train de musarder au pied du Grand Escalier, il n'aurait pas apprécié la possibilité que nous l'ayons épié. Il a l'habitude de protéger ses transactions sous le manteau d'un extrême secret, et attribue en partie la clef de sa réussite à cette précaution.

Hors d'haleine, Sukeena et moi nous sommes adossées sous les grandes peintures à l'huile qui dominent la Grande Salle de Bal. Nous pouvions atteindre le Hall d'Entrée par la droite et le Petit Salon ensuite, où nos invités attendaient le début de la séance.

Je me suis échappée « pour me repoudrer le nez », et surtout pour retranscrire cette rencontre sur tes pages. Je vais à présent m'en retourner dans la Bibliothèque des Dames pour accueillir nos amis et notre invitée d'honneur.

Je ne sais pas ce que la soirée nous réserve, mais nous avons déjà été gâtés, bien avant son début officiel.

Je n'ai pas pu attendre le petit jour pour coucher noir sur blanc les événements de la soirée ! Ce que je viens de vivre me fait frissonner de peur et de ravissement, et je vais m'efforcer de décrire ici la soirée telle qu'elle s'est déroulée du début à la fin.

Depuis son fauteuil, Madame Stravinski nous convoque, mes invités et moi, dans la Bibliothèque. Nous sommes un peu grisés, peut-être emplis d'appréhension, quand la femme aux traits parcheminés nous dispose autour de la table, et nous ordonne de rester silencieux. Seule Sukeena défie ses instructions et reste debout (juste derrière notre invitée d'honneur). Les deux femmes échangent des regards furtifs. Sukeena l'emporte et Madame Stravinski ne fait plus cas d'elle. À cet instant, pour ne pas être en reste, mon mari se lève de son fauteuil et, plein d'énergie, commence à faire les cent pas. Madame Stravinski, comprenant de quelle poche ses honoraires conséquents vont provenir, ne cherche pas à contrarier John – ce qui, par ailleurs, est une bonne chose, vu son agitation flagrante et son air désapprobateur. Douglas Posey demeure donc le seul homme à table. Il est assis en face d'elle, chacun à une extrémité. Entre nous, au centre de la grande table ovale et à portée de main de la voyante, trône sa boule de cristal, de la taille d'un crâne humain, placée sur une base recouverte de feuilles d'or ou d'un métal similaire.

Elle ordonne que l'on allume les bougies et éteigne toutes les lampes électriques du manoir. Par chance, elle avait donné ses instructions dès son arrivée, car il a fallu trois des quatre employés présents et près de quarante minutes pour plonger la maison dans l'obscurité.

Hélas, une à deux minutes sont tout de même nécessaires afin que le personnel vérifie les diverses pièces du rez-de-chaussée, allume les bougies, et coupe la lumière électrique de la pièce pour de bon. La voyante ordonne aussitôt le silence le plus complet.

Seuls notre respiration et les pas impatients de John troublent la tranquillité.

Madame Stravinski nous demande alors de nous prendre par la main. Seule Sukeena s'y oppose. Même John participe aux réjouissances, et déplace son fauteuil entre Tina et moi. Il me prend la main, mais entrelace ses doigts dans ceux de Tina. (Voilà ma première expérience de jalousie mettant en scène ma meilleure amie !) Je sentais qu'il y avait quelque chose entre eux deux, mais quoi ? Oserais-je penser une telle chose ? Mes soupçons sont-ils fondés ? Ou bien crois-je voir tromperie et déception au moindre doute ? Nous nous tenons tous par la main ; seule la faible lueur des bougies fait onduler des ombres sur les murs couverts de livres.

Madame Stravinski ferme les yeux, nous demande de baisser la tête, et se met à parler d'un ton glacial et monocorde :

« Grande demeure qui nous entoures, ouvre tes portes à une hôte venue te saluer. »

Elle s'exprime ensuite en allemand ou en russe ; elle se répète peut-être, je n'en suis pas sûre. Il se peut que mon mari, qui parle un peu les deux langues, comprenne ses marmonnements.

Je dois admettre avoir ressenti un certain effroi. Je jure sur tes pages que la température de la pièce est tombée de plusieurs degrés. Est-ce dû à un effet de mon corps ou aux dons de Madame Stravinski ? Comment savoir ? Je jure aussi que les flammes vacillantes des bougies se sont mises à danser, comme si on avait ouvert une porte en grand et qu'un courant d'air avait traversé la pièce.

Madame Stravinski entre dans une sorte de transe, la tête légèrement penchée, les yeux clos. Je regarde tour à tour mes invités, mes amis, et observe leur étonnement. En effet, ils s'attendaient plus à une farce qu'aux événements dont nous sommes témoins.

Les marmonnements de la voyante sont de plus en plus sonores et intelligibles, alors qu'elle ne parle à personne en particulier. Ses mots gagnent en vitesse, se déversent de sa bouche dans une cascade de syllabes et de phrases à moitié formées. Elle invoque la maison, « la grande demeure », et demande l'autorisation de passer ses portes, ses murs. Au milieu de ses psalmodies, ses yeux désormais mi-clos cherchent le globe en verre devant elle sur la table. Elle paraît différente, tout à fait autre, un peu plus jeune peut-être, et néanmoins figée dans le temps.

Un nouveau courant d'air froid s'engouffre dans la pièce et me court le long des jambes. La sphère commence à luire – je te le jure ! – et des filaments de lumière, comme une substance visqueuse, s'en échappent et cherchent à atteindre le plafond. Le vent éteint toutes les bougies ; seuls demeurent la lumière des filaments bleus et verts qui tourbillonnent au-dessus de nos têtes, et le luisant spécimen de verre qu'elle tient entre ses mains desséchées. Je pense à ma fille Avril et à son pauvre bras droit atrophié ; je repense aux prières que je faisais il y a tant d'années, au moment où je participais à la création de l'hôpital pour enfants. Je me disais alors que je ne saurais que faire si l'un de mes enfants naissait avec une difformité. Ai-je porté malheur à Avril ? Ou est-ce mon mari, en me transmettant la malédiction africaine ? Puis-je sauver mes enfants ? John ne devrait-il pas payer pour ses péchés ? Les questions se bousculent dans ma tête, tandis que je reste parfaitement immobile sur mon siège. Je suis par ailleurs confrontée à l'agitation de mes convives. Seules Madame Stravinski, Sukeena et moi demeurons coites et impassibles. Visiblement troublé, John me lâche la main et se lève d'un bond.

À ce moment-là, un grand chaos envahit la pièce. Les étagères vibrent et les livres commencent à tomber par terre. D'abord un, deux, puis dix, vingt. Une dizaine d'ouvrages s'envolent, traversent la pièce et se dirigent droit sur John, avant de se fracasser contre le mur de reliures opposé.

« Je vous en prie, asseyez-vous. »

C'est ma bouche qui donne cet ordre à John, et pourtant ce n'est pas moi. Cette voix, sombre et triste, ricoche sur Madame Stravinski et me revient.

« Le péché se situe où il commence, le péché se situe où il s'arrête. Poursuis ma construction jusqu'aux cieux ou un autre homme tombera. »

Ces mots sortent d'abord de ma bouche, puis de celle de Madame Stravinski. Un instant plus tard, c'est toute la table qui psalmodie en chœur ; mon mari tremble dans son fauteuil. Douglas Posey s'apprête à quitter la pièce, quand une volée de livres s'abat sur la porte, et la referme avant qu'il puisse s'échapper. Oui, cher Journal, tout ce que j'écris là est vrai, aussi loin que je sache.

Les deux lustres se mettent à osciller. Doucement d'abord. Puis ils effectuent de larges arcs de cercle, d'avant en arrière. Un nouveau courant d'air traverse la pièce.

« Poursuis ma construction jusqu'aux cieux, ou un autre homme tombera. »

Nous crions tous très fort à présent. Même les mâchoires de John paraissent se mouvoir indépendamment de lui, contre son gré.

Soudain, comme un serpent en chaleur, une ombre noire s'élève de Madame Stravinski et l'englobe. Mi-être humain, mi-fantôme, il est identique à celui que j'ai vu dans la grange, seulement il n'est pas blanc. Puis, cette ombre se met à louvoyer sur la table, et nous interrompons immédiatement notre psalmodie. Elle s'apprête à entrer en action ; il est clair que nous sommes tous concernés dans cette pièce.

« Viens à moi... », dit cette force obscure d'une voix sèche et caverneuse qui me donne la chair de poule.

Sukeena s'avance, s'empare du globe en verre de Madame Stravinski, et essaye de l'arracher de la table. Un soudain éclat de lumière l'assaille, et l'on ne distingue plus sa silhouette pendant qu'elle se débat pour s'en débarrasser.

En une microseconde, Sukeena est projetée en arrière et transportée à travers les airs, comme les livres un instant plus tôt.

Elle s'écrase contre la porte close et s'écroule par terre, le souffle coupé, abasourdie. Je bondis de mon siège, en me penchant pour éviter les livres qui ne manqueront pas de m'assaillir, et étonnamment, aucun ne s'envole.

Et si cela ne suffisait pas, c'est au moment précis où je romps la séance pour porter secours à ma chère amie que le vent cesse, comme si on venait de fermer la fenêtre. Là, l'impossible survient : les bougies se rallument. Un silence de plomb s'installe parmi nous. La force obscure qui planait au-dessus de notre voyante a disparu.

Madame Stravinski est éveillée. Ses yeux écarquillés se posent immédiatement sur John Rimbauer.

« Quoi ? » s'écrie mon mari, dangereusement fort, car ses oreilles sont encore étourdies par le chant du vent froid.

La voyante se contente de le regarder.

« Quoi ? »

Aucune réponse.

John, furieux, sort de la pièce, avec Douglas Posey sur les talons.

« Idioties, lance Posey d'un ton pas vraiment convaincant, les yeux aussi écarquillés que nous autres.

– Mon dieu, je m'exclame en tâtant la bosse sur le crâne de Sukeena. Que lui avez-vous fait ?

– Tout le monde dehors ! tonne Madame Stravinski. Vous deux restez là », ajoute-t-elle en nous désignant Sukeena et moi. « La porte ! » crie-t-elle une fois la pièce vide. (Les invités étaient trop contents de lui obéir.)

« Vous l'avez blessée ! me plains-je.

– Elle est intervenue, m'explique Madame Stravinski sans la moindre once de remords. Mais cela ne m'a pas empêchée d'entendre le message.

– Quel message ?

– Celui qui vous est destiné, mon enfant. Celui de Rose Red. »

J'ai regardé autour de moi la pièce dévastée. La moitié des livres était par terre, le vent avait éparpillé des gouttelettes de cire sur les étagères. Je frissonnai. À cause de ces traces de cire, le vent me paraissait bien réel.

« Quel message ? lui ai-je demandé d'une voix un peu plus faible cette fois-ci.

– Elle vous a promis la vie. La vie éternelle. Ne craignez plus la mort. Ne craignez plus la maladie. Vos fièvres appartiennent au passé. Aussi longtemps que vous poursuivrez sa construction, vous vivrez. Ceci, je crois, répond à une prière que vous avez faite autrefois. Vos prières sont exaucées aujourd'hui. Une vie sans mort. Une vie sans... peur. »

La voyante s'est alors effondrée dans son fauteuil. Elle semblait inconsciente, affaissée sur un bras, à moitié sur la table, à moitié sur le siège.

« Écoutez pas Miss Ellen ». Sukeena marmonnait là ses premiers mots. « Écoutez pas ces diableries.

– Une vie sans peur, ai-je murmuré. Une vie sans mort. » J'ai regardé à nouveau la pièce tourneboulée. J'ai serré mon amie très fort dans mes bras. « Rose Red a répondu à mes prières ! »

Aujourd'hui a été inaugurée la *Smith Tower* – le plus haut immeuble de bureaux de tout Seattle – en mémoire de Lyman C. Smith (des machines à écrire *Smith-Corona*). Au même moment commençait la construction de la nouvelle aile de notre gigantesque propriété. (Je me dis souvent que Lyman et les autres architectes sont tellement jaloux de John qu'ils le défient avec leurs travaux d'ingénierie !) Ici, au manoir, des charrues tirées par des chevaux brisent la terre, pendant que des hordes de Chinois donnent des coups de pelle furieux et remplissent les chariots par dizaines. On dirait que mes fièvres passées – je n'ai pas gardé le lit depuis la séance – ont contaminé le chantier. J'ai à peine dormi le mois dernier, car j'ai travaillé sans relâche sur les plans et les projets d'agrandissement de Rose Red. J'ai peur de confier un peu trop les enfants à leur gouvernante. On m'a rapporté qu'Avril passait parfois des heures entières devant la grande maquette de Rose Red et qu'elle parlait à la maison dans une langue compréhensible d'elle seule. Il s'agirait d'un état de transe. Je répugne à accepter une telle explication : tous les enfants passent du temps dans les mondes qu'ils se créent, Avril un peu plus que les autres peut-être. C'est une petite fille hors du commun. Il n'y a pas de mal à cela. Le plus important désormais, c'est que je vis pour mes enfants et que je vais les aider à traverser cette vie. Rose Red m'a fait une promesse et malgré les réticences de ma chère Sukeena, je veillerai à ce qu'elle la tienne. (Sukeena n'a pas décoléré après la « performance » de Madame Stravinski, comme ma petite bonne qualifie cette captivante soirée. On a parlé de nous en ville pendant des semaines !)

Heure après heure, je vois les ouvriers travailler sans répit par la fenêtre. Nous comptons que la nouvelle aile s'étende au-delà du Bowling et de l'Annexe ; elle sera invisible depuis le portail et n'ôtera donc rien à l'intégrité de notre manoir. Sa superficie sera de mille huit cents mètres carrés sur deux étages, soit un total de trois mille six cents mètres carrés. Et ce n'est qu'un début ! Nous avons voulu ajouter trois appartements pour accueillir nos amis, un logement de quatre pièces (dont une cuisine privée) destiné à Sukeena, une Oisellerie, une Salle de Géographie et plus d'équipements scolaires pour les enfants. Nous aurons aussi notre Salle de Projection où nous serons confortablement installés pour visionner des films. Nous avons prévu une piscine chauffée, agrémentée de sels de bain afin de purifier l'esprit et de traiter l'arthrose dont je souffre depuis la naissance de notre deuxième enfant. Mes amies (les femmes uniquement, enfin... celles qui souhaiteront se purger des maux de la ville) pourront disposer de cette piscine. John a sans doute prévu d'installer un de ses postes d'observation en surplomb. Même si je répugne à l'accepter, je ne sais comment je pourrais stopper sa construction, vu que le mot de la fin revient à John et uniquement à John. (Il m'a été impossible de négocier cette condition avec mon mari.) J'ai connaissance de l'érection d'une telle pièce dont je ne trouverai jamais l'entrée. J'imagine sans peine mon époux enfermé là-haut, alors que mes amies seront dévêtues (le sel abîme les tissus), telles que Dieu les a faites. Il se rincera l'œil sans savoir que je suis au courant. (Si possible, j'essaierai d'organiser une ou deux mises en scène qui titilleront sa curiosité ! Je ne manque pas d'humour noir quand il s'agit de John.) Je ne le blâme pas. Je suis en quelque sorte à l'origine de ces transgressions, puisque je lui ai interdit l'accès à mes appartements. Une bonne fois pour toutes. Depuis que la naissance malheureuse d'Avril m'a privée des joies de la maternité, je ne vois aucune raison de m'unir à nouveau à cet homme infâme. Qu'il se procure ailleurs ses plaisirs... ce dont il ne se prive pas, j'en suis certaine ! Moi je prends plaisir à être mère. Cela me suffit et me comble comme aucun homme ne pourrait me combler, ne me comblera jamais plus.

La nouvelle aile s'élèvera du trou qui vient d'être creusé. Elle s'élèvera et me prolongera la vie ; Rose Red me l'a promis. Je te jure que je l'entends parfois. Ce ne sont pas seulement les craquements d'une vieille maison, mais la voix qui l'habite. Une voix de femme, basse et menaçante. La voix que ma propre bouche a émise. La voix que ma petite Avril entend peut-être elle aussi, lorsqu'elle joue avec la maquette.

D'ailleurs note bien, cher Journal, suite aux plaintes concernant les perpétuelles méditations de ma fille auprès de la magnifique maquette de Rose Red, j'ai décidé de prendre le thé dans la Loggia supérieure. J'ai demandé à ce qu'Avril m'y rejoigne et que l'on y installe aussi la maquette. Comme cela, je la verrai jouer et je comprendrai la nature des plaintes émises par la gouvernante.

Réchauffées par un soleil d'automne bien agréable sur la peau, mère et fille ont vraiment passé un charmant après-midi. J'ai pris du thé et des *scones* ; Avril s'est régalée d'une ou deux douceurs, ce qui m'a fait plaisir car il est très difficile de lui faire manger quoi que ce soit. Elle jouait avec la grande maquette de la maison tandis que, depuis mon fauteuil en osier, j'admirais côté ouest une vue partielle des nouvelles fondations. J'ai dû passer là une heure. Avril était juste derrière moi, à ma droite, pendant que je lui expliquais la construction à venir, l'érection de la nouvelle aile à l'endroit où poussait de la pelouse auparavant. En somme, la preuve concrète de l'accomplissement de nos rêves et de l'amour qui nous unit elle et moi.

Le temps s'est peu à peu refroidi et ma fièvre tentait une réapparition comme souvent en fin d'après-midi. Alors je me suis tournée pour dire à ma petite merveille au bras atrophié qu'il était l'heure de rentrer. Je lui ai tendu la main pour l'aider à se lever. Et je suis restée sans voix.

Là, sur les tomettes italiennes de la Loggia, j'ai posé les yeux sur le modèle réduit qu'Avril utilisait depuis longtemps comme maison de poupée. J'ai attrapé la main valide de ma fille, bouche bée devant ce qu'elle pointait de son petit index ; une grimace diabolique se dessinait sur son visage.

Le modèle réduit de Rose Red comportait une nouvelle extension, parfaitement achevée – chaque fenêtre, chaque cheminée au bon endroit. La nouvelle aile s'étalait sous mes yeux, exactement comme je me l'imaginais.

La maison de poupée en était dépourvue au début de notre goûter ; et grâce aux soins de ma fille, elle avait grandi toute seule. La maquette de Rose Red est vivante comme l'est le manoir.

ROSE RED – LE 12 OCTOBRE 1914

Le cœur lourd, je viens te faire part du dernier drame en date. En tant qu'épouse et mère de ses enfants, j'apprécie le sens aigu des affaires de John et les richesses qu'il a accumulées. J'évite donc autant que possible de le contredire et de lui donner des conseils sans son assentiment (en dépit du fait que je n'ai pas une très haute opinion de lui). Aujourd'hui cependant, je suis folle de désespoir et de rage quand je repense à la façon dont il a traité son ancien collaborateur. Les autres continuent à voir en Douglas Posey son associé, malgré de secrètes négociations qui l'ont rabaissé au rang de simple employé (un employé plutôt riche d'ailleurs !). En fait, je crains que les décisions prises par mon mari n'aient été motivées par sa désapprobation de la vie intime de Douglas, et non par des questions d'ordre strictement professionnel. Ah ! Si ce n'est pas de l'hypocrisie ! John passe son temps à soulever les jupes de ses prostituées sur les quais et il se permet de condamner Douglas qui préfère la pâleur des jeunes hommes.

Ce matin, Douglas s'est présenté à la porte d'entrée de Rose Red, annoncé par son valet de pied. Un majordome est parti à la recherche de John à travers la maison. Mon mari passe beaucoup de temps dans la vaste bibliothèque qui lui sert d'étude, à l'extérieur de ses appartements. Au bout d'un moment, sans se presser, John est apparu en haut du Grand Escalier. Je suis certaine que son intention était de faire attendre Douglas, tel un roi.

Une fois n'est pas coutume, je m'étais rendue dans la Cuisine qui se trouve au-delà du Grand Escalier, afin de goûter un potage qui sera servi lors d'un déjeuner que j'ai organisé au profit des bonnes œuvres de l'hôpital pour enfants. Je me trouvais donc en position d'assister à la rencontre entre notre visiteur et le Seigneur et Maître de Rose Red.

« Que voulez-vous, Posey ? » a crié John, posté à au moins vingt mètres du Hall d'Entrée.

Orné de ses trophées de chasse africains, le Hall d'Entrée est un lieu très masculin, très imposant avec ces yeux en verre qui semblent vous toiser. Je déteste cet endroit la nuit, je déteste être observée ainsi par ces têtes mortes de prédateurs, ces âmes défuntes aux crocs flamboyants. La maquette de Rose Red est disposée sur une table d'angle. Les domestiques la déplacent uniquement lorsque Avril le requiert, et ils la promènent chaque jour à travers la maison pour divertir la fillette. Sur un guéridon au milieu du Hall d'Entrée, nous avons installé dans une urne égyptienne neuf douzaines de fleurs que nous changeons tous les trois jours. Un bouquet coloré illumine cette pièce qui en a bien besoin. J'ai acheté cette urne le fameux jour où des bandits ont essayé de nous dévaliser au marché, quand Sukeena leur a infligé des douleurs abdominales afin que nous puissions passer notre chemin en toute sécurité. Cette urne me sert de pense-bête, elle représente les pouvoirs que Sukeena possède. En effet, les apparences sont trompeuses : la petite servante africaine est une sorcière, la maison est vivante et la maîtresse de maison est à moitié folle... voire plus, cela dépend des jours.

Mon époux s'est arrêté à mi-chemin, le regard aussi éteint que celui des animaux au-dessus de sa tête.

« L'entrée de service se situe à l'arrière.

– J'ai commis des erreurs, John, a admis une voix chevrotante. J'aimerais vous entretenir de mon retour dans la course.

– Impossible. J'ai une firme à faire tourner. Je suis occupé.

– Vous m'avez dupé !

– Foutaises !

– Vous m'avez convaincu de vendre mes actions. Et maintenant, six mois après...

– Vous avez menacé de vendre vos actions, Douglas. Votre mémoire est-elle donc si courte ? Je vous ai proposé de les racheter – au-dessus de leur valeur, si vous vous souvenez bien – afin d'empêcher que vos parts inondent le marché et que cette transaction entraîne une vague de reventes. Vous étiez trop heureux de vous en débarrasser. Le doublement de nos parts en six mois est signe d'un bon produit et d'une gestion ferme – gestion dont au jour d'aujourd'hui, vous ne faites plus partie. Et ceci à cause de vos actes méprisables et des promesses sur lesquelles vous êtes revenu. Fin de la conversation. Walter ! » John a interpellé le majordome qui est miraculeusement sorti de la Grande Salle de Bal. « Veuillez raccompagner notre invité. »

Obéissant, Walter a ouvert la porte sur ce mois d'octobre plus froid que jamais. Douglas n'a pas bougé d'un pouce.

« J'en ai perdu une partie en Bourse, John. J'ai besoin d'aide.

– Notre invité prend congé.

– Je vous en prie.

– Maintenant, a répliqué John sèchement.

– Allez en enfer », a marmonné Douglas, sans le penser, je le crains.

Notre jeune Adam a cinq ans, Avril trois et c'est la première année que nos enfants comprennent réellement la signification de *Thanksgiving.* John a été un amour avec eux ; il leur a raconté l'histoire des Pères Pèlerins qui ont instauré cette journée d'actions de grâces et de prières. Le soleil nous a gratifiés d'un jour d'automne mémorable. Il a fait un peu moins froid aujourd'hui.

Les domestiques ont organisé leur propre soirée dans les Écuries où ils n'étaient pas loin de cinquante à dîner. John leur a offert sept belles dindes, plusieurs boisseaux de patates douces, des carottes et des fèves. Plus des caisses de vin. La journée a été très festive et j'ai ainsi pu constater que cet endroit est très paisible lorsque l'on s'y amuse. Je pense que la coupure entre John et Douglas Posey est une sage décision. Moins enclin à ses soudains éclats de colère, mon mari a été bien plus serein ces semaines passées. Il a même joué avec Adam, ce qui ne lui était pas arrivé depuis des mois. (Il a planifié la construction d'un gigantesque train miniature qui occupera une pièce entière dans l'aile des enfants. Parachevée de montagnes, de forêts, de ponts et de gares, cette réplique exacte de la zone de Seattle nécessitera quelque trois cents mètres de voies ferrées miniatures, deux cent cinquante kilos de pâte à modeler, cinquante litres de peinture et six mille allumettes – rien que pour un pont. Adam va avoir le Noël de sa vie !)

Oh ! cher Journal, merci pour ces bons moments qui contrebalancent les mauvais. Merci pour Sukeena, pour les enfants et notre bonne fortune. Bénis soient ceux qui ont disparu entre ces murs et que la paix soit avec eux.

Aucune tragédie d'envergure ne s'est produite depuis quelque temps maintenant. J'espère et je prie pour qu'il en soit toujours ainsi. Madame Stravinski nous aurait-elle délivrés ? La construction continue sans fléchir. Cette maison grandit de jour en jour.

Cette famille continue à manger des raisins verts. Je crains que mes enfants ne se remettent jamais de ce qui vient d'arriver. Il m'est impossible de revenir en arrière et de tout interrompre, puisque le pire s'est déjà produit. Je n'ai pas été personnellement témoin de l'incident. Cependant, je vais transcrire noir sur blanc ma propre interprétation des événements, tels que Sukeena les a recueillis de la bouche de mon petit Adam. (Il n'a voulu parler à personne d'autre qu'elle.)

Cet après-midi, Douglas Posey nous a rendu visite. Il ne s'est pas annoncé à la porte d'entrée et il n'a pas été accueilli par l'un de nos majordomes. En fait, voici ce qui s'est passé aujourd'hui. On a découvert de la sciure sous ses chaussures et il apparaîtrait que Douglas soit entré chez nous par la nouvelle construction, à l'ouest. On a retrouvé son automobile garée sous les arbres le long de la grande route. De là, il a gravi la colline et s'est dirigé vers l'ouest du chantier. Il s'est approché de Rose Red de ce côté sachant qu'il passerait inaperçu. Oui, hélas ! C'est ainsi qu'il a dû agir. Ce qu'il a accompli ensuite m'estomaque. Je suis mère de deux enfants et nous n'employons pas moins de deux gouvernantes, Miss Crenshaw et Miss Dunn, ainsi que trois autres nourrices dévouées – y compris Miss Helms, la femme qui a allaité Avril et que nous avons gardée à notre service pour s'occuper des enfants une fois sa tâche initiale accomplie. Ces femmes ont pour seule responsabilité de surveiller nos enfants. Nonobstant, pour des raisons qu'il reste à éclaircir, les enfants sont restés sans surveillance précisément ce jour et à cette heure. Mais je poursuis.

Douglas a réussi, on ne sait comment, à se frayer un chemin à travers le chantier, l'Annexe, le Bowling, jusqu'à l'Escalier Sud. Quand on descend les marches en pierre, on arrive à la Salle du Gibier où John pend et découpe daims et élans après la chasse. Ces mêmes escaliers mènent à l'Aile Ouest et à nos appartements, c'est-à-dire les cinq pièces de John qui incluent son étude personnelle, et mes sept pièces, dont mon Dressing et mon Salon d'Essayage. Douglas Posey s'est montré rusé, car excepté les femmes de chambre qui entretiennent le linge et nettoient, et les domestiques qui s'occupent des cheminées et des conduits, ces pièces et les couloirs sont déserts. De plus, ce jour-là je me sentais en bonne forme, sinon j'aurais bien évidemment gardé le lit.

Je vais te dire ce qui est particulièrement vexant : si l'un de nos domestiques avait rencontré Mr Posey, il ou elle ne serait pas en mesure de le raconter. Dès les premiers jours, John a instauré dans cette maison une règle stricte de confidentialité. Puisqu'il tient des réunions d'affaires secrètes – enfin, c'est la raison qu'il invoque ! – il ne peut se permettre qu'un seul mot s'ébruite. (Il paraîtrait en fait qu'il soit sur le point d'investir dans une compagnie aérienne avec son cher ami Bill Boeing. Personnellement, je pense qu'il va perdre beaucoup d'argent mais selon lui les avions vont être d'une grande utilité aux militaires.) Pour conclure, si un employé a vu ou rencontré Douglas Posey, il se gardera bien de le mentionner, quoi qu'il arrive. En tout cas, si personne ne l'a vu entrer, nous l'avons tous vu sortir.

Atteindre le Petit Salon sans se faire remarquer n'est pas chose aisée, surtout par là où Douglas Posey a subrepticement pénétré dans le manoir. Il comprenait assez bien le fonctionnement de la maison et sa politique intérieure, ce qui a augmenté ses chances. La fenêtre du Petit Salon donne sur l'allée en gravillons en forme de U et sur le Jardin à la Fontaine qui offre toute l'année un éclat de couleur bienvenu, grâce aux bons soins de nos employés. Par ailleurs, il avait participé à plusieurs des nombreuses réunions – ô combien secrètes ! – tenues par John au premier étage. Il appelait aussi certains employés par leur prénom. Dieu seul peut imaginer pourquoi quelqu'un comme Douglas Posey a pris autant de précautions. Mais s'il y a une chose que John Rimbauer m'a apprise, c'est que la nature humaine est imprévisible. Ce Freud peut prétendre que presque toutes les phobies et les peurs ont un lien avec les relations intimes entre hommes et femmes : le sexe ! Selon lui, l'instinct de survie, le besoin de se nourrir et d'acquérir du pouvoir ne viendraient qu'en second. Moi, je suis persuadée qu'un jour, on lui prouvera le contraire, même s'il ne s'est apparemment pas trompé en ce qui concerne mon mari. Ce que je ne comprendrai jamais, moi qui croyais autrefois que Douglas appréciait énormément mes enfants, c'est pourquoi et comment il a choisi le Petit Salon, alors qu'il savait combien Adam adore y jouer. La présence d'un portrait de John au-dessus de la cheminée l'a peut-être influencé. Le mien se situe dans le Hall d'Entrée, à côté des trophées de chasse – la similarité de notre situation ne m'a pas échappé. Nous avons commandé ces portraits pendant notre séjour à Londres à la fin de notre lune de miel. Je dois dire qu'ils semblent vivants, le travail est adroit mais manque cependant d'imagination. Celui de John, d'une telle solennité, domine le Petit Salon et fait face à une fenêtre qui donne sur l'allée, comme s'il surveillait son domaine et contemplait son royaume.

J'ai des difficultés à poursuivre mon récit, et sans l'alcool fort qui remplit mon verre, je serais bien en peine de continuer... Mais je dois raconter cette histoire, telle qu'elle m'a été rapportée.

Adam est entré le premier dans le Petit Salon au cours de l'un de ses « safaris » durant lesquels il encourage sa sœur à sillonner les grands couloirs devant lui et à jouer le rôle du gibier, tandis qu'il essaie de la traquer. (Adam ne saurait ni voir ni comprendre ce que ce jeu signifie pour Sukeena et moi : comme son père, le gibier après lequel il court est une jeune fille ! Le pauvre enfant doit se demander pourquoi on le dissuade d'y jouer !) Il venait de perdre la trace d'Avril, car elle s'était réfugiée dans le Fumoir – pièce qui lui est interdite, mais les filles seront toujours des filles. Adam a ouvert la porte du Petit Salon en grand, le pistolet à bouchon en joue, prêt à « tirer ». Il a apparemment visé Douglas Posey, qui gravissait un escabeau en bois que l'on range habituellement dans un placard en dehors de la Galerie, et qui nous sert à accrocher les tableaux et à installer les objets d'art. L'homme s'était noué une corde en chanvre autour du cou. Il a dévisagé le jeune Adam, et n'a pas dû manquer de remarquer que le fils était le portrait craché du père...

Un instant plus tard, ma chère Avril, dont le bras atrophié est fermement maintenu par une attelle, est arrivée en courant derrière son frère, dans l'intention de le surprendre et de gagner leur petit jeu. Elle a évidemment croisé le regard de l'ancien partenaire de John en haut de son échelle.

Douglas a soulevé son chapeau pour saluer le garçonnet habillé en cow-boy de la tête aux pieds. Puis il a fait signe à la fillette. Dans les airs a flotté une grande rose rouge. (Douglas connaît très bien le surnom de notre manoir.) Avril a levé son bras valide pour attraper la rose qu'il lui lançait ; elle a poussé un grand cri de douleur quand les épines lui ont entaillé la chair.

Posey a fait un pas en avant et a sauté. Il n'a pas quitté ma petite fille des yeux, jusqu'à ce qu'ils lui sortent de la tête, sa face rubiconde soudain envahie d'une pâleur bleutée. Adam affirme avoir entendu un claquement sourd, comme une branche succombant à la force d'un vent du nord-ouest. Mon fils a appuyé sur la gâchette de son fusil, son bouchon a fendu l'air et s'est fiché dans la poitrine de Douglas. Je dois préciser qu'Adam est un tireur d'élite comme son père avant lui. D'après lui, Douglas s'est mis à « danser » ; ses jambes « sautaient comme celles des Nègres quand ils jouent des claquettes ». Au moment où la langue du pendu, une masse enflée et raide, est sortie de sa bouche, les deux enfants ont hurlé à pleins poumons.

Quand on l'a découverte, Avril tenait encore fermement la rose dans sa main qui saignait légèrement. Elle n'avait pas quitté le corps des yeux. On a relevé Adam qui était à quatre pattes en train de chercher son bouchon tombé à terre car il craignait d'avoir, comment dire... tué Douglas. Il ne voulait pas que quelqu'un découvre cette « preuve ».

Dans le Petit Salon, le corps ballant aux yeux déformés et quasiment sortis de leurs orbites, scrutait (si je puis utiliser ce mot)

le portrait grandeur nature de son ancien associé, mon mari, qui comme par hasard (Douglas devait sûrement le savoir) remontait l'allée à cet instant précis.

Depuis son avantageuse position, John a aperçu par la grande baie vitrée son ennemi invétéré qui se balançait au bout d'une corde au beau milieu du Petit Salon. Maculé par les excrétions finales de la vie, Douglas lui tournait le dos.

Je pense que quiconque travaillant sur la propriété a entendu les hurlements d'Avril.

Ma fille n'a pas prononcé un mot depuis.

La semaine dernière, j'ai consacré chaque heure de mon temps libre à mes enfants. J'ai partagé mes efforts entre Adam et Avril, même si j'ai passé un peu plus de temps avec ma fille. Je ne sais comment l'esprit masculin fonctionne, mais je dirais simplement qu'Adam s'est remis presque immédiatement du choc. J'ignore quels effets il ressentira à long terme, mais je suis persuadée que le suicide de Douglas Posey subsistera en lui et refera surface en temps et en heure.

Les conséquences sur ma petite Avril n'ont absolument rien à voir. Que ce soit John, les gouvernantes, Sukeena ou moi, personne n'a pu lui faire décrocher une parole. Elle passe des heures interminables les yeux rivés sur la maquette de Rose Red. Elle la traîne devant la cheminée du Petit Salon et s'assied. Elle pousse des hurlements déchirants dès que quelqu'un essaie de déplacer le modèle réduit, ou de la faire changer de place. Nous avons exigé du personnel qu'il vaque à ses occupations sans se préoccuper d'elle, qu'il la laisse tranquille et ne lui adresse pas la parole sans avoir reçu nos instructions au préalable. En effet, ses explosions de colère sont effroyables. Je suis apparemment la seule qu'elle tolère auprès d'elle. Ainsi, mère et fille occupent le Petit Salon, avec pour seul bruit le sifflement des bûches et les éclats secs de la sève des pins en combustion. Je me suis mise au tricot, car il m'est impossible de lire dans ces conditions. En vérité, je scrute le dos de ma fille dans l'espoir d'un signe de retour à la normale. Par deux fois, je me suis mise en colère, il y a quelques jours maintenant, tellement je suis frustrée par son silence insolent. À un moment, j'ai eu l'impression d'être sa prisonnière, comme si elle avait concocté cette torpeur et tiré profit du suicide de ce pauvre homme afin de me retenir en captivité dans sa toile. Cette semaine, j'ai passé plus de temps avec elle que durant ces six derniers mois. (Je crains qu'une fois écrits, ces mots ne me montrent pas sous mon meilleur jour, mais on ne doit pas oublier ma propre infirmité.)

En secret, j'ai demandé à Abigaïl, une des nourrices qui s'occupent des enfants, de photographier la maquette de Rose Red tous les soirs avant de se coucher. En effet, j'ai la troublante impression qu'elle change subtilement d'apparence.

Je jurerais que des ailes de la maison apparaissent et disparaissent d'un jour sur l'autre et que ces changements sont proportionnels au temps qu'Avril reste assise devant la maquette. (J'ai peur, cher Journal, que ma fille passe moins de temps à « observer » la maquette qu'à « se fondre » en elle. Je sais que cela peut paraître absurde mais c'est la vérité : elle entre dans une sorte de transe en sa présence et n'en sort qu'au moment où la cheminée s'éteint et la pièce se refroidit.)

Voici qui me conduit donc à entamer un nouveau chapitre, malgré ma réticence à prendre la plume depuis plusieurs nuits déjà. L'heure est venue. Je me méfie trop de ce qui peut arriver si je garde tout cela emprisonné en moi.

L'autre nuit, ma chère Sukeena est venue me trouver, avec une expression de pure terreur sur son visage bleu foncé. Je l'ai immédiatement questionnée, mais elle n'a pas voulu prononcer un seul mot avant de nous avoir séquestrées dans mes appartements et d'avoir fermé la porte à double tour derrière nous. Notre conversation a été à peu près la suivante :

« Sukeena ! Que se passe-t-il ?

– C'est elle, Miss Ellen.

– Avril ?

– La maison. Elle ! Rose Red ! »

J'ai attendu qu'elle poursuive. Comme elle restait coite, je l'ai incitée à parler. Elle semblait terrorisée – le mot n'est pas trop fort.

« Je t'en prie, ai-je insisté.

– Peut-être pas les Indiens.

– Quoi les Indiens ?

– Moi penser, Miss. Moi penser. Moi écouter Avril, Miss.

– Mais Avril n'a pas dit un mot depuis près d'une semaine.

– Pas parler à nous, Miss.

– Sukeena ?

– C'est comme le vent, Miss. Le vent tout autour de cet enfant. Comme une voix... beaucoup de voix. Chaque fois elle être avec ce jouet... cette maison de poupée. Voilà pourquoi elle pas vouloir moi près d'elle. Elle savoir moi entendre.

– Que veux-tu me dire ? » J'étais exaspérée. « Ma fille... elle quoi ? Elle parlerait à cette maison ?

– Maison parler à Avril, Miss. Moi penser peut-être pas les Indiens.

– Tu veux dire... les disparitions ? »

Elle a acquiescé, encore effrayée. J'avais rarement vu Sukeena dans cet état.

« Bien... Miss. Bien, vous penser à un feu. Le feu, Miss. Le feu dans nous, Miss Ellen. Oui pareil.

– La vie, ai-je haleté.

– Le pouvoir de la vie, Miss. Le feu. Et si... et si la maison avoir besoin de ce feu ? Comme vous et moi avoir besoin de manger. Pareil. Maison avoir besoin du feu, pareil.

– Ce ne serait pas les Indiens...

– Non, Miss.

– Ce ne serait pas le cimetière.

– Moi pas dire les Indiens pas être là non plus, Miss. Beaucoup de monde ici parfois. »

Elle avait raison. Nous ressentions tous leur présence. Même les domestiques. Nous n'étions pas seuls dans cette maison. Des objets indiens surgissant sans explication au milieu de notre collection semblaient confirmer leur présence spectrale.

« Tu insinuerais que... »

Un sourire nerveux me barrait le visage. Je me sentais terriblement mal à l'aise. Je ne voulais pas exprimer tout haut ce que je pensais tout bas, mais nous étions allées trop loin pour commencer à émettre des réserves. Sukeena et moi n'avons aucun secret l'une pour l'autre.

« Insinuerais-tu que les disparitions... »

Elle a opiné du chef, sachant précisément où je voulais en venir.

« Que Rose Red se... nourrit de ces disparitions ?

– Elle aspirer le feu en eux, Miss », a-t-elle précisé d'un hochement de tête solennel.

J'ai émis un petit rire, je n'étais plus du tout à l'aise à présent.

« À mon avis, ça a un rapport avec vous, Miss. Y'a pas de doute. Cette maison vous aime. À mon avis, elle avoir besoin du feu dans les autres. Elle survivre grâce au feu, Miss Ellen, a-t-elle ajouté. Et plus elle grossir, plus elle avoir besoin de manger. »

Un frisson m'a traversée.

« Mais nous sommes en train de l'agrandir, lui ai-je rafraîchi la mémoire, fidèle au verdict de Madame Stravinski.

– Peut-être cette femme... », a commencé Sukeena en parlant de Madame Stravinski, « ...travailler pour la maison. Peut-être maison parler, par cette femme.

– Je n'en crois rien, ai-je murmuré. Il est prévu que la construction de la maison dure des années. Aussi longtemps que continueront les travaux... » Je n'ai pas dit la suite, mais je le pensais très fort : « Je serai immortelle ! » À la place, j'ai dit : « J'ai confiance en Madame Stravinski et en ses paroles. De plus, mes fièvres ont disparu. »

Sukeena me connaît suffisamment pour s'en tenir là. Je suppose que je n'aurais pas dû la traiter aussi durement, car je crains d'avoir mis un terme à toute nouvelle discussion à ce sujet. Sukeena me dévisage rarement, mais cette fois-ci, elle m'a lancé un long regard mauvais, plein de colère contenue. J'ai tenté de reprendre la conversation :

« Elle tirerait son énergie de la vie des filles qui ont disparu ? »

Sukeena n'a pas voulu me répondre.

« Et que fait-elle des hommes qui sont morts ? me suis-je enquise.

– C'est entre vous et la maison, Miss.

– Entre moi et la maison ? » ai-je répété.

Un nouveau frisson m'a parcouru le corps, comme si on venait d'ouvrir une nouvelle fenêtre.

« La maison protéger vous.

– Mr Corbin ne me protégeait pas, me suis-je récriée. Nous ne nous étions jamais rencontrés !

– Cet homme avoir tué homme en charge de la construction, Miss Ellen. Les dieux avoir envoyé ce Corbin pour stopper la construction de cette maison avant même elle exister. » Puis elle a ajouté : « Lui avoir fait son possible. »

Elle disait la vérité. Corbin avait tué Williamson le jour où les premières pierres avaient été posées. Coïncidence ? Voilà qui apportait de l'eau au moulin de Sukeena.

« Peut-être était-ce les Indiens ? ai-je suggéré, en sachant que Sukeena continuait à les soupçonner.

Elle a paru mécontente.

« La maison aspirer le feu dans ces jeunes filles, Ma'am. Plus elle grandir... Plus de filles disparaître. Sukeena le savoir... là. »

Elle a posé la main à plat sur sa poitrine.

J'ai senti à nouveau comme une piqûre d'air froid, on aurait vraiment dit un courant d'air. Les rares occasions où Sukeena avait étayé ses convictions avec de tels mots se comptaient sur les doigts d'une main : quand elle m'avait annoncé ma grossesse, quand elle m'avait persuadée qu'on ne retrouverait jamais la jeune Laura. Et là aujourd'hui.

Je crains d'être à présent trop influençable, et je m'interroge sur la femme que je suis devenue. La jeune fille de dix-neuf ans aurait-elle cru que sa maison pourrait être vivante ? Aurait-elle imaginé que sa plus proche amie serait une grande prêtresse africaine capable de deviner la vérité là où les autres ne la trouvent pas ? Qu'elle mettrait au monde deux enfants, l'un muet, au bras atrophié, et l'autre admirant et imitant un homme aux mœurs plus que douteuses ? En à peine sept petites années, ma vie a changé de manière si radicale que moi-même je ne la reconnais pas ! Je ne puis me confier à Mère, car elle l'interpréterait mal et me traiterait d'intempérante et d'écervelée. Mon sort repose donc entre les mains de ma très chère Sukeena aux fines observations et aux fréquents échanges avec « l'autre côté ». Il y aurait tant de vœux à exaucer ! Il ne me reste plus qu'à en formuler.

Je veux retrouver ma petite Avril. Je veux que son bras soit valide. Je veux que Douglas Posey soit mort ailleurs. Je veux qu'il laisse cette pauvre maison et tous ses habitants tranquilles.

Que se passera-t-il si la maquette de Rose Red continue de grandir ? Si la voix de ma fille est à jamais perdue à cause de son avidité ? Si Avril est à moitié prisonnière des murs qui nous entourent ? Que doit-on faire ? Comment la ramener à sa mère et à sa famille ?

Je ressens le besoin de lui dispenser encore plus d'amour et d'attention. J'ai demandé à ce que ma pauvre petite fille dorme à mes côtés. Je veux qu'elle trouve la chaleur maternelle si elle en éprouve le besoin, qu'elle entende ma voix à son réveil. Si je suis destinée à combattre pour elle, je le ferai. (Rose Red, si tu lis ces mots, tu vas voir ce que tu vas voir, je t'en fais la promesse !)

J'aimerais partir loin d'ici, mais je sais que c'est impossible. Tu ne me laisseras jamais partir. Ni moi, ni aucun de nous d'ailleurs. Nous sommes tous tes prisonniers. Immortels, mais captifs. Quoi que cela veuille dire ! Combien de temps encore vais-je supporter de vivre sous le même toit que John Rimbauer ? Aussi puissant, aussi riche soit-il, je ne ressens plus son amour. Adam m'a remplacée dans son cœur. Il lui offre des cadeaux, agrandit la maison pour son train, l'emmène en voyage d'affaires (en compagnie de la plus jolie des nourrices, ce qu'une épouse ne peut s'empêcher de remarquer !). Je suis condamnée. J'appartiens à Rose Red et non le contraire. Je suis retenue prisonnière ici. Je dois à tout prix en faire sortir Avril. Je pourrais l'envoyer chez ses grands-parents... Ah ! Pourquoi n'y ai-je pas pensé plus tôt ?

Qu'attendais-je ?

ROSE RED – LE 13 MARS 1915

La cruauté du mariage ! Plusieurs semaines ont passé depuis que j'ai fait part à mon mari de mon désir qu'Avril quitte cette maison. Ce matin, j'ai intercepté une lettre délivrée par un postier plutôt étrange. Cet homme mesurait plus d'un mètre quatre-vingts, il boitait à cause de sa jambe de bois et portait des lunettes très épaisses. Il s'est présenté à la porte d'entrée et a marmonné quelque chose dans sa barbe. J'ignore comment les services postaux recrutent leurs facteurs ! (J'espère que Floyd, notre employé habituel, sera bientôt de retour.) La lettre a été postée il y trois jours de la *Cheshire Academy* à Portland dans l'Oregon. Je l'ai ouverte immédiatement (à la vapeur pour pouvoir la recoller aussitôt lue) et j'ai découvert une lettre d'admission pour... Adam. À première vue, John semble beaucoup plus intéressé par la protection de sa précieuse descendance en la personne de son héritier, que par celle de sa fille muette au bras atrophié. (Il prétend que « les difficultés d'Avril avec le langage » sont un reflet de son intelligence, et probablement de son sexe, puisqu'il faut dire la vérité ; John souffre d'une vision obtuse et simpliste selon laquelle le rôle de la femme sur cette terre est de procurer aux hommes certains plaisirs innommables et de porter leurs enfants. Cela s'arrête là.) Je suis une boule de colère et de chagrin, car je sais qu'il restera sourd à mes arguments. Avril demeurera chez nous, tandis qu'Adam nous quittera pour entrer en première année. Avril est condamnée comme nous autres ici ; Adam sera sauvé.

Je me prépare à défendre ma précieuse fille, mais je sais par avance que je ne gagnerai pas cette bataille. Je vais néanmoins me battre contre lui. Et si jamais il se présente une nuit dans mes appartements, avec d'autres idées derrière la tête – ce qui ne manquera pas d'arriver bientôt –, il trouvera la jeune Avril sous les couvertures avec moi. Et il en sera ainsi jusqu'à ce qu'il envisage de changer son fusil d'épaule.

Nous sommes deux à jouer à ce jeu. Trois si l'on compte Rose Red. Et malheur à celui qui oubliera de la compter ! Malheur, en effet.

C'est le cœur lourd que j'ai dit au revoir à mon petit Adam aujourd'hui, car son père et lui se sont mis en route pour la *Cheshire Academy*. Le cœur d'une mère ne peut supporter une telle perte, surtout après l'échec de tous mes efforts pour susciter une forme de langage chez ma fille qui n'est toujours pas sortie de son état proche du coma.

À ma grande stupéfaction, aucun des clichés de Rose Red n'est bon. Les images développées montrent une lumière blanche et étincelante à la place de la maquette, comme si elle dégageait une espèce d'énergie, de lumière qui gâcherait les photographies. (Sur un cliché, Avril aussi a été capturée : les mêmes nuages blancs s'échappent de ses mains et lui entourent complètement la tête. Si c'est un mauvais tour des personnes qui développent les photographies, ce n'est pas drôle et je prie pour qu'elles arrêtent. John les accuse de saboter les images au cours du développement et tente de me convaincre qu'il s'agit là d'une simple plaisanterie. Toute la ville est au courant de l'« état » d'Avril.)

En ce moment, on ne parle que de la guerre en Europe. John voyage sans cesse – Denver, Portland, San Francisco –, il s'est même rendu à Cleveland et à New York. Le nombre de ses exportations augmente rapidement. Plus il est absent, plus la vie est facile à Rose Red. (Ici, la présence de John suscite beaucoup de tension et de peur.) En première page des journaux s'étalent les nouvelles du monde : l'Allemagne promet de ne pas couler les paquebots – un peu tard pour le *Lusitania* – ; une autre ville de Pologne est tombée aux mains de l'armée austro-allemande ; Haïti se rebelle ; la Suisse accueille une réunion des socialistes européens. Notre vie ici semble avoir si peu de but. La guerre est partout. Les sous-marins allemands envoient par le fond des dizaines de bateaux toutes les semaines. Le président Wilson est sommé de se mêler à la bataille. J'ignore où cela va nous mener, mais je ne vois rien de prometteur. Par ici, on organise moins d'événements mondains, car la plupart de nos maris semblent surchargés de travail à cause de l'éventuelle entrée en guerre. Même si les majordomes et moi avons tenu notre première réunion en prévision de notre bal annuel de janvier, je ressens moins d'excitation cette année. La liste des invités est toujours plus longue, car John y a ajouté des dizaines de relations de travail. Grâce à mes amis, les Masterson, j'ai pu inviter une célèbre chanteuse d'opéra, Elizabeth Paige, qui sera en ville à cette période. Miss Paige ainsi que la star de cinéma Charlie Chaplin devraient rendre la soirée intéressante. John dit que Randolph Hearst pourrait venir. Mais mon époux est bien plus excité par la présence d'un général qu'il souhaite inviter. (Ce général est en affaires avec Mr. Boeing ; et John, en tant qu'investisseur majeur dans sa firme, espère que les deux hommes sympathiseront au cours de la soirée avant de discuter travail.)

Rose Red m'inquiète particulièrement. En effet, cela fait plusieurs mois qu'elle se tient « tranquille ». Elle doit être occupée à brûler son énergie afin de grandir en même temps que les nouveaux travaux de construction. (Non, mais écoute-moi ! Comme cette phrase semble stupide !) Toutefois, il est prévu qu'à la fin de l'automne la construction ralentisse, même si elle ne s'arrêtera pas complètement. John affirme que l'hiver sera particulièrement rude (son almanach est comme une bible pour lui) et il ne voit pas pourquoi « on se battrait contre le vieux bonhomme Hiver ». Je ne suis pas certaine de l'effet que cela aura sur Rose Red, mais mon instinct me dit qu'une femme ayant besoin d'attention en recevra ; en effet après tous les travaux effrénés de ces derniers mois, comment va-t-elle réagir au départ des ouvriers, à leur désertion ?

Comment son humeur va-t-elle se répercuter sur notre inauguration annuelle ? Restera-t-elle tranquille ou recherchera-t-elle de la compagnie ? Puisque John est si souvent absent, une partie de moi pense que Rose Red n'a plus de combat à mener, que sa

« dormance » vient du fait qu'elle n'a plus besoin de me protéger. Mais si Sukeena a raison – et qui suis-je pour contredire son interprétation en de tels instants ? – il semble alors possible que notre maison ait à nouveau besoin de substance, vu que les travaux, arrêtés provisoirement, ne vont plus accaparer toute son attention. S'il en est ainsi, vers qui va-t-elle se tourner et quand ? Je rechigne à inviter âme qui vive dans cette maison. Je suis d'avis de remettre la fête à plus tard, de peur que l'un de nos invités ne disparaisse. Mais peu importe, cher Journal, car ma douce enfant occupe toute mon énergie et toute mon attention. Je tente par tous les moyens de la ramener de l'endroit où elle se trouve depuis le cruel départ de Douglas Posey.

Pourquoi m'a-t-il fallu tout ce temps pour comprendre ce que je dois faire ? Pourquoi ai-je été aussi aveugle ? Pourquoi dois-je vider mon cœur sur tes pages avant de voir clairement de quoi il retourne ? Sukeena n'aurait jamais émis une telle suggestion, car elle doute de ses pouvoirs, mais où étais-je pour ne pas l'avoir compris plus tôt ? Je dois immédiatement appeler Tina ! Je sais enfin comment il faut agir pour libérer ma chère enfant de son silencieux esclavage : Madame Lu ! Si une seule personne peut dénouer ce mystère, c'est la Grande Dame elle-même.

Nous devons nous rendre auprès d'elle sur-le-champ !

Alors que John se trouve toujours à Portland et s'occupe de l'installation d'Adam, j'ai tiré avantage de ma liberté et j'ai annoncé aux domestiques qu'Avril et moi allions à la messe. Sukeena a discrètement emprunté la forêt derrière la maison et nous a rejointes sur la route. Dans le cabriolet tiré par deux chevaux que je conduisais, nous nous sommes serrées, en route pour le quartier chinois ! Sukeena, Dieu la bénisse, avait tout organisé et avait posté une lettre en mon nom à Madame Lu. La confirmation est arrivée ce matin au courrier : nous serions reçues par la Grande Dame aussitôt qu'il nous serait gré. Il doit s'agir d'une traduction, car les mots employés par Madame Lu et l'écriture régulière sont irréprochables. (Je serais tentée de croire que l'une de ses jeunes et agiles assistantes est assez versée en langues étrangères et lui est venue en aide pour écrire une réponse. Par ailleurs, tout me laisse penser que les conversations entre Tina et moi en présence de cette femme ont été mieux comprises que nous pouvions ou voulions le croire. Je me suis promis de ne rien dire à Sukeena qui puisse être intercepté.)

Je confirme que la peur est totalement liée à l'aspect familier des choses. Je me rappelle la première fois où je me suis présentée à la porte de Madame Lu. Intimidée, morte de peur, je tremblais tant j'étais troublée par leurs conditions de vie. Lors de cette troisième visite, je n'ai ressenti aucune appréhension. Au contraire, j'étais excitée, voire ensorcelée à la perspective de rencontrer à nouveau la Grande Dame. Je comprends maintenant le calme de Tina ce jour-là et l'air paisible, un peu pervers, qu'elle avait à notre arrivée.

De son côté, Avril n'a laissé entrevoir aucun enthousiasme à la perspective d'un changement d'environnement (contrairement à ce que j'avais secrètement espéré). Je la soupçonne néanmoins d'avoir été quelque peu marquée par notre traversée du quartier chinois, mais son visage est resté impassible et je n'ai constaté aucune altération notable dans son comportement.

Main dans la main, Sukeena, Avril et moi avons gravi les escaliers faiblement éclairés parmi les odeurs âcres d'encens, de gingembre et de thé. La Grande Dame assise sur son trône nous a priées de nous installer sur le tapis de paille tressée. Comme la dernière fois, Sukeena est restée debout, légèrement en retrait. Elle et Madame Lu ont maintenant des rapports polis, mais pleins de respect.

« Voici donc l'enfant, a dit Madame Lu.

– Avril, ai-je répondu.

– Joli prénom. Jolie fillette.

– Nous... Je...

– Viens par ici, mon enfant, m'a-t-elle interrompue. Viens t'asseoir avec Lu. »

Elle lui a tendu ses mains bouffies et grassouillettes. Ses bras raidis ressemblaient à des ballons tubulaires qu'on aurait noués aux coudes. À ma grande surprise, ma fille s'est levée, s'est approchée de la grosse femme et s'est blottie dans son giron. Un instant, elle m'a semblé perdue dans les vêtements de la Grande Dame, comme si elle s'était cachée derrière un rideau et en était ressortie. Je lui ai souri. Soudain mon cœur s'est arrêté de battre. Ma fille me rendait mon sourire ! Pour la première fois depuis le suicide de Posey, son visage exprimait un sentiment. J'en ai eu les larmes aux yeux. (Le plus simple des présents me fait fondre !)

La Grande Dame avait une présence époustouflante. Elle semblait emplir la pièce tout entière. Les flammes des bougies (je te jure que c'est vrai !) se sont toutes penchées vers son trône, comme mues par une douzaine de vents simultanés, comme si un ruisseau coulait devant elle et se déversait directement sous sa chaise laquée. La pièce s'est illuminée un peu plus et mon cœur a dansé un instant dans ma poitrine. J'ai cru m'évanouir.

« Mon enfant, a-t-elle dit, Mère me confier que toi avoir vu un homme se prendre la vie. »

Elle n'y allait pas par quatre chemins. À ma connaissance, c'était la première fois que quelqu'un lui parlait aussi ouvertement du suicide de Douglas et je craignais les répercussions possibles. J'ai à nouveau été surprise de voir ma fille acquiescer.

« Madame Lu savoir que toi pas parler depuis ce jour. Tu restes muette comme une tombe. Intelligente, brave petite Avril. »

Avril avait les yeux rivés sur les joues gonflées de la femme aux yeux bridés en forme de perle.

« Toi pas parler à cause d'une question restée sans réponse, pas vrai ? »

Abasourdie, je sanglotais parce que ma précieuse petite fille hochait la tête à chaque parole de la Grande Dame – elles tenaient là une vraie conversation, ce qui relevait quasiment du miracle.

« Personne avoir répondu à la question pour toi, dis-moi, mon enfant ? »

Avril a dévisagé Sukeena, puis moi, et a fait non de la tête.

« Tant que question sans réponse, a continué la Chinoise, toi risquer quelque chose, hum ? Et finir comme cet homme – aussi mort que les morts – pas avoir de sens pour toi. Moi avoir raison ? »

Avril a vigoureusement hoché la tête.

« Oh oui ! Oh oui ! »

Les flammes des bougies se sont redressées, le vent a soudain faibli ou s'est peut-être complètement évanoui. Tout d'un coup, je me suis inquiétée. Et si Madame Lu avait manqué cette occasion de briser enfin son silence ? Mon cœur était lourd comme une pierre. Elle a dû lire dans mes pensées, car elle m'a lancé un regard qui m'a poussée à reconsidérer la question. Je me suis alors rendu compte que cette femme était en moi ; elle entendait chacune de mes pensées. J'ai esquissé un sourire maladroit.

« Vous connaître la question, Mère ? »

J'ai fait non de la tête.

« Et toi, Noiraude ? »

Sukeena est restée impassible. Je ne savais pas exactement où ma petite bonne était à ce moment-là – j'ai eu la sensation qu'elle aussi se trouvait à l'intérieur de moi, qu'elle aussi lisait dans mes pensées. Elle me protégeait peut-être, telle une sentinelle à ma porte. Je me concentrais pour ne pas perdre conscience.

« La question..., a demandé Madame Lu à part à Avril, est... où cet homme être parti ? Hum ? Enfant ? »

Avril a paru choquée. J'ai glapi avant d'être à nouveau réprimandée par l'un de ses regards.

« S'il existe plus, où lui être parti ? S'il vit encore, pourquoi lui ne pas parler ? » Elle s'exprimait doucement, calmement. « Alors toi ne rien dire.

– Où est-il allé ? » a demandé Avril.

Ses premières paroles depuis la tragédie m'ont fait sangloter de joie.

« De l'autre côté, mon enfant, a dit Madame Lu toujours aussi calme. Tu l'as vu là-bas, pas vrai ? Toi et cet homme parler. Communiquer sans utiliser la bouche. Enfant, lui te dire de pas parler aux autres, hein ?

– Il m'a dit qu'ils ne comprendraient jamais.

– Ohhhhh ! »

Je pleurais à chaudes larmes dans mon mouchoir ; j'étais tellement submergée par le chagrin et la joie que j'ai failli ne pas entendre la suite. Tout s'est conclu si rapidement. Madame Lu nous a offert son sourire édenté. Avril a sauté à terre, gaie comme un pinson, et s'est précipitée vers moi. Je l'ai serrée dans mes bras et elle a dû trouver cet étalage de sentiments incongru.

J'ai fait un signe à Sukeena pour qu'elle termine la transaction avec Madame Lu – j'aurais donné n'importe quoi, je lui aurais offert tout ce qu'elle désirait. Sukeena m'a promis de relayer le message. Avril et moi avons descendu les sombres marches. Ma douce et adorable enfant me racontait déjà tout sur « cet homme horrible qui a sauté de l'escabeau ».

Si jamais j'ai douté des pouvoirs de l'autre côté, aujourd'hui, mon cœur de mère a été convaincu. Aujourd'hui, j'ai été convertie.

ROSE RED – LE 17 FÉVRIER 1917

Cher Journal, durant ces dix-huit derniers mois, j'ai à nouveau craint que tu joues un rôle majeur dans l'étrange enchevêtrement d'événements qui se sont produits au manoir. J'ai gardé mes pensées et mon âme pour moi et malgré les tentations, je ne me suis jamais épanchée sur tes pages. Mon raisonnement est le suivant : aucun fantôme ne se penchera par-dessus mon épaule si rien n'est écrit. Hélas ! Mes plans ont eu peu d'effets. Tu me vois aujourd'hui à nouveau désespérée (ceci n'est pas une invention sanglante de Poe. Aucune jeune fille ne peut mettre le feu à son école ; aucun chien n'est possédé ; aucun pendule géant n'oscille et ne coupe les gens en deux !). S'il existe un spectre, un esprit immatériel dans cette pièce avec moi, qu'il ou elle entende mes pensées tandis que l'encre voyage de ma plume au parchemin. En fait, si cette entité a une once de compassion encore en réserve, alors puisse-t-elle tenir compte du cri de douleur d'une mère : ma douce enfant a disparu. Au secours !

J'offrirais n'importe quoi si l'on me le demandait. De l'argent... Mon âme... Ma vie... Celle de mon époux.

« Qu'est-ce donc ? »

Je m'interroge... une voix me répond. Le vent ? (Je me rends compte que ma fenêtre située à l'est s'est entrouverte. J'ai peur que la voix de femme que j'ai entendue ne soit que les appels désœuvrés de la nature depuis la forêt environnante.) Cela ne va pas m'empêcher, cher Journal, de te parler à nouveau bien à l'abri dans ma chambre, après avoir fermé la fenêtre et la porte à double tour.

« T'es-tu adressé à moi ? Il y a quelqu'un ? »

À nouveau, je le jure sur ma vie, un grondement s'est élevé sous mes jambes tremblantes et s'est glissé jusqu'à mes oreilles comme un murmure.

« Il y a quelqu'un ? » me suis-je exclamée.

Une autre fenêtre est ouverte, dans ma salle de lecture adjacente, un endroit adorable propice à la méditation et à l'étude, en face de mon premier dressing. Je suis tentée de courir fermer cette fenêtre pour empêcher le vent tourbillonnant et la pluie de s'engouffrer dans cette horrible tombe. Je me dis qu'à ta façon, tu cherches peut-être à me parler, Rose ? Est-ce là l'angoisse hystérique d'une mère ? Ou bien la vérité se cache-t-elle derrière cette supposition ? Pendant que ta « voix » devient plus vigoureuse, j'ai une image si vivace de ma douce Avril dans ce lit derrière moi, ses boucles dorées étalées sur l'oreiller, sa petite voix perchée qui me murmure : « Les baleines n'ont pas de nez. » À moins que ce ne soit toi ?

« Es-tu là ? » suis-je en train d'appeler depuis ma chambre. « Es-tu avec moi Rose ? »

Aucune réponse, aucun signe pour m'encourager. Aucun indice me prouvant que ma fille a été subtilisée et non kidnappée. Je tremble, j'ai la tête qui tourne. Je jurerais entendre un écho.

« L... A... C... O... U... R... »

Même si ces mots n'ont aucun sens à mes yeux, je suis reconnaissante de leur caractère sibyllin, de leur poids par rapport à ce qui n'était que vent auparavant.

« La cour ? Quoi la cour ? Aide-moi, je t'en prie. »

Je pénètre dans la salle de lecture, elle est vide ; je suis prise de vertiges. Les rangées de livres reliés de cuir se brouillent du sol au plafond ; la lampe en vitrail que j'ai achetée à Venise, le tapis de Constantinople... je vendrais tous ces objets et bien plus en un claquement de doigts en échange d'un signe qui me dise que mon enfant a été épargnée. Peu importe ce que j'abandonnerais pour retrouver mon enfant vivante. Je donnerais ma vie de mère pour cet instant. Fais-moi un petit signe !

Je suis debout devant la fenêtre ouverte battue par la tempête. Je me demande si je ne dois pas me jeter sur l'allée grise du Jardin en sacrifice. J'attends juste un signe. Rien qu'un signe et je t'appartiendrai ! Un éclair. Un hurlement en pleine forêt.

Non, ce n'est que l'éclat vacillant des lampes des policiers qui patrouillent dans nos bois. Si seulement c'était un signe. J'entends la voix tonitruante de mon mari, à l'autre bout du monde, dans le Hall d'Entrée au-dessous : « Retrouvez-la ! Retrouvez mon enfant ! » Hors de lui, il donne les mêmes ordres à la police et aux domestiques (cinquante policiers sont à pied d'œuvre). J'ai peur que comme moi, John invoque ton esprit, Rose, te propose un marché. Nos cœurs de père et de mère sont brisés à l'idée que l'on fasse du mal à notre petite Avril !

Les recherches se sont concentrées dans la Cuisine, où Avril jouait à la dînette la dernière fois où on l'a vue. L'énorme maquette du manoir est un peu plus loin. Selon Sukeena, l'enfant jouait seule et semblait enchantée. (Je crains que John n'ait porté ses soupçons sur ma servante. En effet, Millicent m'a dit que Sukeena avait été séquestrée dans la cuisine des domestiques où la police l'avait questionnée. J'ai tout tenté pour intervenir, pour la laver de ces soupçons injustes, mais John m'a expédiée dans mes appartements. Pour une fois, je n'ai pas osé défier mon mari, car il est d'une humeur horriblement agressive.)

Avril est restée seule un instant, pendant que Sukeena examinait le garde-manger (elle croit qu'il s'agit là d'une autre « porte » vers la maison). Quand elle s'est retournée, Avril avait disparu. Oh ! Il a suffi d'une fraction de seconde pour mettre mon univers sens dessus dessous ! (En fait, il était de guingois depuis un certain temps, mais aujourd'hui seulement, j'en perçois toutes les conséquences. Plus jamais je ne remettrai en cause les explications de Sukeena, quelles qu'elles soient. J'ai confiance en mon amie plus qu'en n'importe qui.) Elle m'a expliqué qu'à aucun moment Avril n'a quitté la Cuisine, ni appelé au secours. Il n'y avait pas lieu de s'inquiéter, tout se déroulait comme d'habitude. Lorsqu'elle s'est rendu compte que la Cuisine était vide, qu'il ne restait plus que la dînette et la maquette, cette grotesque représentation de notre manoir, au beau milieu de la table de la Cuisine, elle a constaté que les ailes et les extensions grandissaient comme des racines tumorales. Pas une mèche de cheveux, pas une fibre de vêtement. Il ne restait plus que la pièce vide et, bien entendu, Sukeena.

Un instant plus tard, un hurlement a brisé le silence. John prétend qu'il s'agissait de Sukeena. Celle-ci affirme que c'est la maison qui a crié.

Je suis à ma fenêtre. Serait-ce une échappatoire à ma douleur ? Je n'aurais jamais imaginé qu'un cœur puisse endurer une telle torture. Je n'avais jamais jaugé la profondeur de ce grand amour, si prégnant, entier et complet. Oserais-je l'avouer ici ? Oui, il y a des jours où je souhaitais que les enfants partent. Des jours où je me languissais de la simplicité de ma vie de jeune mariée, dans ma cabine sur l'*Ocean Star*, sans rien d'autre que des repas de roi, les meilleurs vins, et la découverte de l'amour. Mais à présent, la seule pensée d'un tel égoïsme me rend malade ! Comme j'aimerais pouvoir ravaler jusqu'au plus petit de ces souhaits murmurés ! Cette fenêtre m'offre une solution si simple ! En finir ici demanderait si peu d'efforts...

Je tire le canapé Louis XVI devant la fenêtre et j'enlève mes chaussures avant de grimper sur les coussins en soie vert et rose. La jupe relevée sur les cuisses, en équilibre précaire sur le rebord, je regarde l'obscurité qui surgit sous mes pieds et je vacille. Je ne cesse de prier, mes oreilles bourdonnent, des images de ma douce Avril tourbillonnent et emplissent le vide laissé par mon cœur dans ma poitrine. Oh vent ! Parle-moi maintenant. Donne-moi tes ordres. Dis-moi un seul mot – S... A... U... T... E... – et je t'appartiendrai pour toujours, enfin ce qu'il restera de moi. Je vois, par-delà le toit en ardoise de l'Annexe, l'aile qui grandit selon les instructions de Madame Stravinski. Je ferais démolir ce bâtiment en une seconde contre l'annonce que ma précieuse enfant est vivante. Je frissonne quand je pense que la promesse d'immortalité n'inclut pas celle de mes enfants, ni de tous ceux que j'aime : Sukeena, Père, Mère. Qui peut souhaiter une telle malédiction qui impliquerait l'extension infinie d'une vie sans famille, d'une vie éternelle sans amour ? Rose aurait-elle subtilisé ma chère enfant parce que sa construction prenait trop de temps, parce qu'on l'a construite tout simplement ? Parce que j'ai partagé mon lit avec ma douce fille pendant presque deux ans ? Parce que j'ai permis à mon époux d'envoyer notre fils en pension ? Combien coûtent ces choses que je contrôle et combien coûtent celles que je ne contrôle pas ? Dois-je confesser mes péchés maintenant, depuis le mont pieux de cette fenêtre ouverte, devant les lucioles qui clignotent dans les bois ?

Je hurle depuis ma chaire : « Il est infidèle. » J'hésite : « Je suis infidèle ! » J'entends une voix. Est-ce Rose Red ? Je crie : « Je suis tourmentée par le désir charnel, je suis corrompue par le doux et tendre toucher d'une femme. » Je veux que Sukeena entende cette déclaration. Je veux qu'elle comprenne. La culpabilité est trop lourde sur mes épaules. Rose Red nous punit pour ce que nous faisons en cachette depuis plusieurs mois. Pour cette douce perversité ! L'amour comme jamais je ne l'ai connu. Je veux que mon mari entende, je veux lui transpercer le cœur comme il a transpercé le mien il y a plusieurs années de cela.

Mille fois hélas ! Mes gémissements depuis mon perchoir se perdent en écho sur les mètres carrés de toits. Soudain j'aperçois Sukeena par la verrière du Solarium. Elle s'est libérée de ses inquisiteurs et son silence cloîtré m'interpelle ; je lis une expression de peine sur le seul visage qui s'intéresse à mon sort.

« Non ! me crie son visage. Il ne faut pas sauter ! »

Je vois un policier en uniforme s'approcher d'elle dans le Solarium. Sukeena l'a aperçu elle aussi. Elle lève les bras comme un chef d'orchestre et penche la tête en arrière, prête pour une démonstration de ses pouvoirs. Pris d'une douleur au ventre, le policier éructe ; je me souviens alors de notre mésaventure au marché du Caire, il y a très longtemps. Je regarde l'impossible :

dans le jardin d'hiver de Sukeena, remarquablement luxuriant avec ses plantes grimpantes et ses variétés exotiques ramenées de notre séjour à l'étranger, les branches hérissées d'épines prennent vie à une vitesse alarmante. J'observe l'épaisse verdure recouvrir les vitres, comme si un millier de serpents, un millier de pousses s'élevaient du sol tels des démons. Figé sur place, ligoté par la jungle grouillante, le policier suffoque et se contorsionne. Il est consommé. Les mains tremblantes de Sukeena ondulent. La densité de l'enchevêtrement dans la serre finit par obscurcir mon champ de vision.

Je ne vois plus le policier. Les mains délicates de ma petite servante retombent. Je regarde, ébahie, la végétation se rétracter aussi vite qu'elle est apparue, source vivante de couleur et de fleurs – un rouge paralysant de bougainvillées, d'orchidées et... oui, de roses. Je n'avais jamais vu une telle quantité de roses rouges !

Dès que le voile de verdure a disparu au-dessus d'elle, mon

amie jette à nouveau un regard timide dans ma direction. Nous sommes séparées par une certaine distance, et pourtant son visage est si près du mien que je sens la chaleur de son souffle, que je bois son parfum de terre. Elle fait non de la tête. Elle ne m'autorisera pas à sauter, à en finir. À laisser Avril errer et Adam devenir orphelin de mère, avec ce monstre de père qui façonnera sa vie et contrôlera sa destinée. Mon amour me condamne. J'aime cette femme à la peau bleue, j'aime mon fils magique et j'aime un homme surmené qui m'a autrefois ensemencée avec ma permission, et a gâché ma fertilité à jamais. Comme je me sens idiote, exposée ainsi à une fenêtre ouverte, au moment où plusieurs policiers sortent de la forêt avec leurs lampes, alertés par mes cris, mes divagations, mes délires.

C'est alors que je le vois. John. En dessous de moi, à ma gauche, dans l'encadrement de l'une des nombreuses portes qui donnent sur le Jardin. Sukeena le voit aussi, bien qu'il ne la remarque pas. Nous trois. Moi sur le rebord de la fenêtre. John, ébranlé, saoul et paralysé par la perte de sa fille dans ce tombeau que nous appelons « maison ». Sukeena, parmi un millier de fleurs rouges et assassines.

Je laisse échapper un rire sauvage. Hystérique. Maniaque. Je ris pour que les policiers m'entendent. Pour que mon mari en soit malade. Je ris à la lune et aux nuages, au vent qui me parle à l'oreille comme Rose Red.

« Elle est en vie, dit le vent. Elle vit dans la tour... »

À cet instant-là seulement, je devine ; la clarté et l'alacrité s'imposent d'elles-mêmes. Ce qu'a saisi mon oreille me prépare à comprendre ce qui doit suivre. Ce n'est pas « cour » comme je l'ai cru, mais « tour ». Rose Red me murmure clairement où se trouvent l'avenir de ma fille et son lieu de résidence.

La Tour.

Une tour qui n'est pas encore construite.

ROSE RED – LES APPARTEMENTS DE SUKEENA – TROIS HEURES DU MATIN

J'en frémis de te relater, cher Journal, les tragiques événements de ces quelques dernières heures.

Peu après le drame au Solarium et ma brève rencontre avec mon mari, j'ai été submergée par une grande angoisse qui a occulté la disparition de ma chère enfant, survenue quelques heures plus tôt. Une seconde m'a suffi pour savoir que cette crainte avait un rapport avec Sukeena et que je devais intervenir pour sauver ma douce amie. Tant d'infirmités me font souffrir depuis de si nombreuses années que, lors de mes promenades, je fais toujours attention de ne pas perdre l'équilibre pour ne pas tomber par terre comme une invalide. Pourtant cette nuit-là, les employés ont dû lever les yeux au ciel, quand ils m'ont vue traverser en courant le premier étage de l'Aile Ouest et dévaler le Grand Escalier, aussi légère qu'une plume. Il me fallait prendre des mesures drastiques ; je le savais sans y avoir même réfléchi. Je portais en moi cette réponse qui n'avait rien à voir avec le processus de réflexion. Voilà pourquoi j'avais confiance ! Ou du moins je suivais mon instinct sans me poser de questions.

« Non John !! » me suis-je entendue crier d'un ton inhabituel chez moi, le ton qu'une femme n'utiliserait jamais pour s'adresser à son mari. Surtout en public. (Laisse-moi te dire, cher Journal, ce n'était pas du tout ma voix, mais une que l'on m'avait prêtée, tout comme l'on m'avait donné la fluidité des membres tout à l'heure, ou cette voix durant la séance. Par conséquent, une plus grande question se pose sur laquelle j'espère m'étendre ultérieurement : si ce n'est pas ma voix, et si c'est la voix de Rose Red, comme je le crois fermement, alors pourquoi se sert-elle de moi pour – en vain, il faut le dire – sauver Sukeena ? Cette maison en est-elle venue à écouter ma servante ? À lui parler ? Ont-elles des affinités que j'ignore ?)

« Tu vas la laisser partir ! » ai-je grondé après mon mari d'une voix qui n'était pas mienne.

John n'a pas été dupe. Il est plus intelligent que les autres. Plus sage et expérimenté. Il a immédiatement reconnu la voix du Manoir. Il est resté paralysé par la surprise tandis que je courais –

oui courais – vers lui, ma robe s'élevant derrière moi comme une ombre. Deux policiers retenaient Sukeena par les bras et la tiraient vers la porte ouverte d'un fourgon prêt à démarrer. La police de cette ville est un modèle de corruption et de trafic d'influence. (Gill, le maire, qui en est à son troisième mandat, a essayé de changer son image en fermant les maisons de tolérance et les saloons qui occupaient les quais. Mais il n'a pas osé s'attaquer à la police qui contrôle la ville et... ses propres faits et gestes !)

Si Sukeena montait dans ce véhicule, je savais que je ne la reverrais plus jamais. Tandis que je me précipitais sur mon mari, une pensée m'a assaillie : et si Avril n'avait pas disparu ? Et si mon mari avait ordonné à l'un de nos loyaux employés de la tenir à l'écart un moment ? Et si mes angoisses de cette soirée n'étaient rien d'autre que le résultat d'une tromperie adroitement manigancée dans l'intention d'accuser ma servante et de la faire partir de force de notre maison ? Et si les plans de mon mari comprenaient les coups, la prison et la vérole ou toute autre maladie qui semble emporter la plupart des prisonniers de cette ville ? Avril reste hors de vue une nuit et John regagne son ascendant sur sa femme, tout en détruisant la seule personne dans cette maison qui possède plus de pouvoir que lui. (Mis à part la maison bien sûr.) Mon mari m'aurait-il bernée, nous aurait-il tous bernés, la police y comprise (qu'il aurait achetée) afin de récupérer son autorité ?

John m'a prise au dépourvu. Il a tendu le bras et m'a assommée. Je suis tombée en arrière, j'ai glissé sur le plancher ciré avant de m'immobiliser contre le mur, juste en dessous de mon portrait.

« Elle... l'a entendue... crier ! a-t-il grondé. C'est la seule qui affirme avoir entendu quelque chose !

– Elle a entendu la maison crier, ai-je hurlé, car je connaissais le premier compte rendu de Sukeena.

– C'était notre fille, Ellen, s'est-il étranglé de rire. Les derniers sons émis par notre fille. Et cette femme va répondre de ses actes.

– Et de quels actes cette femme va-t-elle répondre ? Vous sous-entendez peut-être qu'elle est à l'origine des disparitions ? Du suicide de votre associé ? » Ce geste de défi l'a surpris. « C'est... cette... maison... et vous le savez parfaitement !

– Je ne sais rien de la sorte. »

Un officier se tenait dans l'encadrement de la porte. Derrière lui, j'ai vu les autres jeter violemment Sukeena dans le fourgon de police ; elle s'est cogné la tête contre le châssis. Elle a regardé dans ma direction. Puis elle a disparu. Je ne l'ai pas revue depuis. John a fait un signe de tête au policier, lui indiquant clairement son approbation, et j'ai à nouveau pensé à une conspiration. John était beaucoup plus impliqué que je ne le croyais. L'homme a fermé la porte.

« Non, ai-je hurlé.

– Un policier a disparu, Ellen, a dit mon mari.

– Les bois, ai-je dit en ne mentionnant surtout pas la soudaine floraison dans le Solarium. Il y en a des dizaines dans les bois, l'un d'entre eux s'est perdu, voilà tout !

– Ils ont découvert une ceinture. Celle d'un policier, sur le sol du Solarium. Sukeena s'y trouvait au même moment. Je pense qu'il est temps que vous vous rendiez compte que cette femme... qu'est-elle exactement ? votre... amie... était jalouse du temps que vous passiez avec votre fille et qu'elle lui a fait du mal. Elle l'a pour ainsi dire rayée de la surface de la terre.

– Vous n'êtes qu'un salaud, John Rimbauer. »

Il s'est penché en avant et m'a giflée. Des larmes ont surgi de mes yeux comme le jus d'une orange pressée.

« Je suis désolé », a-t-il marmonné.

En dix ans de vie commune, mon mari n'a jamais levé la main sur moi. Peut-être est-ce le bouleversement que cette gifle a causé en moi – mon mari qui extériorisait sa colère ? Peut-être est-il simplement temps pour moi d'affronter la réalité, sans fioritures comme bien souvent ? Mais pour moi, cette claque s'apparente à un rayon de soleil direct, ardent et intense, à travers une loupe. Une lumière si brillante qu'elle vous aveugle.

À ma grande surprise, mon mari avait à moitié raison. Il avait mis le doigt sur le nœud du problème : la jalousie. C'était limpide ! Je croyais entendre un chœur d'enfants dans ma tête. La jalousie. Seulement il n'avait qu'à moitié raison. Il se trompait sur l'origine de cette jalousie, née au cours des deux dernières années consacrées à l'amour et à l'éducation de ma douce Avril. Sukeena n'était pas concernée, contrairement à Rose Red.

Rose Red était devenue jalouse. Elle s'était repue de l'immense force vitale de mon enfant pour allonger sa propre existence et me frapper en même temps. D'une pierre deux coups. Rose Red avait réclamé Avril. Et écarté Sukeena du chemin par la même occasion.

Elle m'avait pour elle toute seule désormais. Et les implications me donnaient des frissons.

Je suis absolument horrifiée et c'est à peine si j'ose relater ici ce que je sais des événements qui se sont déroulés ces trois derniers jours ! J'ignore à quel point mon mari est impliqué dans tout cela, si c'est le résultat de ses ordres, de sa détermination, ou simplement d'une police corrompue et sectaire. Naturellement, je préférerais croire en l'innocence de mon mari, puisque je dois poursuivre ce mariage qui est un mensonge. Peut-être suis-je la seule coupable après tout ? Quand je pense à ce que j'aurais pu faire pour sauver ma chère Sukeena... Si je n'avais pas si peur, si je n'étais pas terrassée par le chagrin d'avoir perdu ma douce Avril, j'aurais sans doute la présence d'esprit de formuler un plan, d'exprimer mon inquiétude, d'exiger un geste de mon mari et de ceux qui sont clairement sous ses ordres.

Sukeena n'est pas revenue du commissariat de police, ou de l'endroit où ils l'ont emmenée. Trois jours entiers se sont écoulés depuis la disparition d'Avril. Je chancelle au bord du suicide, hantée par les continuelles traques de mon mari à travers la maison, comme un chat après une souris, et par ce signe de tête lorsque la police a embarqué ma servante au milieu de la nuit sous une misérable averse.

Enfin, il y a environ une heure, j'ai reçu un mot, grâce à des moyens subreptices sur lesquels je ne m'étendrai pas, pas même sur tes précieuses pages, cher Journal. (Je te dirai simplement que l'une de nos domestiques est proche d'une jeune femme dont le frère travaille au poste de police. J'ai ainsi pu avoir accès à des informations qui ne me seraient sûrement pas parvenues autrement.) Le mot disait : Sukeena est emprisonnée au sous-sol de l'Hôtel de Ville depuis trois jours et trois nuits. On ne l'autorise ni à se nourrir, ni à dormir, ni même à décemment utiliser les toilettes. On m'a informée qu'elle a été battue, insultée et que l'on a très certainement abusé d'elle comme seule une femme peut l'être, pendant que ses geôliers continuent à exiger d'elle une confession, un aveu fictif qu'elle a tout bonnement et fermement refusé de leur donner. Je suis tellement rongée par le chagrin et terrassée par l'angoisse que mes fièvres sont revenues et m'ont clouée au lit. Anéantie, je suis à peine capable d'écrire sur tes pages ce soir. Immédiatement après avoir appris comment Sukeena était traitée et quel danger elle courait, j'ai rédigé une brève note à l'attention de mon mari sur mon papier personnel et j'ai demandé à Yvonne, une femme en qui j'ai toute confiance, de la lui remettre. Voici à peu près ce que mon mot disait :

Cher époux,

J'ai ouï dire que des tiers (nommément la police ou des personnes déguisées comme telle) torturent et maltraitent ma chère amie, ma servante africaine dans le but de découvrir la vérité sur la disparition de notre chère fille. Je suis consciente que vous continuez à confondre Sukeena et les esprits aveugles de cette maison, et que vous l'accusez des événements survenus ici. Et ceci en dépit de mes nombreuses objections quant à cette attitude. Apparemment, vous auriez aujourd'hui nourri des doutes sur son implication dans la disparition de notre chère Avril. Je vous prie de réexaminer les événements tels qu'ils se sont produits.

J'aimerais vous rafraîchir la mémoire et vous rappeler que l'affaire Corbin a précédé ma rencontre avec Sukeena d'une bonne année. De plus, pendant la séance avec Madame Stravinski, c'est Sukeena et elle seule qui a tenté d'interrompre les événements de la soirée, c'est-à-dire briser le lien entre nous et Rose Red et nous décourager d'écouter. La nuit où Avril a disparu, seule Sukeena a entendu cette maudite maison hurler.

Vos soupçons sont incorrects et infondés, et je vous supplie de faire intervenir toutes vos relations afin de ramener à la maison l'aînée de mes employés, que ces relations soient la police, les hommes politiques, ou ses ravisseurs en personne. Si l'on inflige de nouvelles souffrances et des douleurs irrémédiables à Sukeena, je vous tiendrai pour personnellement responsable, John. Toute investigation à venir se portera nécessairement sur vous qui êtes à l'origine de son départ de cette maison.

Votre épouse,

J'ai signé « Ellen Rimbauer » ; j'ai délibérément utilisé mon nom de femme pour suggérer une attitude ferme de ma part. Cette technique porte assez souvent ses fruits lors de négociations avec John. J'ai scellé l'enveloppe sur laquelle j'ai inscrit son nom : *Mr John Rimbauer*, sans aucune formalité.

Depuis, je me suis consacrée à tes pages afin de m'évader. Je ne supporte pas de penser à ma chère Sukeena dans l'état où elle doit être à l'heure qu'il est. Le seul bien que j'en tire, c'est de me distraire de mon chagrin de mère, même brièvement. Assise à ma table, je viens d'entendre une automobile quitter la propriété. L'espoir que ma petite bonne revienne m'emplit le cœur ! Mais un autre bruit se fait entendre. Je vais enquêter sur son origine. Il provient de l'intérieur de ces murs, on dirait une scie. Peut-être pas dans les murs, mais en haut plutôt. Les chambres d'amis occupent l'étage juste au-dessus de mes appartements, en dessous du grenier. Je reviendrai vers toi, mais je dois d'abord trouver la source de ces bruits étranges, juste pour m'ôter de l'esprit que ma petite Avril ne se trouve pas là-haut, blessée, tandis que l'on aurait négligé de la chercher dans cette pièce. L'espoir s'accroche à la moindre branche. Le vent me fait trembler. J'enfile un pantalon et un tricot, car je vais explorer Rose Red comme jamais auparavant.

Maudits soient-ils tous !

Quatre heures du matin

Tes pages m'ont toujours servi de confidentes, et aujourd'hui plus que jamais, tandis que l'obscurité de ce lieu devient si flagrante. La curiosité m'a poussée à me rendre au-dessus de mes appartements dans l'Aile Ouest en quête de ces bruits ressemblant à du bois que l'on scie. Évidemment, les chambres de l'étage supérieur étaient désertes. Cependant, après une fouille attentive du couloir, j'ai appuyé de mes deux mains sur un panneau et je me suis aperçue qu'il s'ouvrait suffisamment pour laisser passer une personne. Je m'y suis glissée, j'ai examiné le panneau pour être sûre de pouvoir le rouvrir après mon passage, puis je l'ai fermé derrière moi. J'ai avancé dans un couloir sombre et étroit, pas plus large que ma frêle carrure ; à un détour je suis tombée sur une fenêtre opaque – oui, une grande et large vitre – qui donnait sur les appartements des invités du maître. Je me suis soudain rendu compte que je me trouvais de l'autre côté du miroir du dressing. J'ai poursuivi le long de l'étroit couloir et, au tournant suivant, j'ai découvert un autre panneau coulissant. J'ai monté une marche prévue à cet effet et j'ai glissé ma tête dans une boîte en bois. Mes yeux se trouvaient au niveau de la bouche de l'un des trophées africains de John, juste à droite du lit des invités ! Plus loin dans le couloir, il y avait un autre miroir sans tain, qui donnait cette fois inopportunément sur le lavabo, les toilettes et la baignoire. Parmi les fantasmes de mon époux, on peut donc inclure le voyeurisme : regarder les femmes s'habiller, se déshabiller, les couples invités à passer la nuit lors de leurs rituels amoureux les plus intimes. Cette idée que mon mari ou un autre homme observe d'un œil concupiscent une femme dans l'intimité de sa toilette me rend purement et simplement malade. J'avais entendu dire que de tels postes d'observation existaient dans les quartiers des domestiques. Ne connaissant pas le moyen d'y accéder, je n'avais pas protesté. Mais la découverte d'une telle plate-forme d'observation (telle la gueule d'un animal

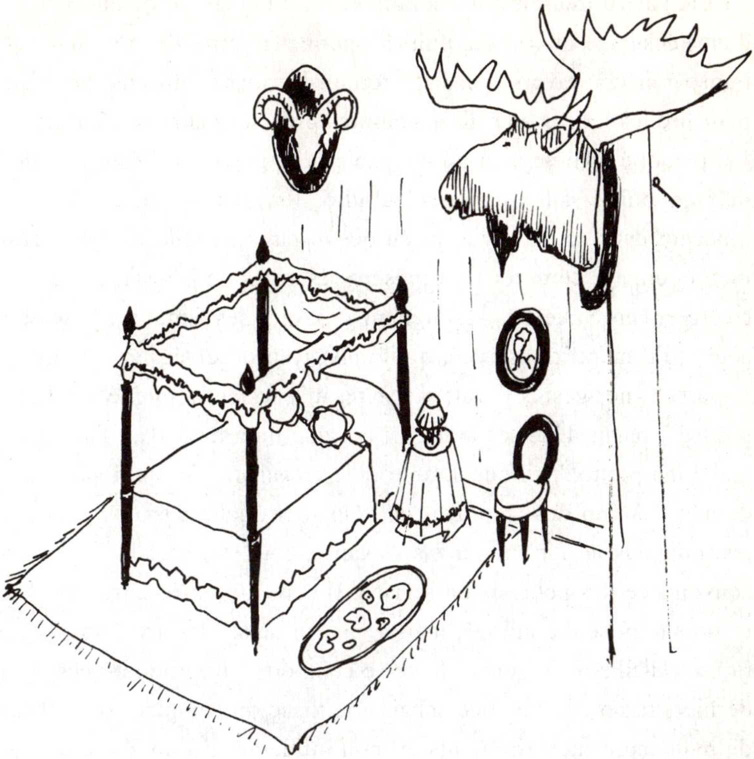

mort), ou d'un autre lieu d'étude des ablutions féminines – à l'insu de nos chers invités qui plus est – me remplit de colère.

Pire, ce couloir des plaisirs ne s'arrêtait pas là. J'ai pénétré plus profondément les murs de Rose, en tournant deux fois à gauche ; des rais de lumière s'infiltraient par des trous qui étaient, je suppose, percés à cet effet. Et soudain à ma gauche, par terre, j'ai aperçu un carré parfait de lignes blanches. De la lumière. Je me suis agenouillée et j'ai essayé d'ôter le panneau qui a fini par bouger de quelques centimètres. Je me suis allongée sur le sol.

Là, j'ai vu mon lit à baldaquin, et à côté la lampe de chevet, dont l'éclairage était assez puissant pour permettre de voir en transparence à travers le voilage tendu. Je voyais suffisamment clair pour lire les lettres d'or de ma Sainte Bible sur ma table de nuit. J'ai paniqué comme seul un coupable peut paniquer. D'abord folle de rage, puis assaillie par la culpabilité. Tout n'avait pas été innocent dans ce lit. Il y avait eu des instants de tendresse excluant mon époux. Je comprenais à présent ses accès de jalousie et de colère envers Sukeena. Maintenant je savais, ses fantasmes mis de côté, qu'il m'avait observée, qu'il nous avait observées là. Et peu importe si nos gestes l'avaient excité, ils l'avaient répugné aussi et poussé à réagir. Une seconde, j'ai cru que mon mari avait fait du mal à ma petite Avril ou, comme je le croyais tantôt, qu'il avait demandé à l'un des employés de l'éloigner quelque temps pour que les soupçons se portent sur ma servante, pour satisfaire la convenance des policiers en service. Il n'avait peut-être pas eu recours à un seul employé, mais à chacun de ses loyaux domestiques ; d'ailleurs la gouvernante se comportait bizarrement ces derniers temps. Je me raccrochais à la thèse du complot pour effacer de mon esprit mes errements et mon infidélité. En un clin d'œil, je suis parvenue à transformer ma honte en un fort ressentiment envers mon mari.

Je ne me suis pas arrêtée là. Un peu plus loin, le couloir montait ; des marches abruptes menaient à une trappe capitonnée donnant directement sur le grenier. Là étaient stockés des dizaines et des dizaines d'objets achetés lors de notre lune de miel et que nous n'avions pas encore installés : des boîtes à ouvrage, des poteries... Plus loin, une deuxième volée de marches descendait directement dans le premier salon d'essayage de mon mari. Cet escalier lui permettait de se réfugier dans ses appartements si on l'avait entendu ou poursuivi, ou de se rendre au grenier avant de passer par les appartements des invités et rejoindre le couloir. Je me doutais fort d'avoir raté une porte secrète qui donnait directement dans la chambre d'amis. Grâce à cette ouverture, John pouvait apprécier les atouts de nos invitées célibataires sans attirer l'attention. Une certaine chanteuse d'opéra m'est venue à l'esprit. L'année dernière, elle avait vécu chez nous le temps de ses représentations en ville. J'ai l'impression qu'elle ne se produisait pas qu'en ville... (Vu sous cet angle, Rose Red a de quoi être en colère, cher Journal, car nous l'avons constamment insultée.)

Je ne suis pas redescendue immédiatement, car ce qui m'a estomaquée, ce qui m'a surprise au point de quasiment m'évanouir, n'a rien à voir avec les liaisons donjuanesques de John ou même ses passages secrets. Je suis confrontée aux perversités de mon mari depuis bien des années. Non, cher Journal, cela n'a aucun rapport avec mon mari ! C'est la planche neuve, la scie, les tréteaux et le récent tas de copeaux qui m'ont sidérée. Je ne me souvenais pas de l'existence de cette porte. J'ai examiné le travail. La lame de la scie était encore chaude ! La poussière sentait le cèdre frais. Là au milieu du grenier se dressait une porte encadrée. Seule, sans rien autour ! Une porte ne donnant nulle part. Reliée au sol et au plancher. Pour des raisons que je ne puis m'expliquer, j'ai ramassé la scie, inséré ses dents chaudes dans la fente et me suis mise au travail. Un instant plus tard, l'extrémité s'est détachée et est tombée avec fracas, car j'avais négligé de la tenir.

Quelqu'un avait travaillé là pendant que j'étais allongée dans mon lit en train de prier pour que l'on libère Sukeena. Quelqu'un bâtissait Rose Red. Mais qui, cher Journal ? Qui de nos domestiques travaille donc à cette heure de la nuit ? Quel menuisier scie dans le noir ?

Et pourquoi ai-je pris cette planche et cette scie pour une invitation ? Moins une méprise qu'une maîtrise ? Je dois participer à la construction de cette maison. Je vais ériger la tour où il paraît que ma fille vit et d'où elle cherche à se libérer. Une tour qui n'existe pas encore.

Oui, je vais participer à sa construction. Cela ne fait aucun doute. Et j'agirai en cachette. Peut-être Adam m'aidera-t-il à son retour ? Lui aussi voudra retrouver Avril aussi vite que possible.

Suis-je en train de perdre la raison ? Aussi rapidement que je perds ceux que j'aime ?

Je dois organiser mes journées pour entreprendre cette tâche. Je dois être prête à avoir des ampoules aux mains, à voler du bois sur les autres chantiers pour l'emporter discrètement dans le grenier, tard dans la nuit. J'ai bien peur qu'Avril vive de l'autre côté de cette porte nue. Avril attend sa mère.

John vient de rentrer de son escapade en ville et je n'ai pas pu attendre plus longtemps. J'ai descendu en courant, oui en courant, le Grand Escalier et me suis arrêtée à l'endroit même où il m'avait renversée quelques jours plus tôt. Je l'ai supplié de me donner des nouvelles de mon amie.

« Votre amie ?

– Oui, John, Sukeena est mon amie. » Je l'ai pratiquement traîné jusqu'au Petit Salon, avec la rangée d'armures pour seuls témoins. J'ai soigneusement fermé les portes et l'ai imploré. « Cher époux, je vous en conjure ! Donnez-moi des nouvelles de mon amie.

– Vous m'appelez époux et pourtant vous me refusez l'entrée de vos appartements, femme. Dites-moi quel genre d'époux est-ce là ? »

Il ne m'avait jamais traversé l'esprit que cet homme souhaite me rendre visite. Notre enfant a disparu... comment d'autres mots peuvent-ils sortir de sa bouche ? Tous ces mois durant lesquels nous n'avons pas même échangé un baiser... Je croyais que ses transgressions avec les femmes de la nuit satisfaisaient tous les besoins de cet homme – et il en a ! Mais là, devant moi, je voyais un autre John Rimbauer, pitoyable. Une pensée plus sombre et plus profonde m'a traversé l'esprit. Je me demandais si une malédiction ne s'était pas abattue sur mon époux. Et si cet être fourbe et égoïste avait jeté ce mauvais sort à Sukeena, cela expliquerait l'intervention de la police, et par conséquent la disparition de ma fille. John aurait-il hésité à affronter Sukeena de manière directe à cause de ses substantiels pouvoirs ? Aurait-il mis en scène la disparition de notre fille afin de se débarrasser de ma servante avec l'aide de la police ? Nous avait-il secrètement observées dans ma chambre ? La jalousie le dominait-il ? Possédais-je sans le savoir un tel pouvoir sur lui ?

« Je ne savais pas que ma couche vous intéressait, John. Je ne vous ai pas entendu frapper à ma porte depuis des mois. »

Ou bien (me disais-je) les relations entre un homme et une femme n'avaient-elles plus aucune signification sans amour ? Mon mari était-il à l'origine de cette malédiction qui le frappait ? Peut-être était-il désormais incapable de ressentir une autre forme d'amour et avait-il besoin de cette affection que lui et moi avions partagée, même brièvement ? La disparition d'Avril avait peut-être un lien avec ceci : il fallait que John prenne conscience des pouvoirs extérieurs qu'il ne peut, en fait, contrôler, des pouvoirs qu'il associe à Sukeena, ce qui avait eu pour conséquence la condamnation de ma servante. Cet homme était peut-être redevenu petit garçon et cherchait en moi une mère vers laquelle se tourner.

Voilà tout ce que je pouvais faire, cher Journal, pour rester calme et réfléchie sous le poids de l'absence prolongée de Sukeena et de la disparition de mon adorable fille. C'était là mes deux seuls sujets d'investigation et je trouvais les diversions de mon mari ennuyeuses et complètement égoïstes, ce qui n'aurait pas dû me surprendre une seule minute.

« Je crois que vous avez d'autres centres d'intérêt, m'a-t-il dit, le sort d'Avril et de Sukeena vous préoccupe. »

Et toutes deux étaient parties. Cette coïncidence ne m'échappait pas. Je tremblais comme une feuille. Mon mari avait-il conçu ce plan machiavélique pour recentrer mes ardeurs sur sa personne ? M'étais-je méprise à son sujet toutes ces années ? Était-il plus amoureux de moi que je le croyais ? Je priai pour rester posée ; je comprenais que fondamentalement, les prochaines minutes détermineraient le sort de ma servante. Je craignais en fait que le destin de mon enfant soit déjà fixé et que mon mari n'ait pas son mot à dire. (Je pensais à mille choses en même temps.) Ma découverte dans le grenier, la voix du vent me parlant de la tour... comme tout avait un sens désormais ! John était jaloux, Rose Red était jalouse. J'ai ravalé ma fierté et j'ai dit :

« Ma chambre vous a toujours été ouverte, mon époux. Vous trouverez en moi une partenaire des plus affectueuses et consentantes à cet égard.

– Vraiment ?

– Bien entendu. »

Je le détestais pour ça. Je m'imaginais Sukeena rouée de coups ou pire, pendant que mon mari négociait son droit de visite... et mon obligation de céder à son esprit dépravé. Je reconnaissais bien là l'homme d'affaires. John Rimbauer obtenait toujours ce qu'il voulait, et jouait toutes les cartes dans sa manche pour parvenir à ses fins.

« Je suis au courant pour vous deux », m'a-t-il dit.

Honteuse, j'ai baissé la tête. Je ne pouvais pas soutenir son regard. Pourquoi, me suis-je demandé, pourquoi cet homme entre tous les hommes possède-t-il le pouvoir de me faire sentir coupable ? Comment une telle exagération peut-elle être permise ? J'ai répondu à ses accusations d'un signe affirmatif de la tête.

Mes lèvres tremblaient, j'avais des difficultés à respirer.

« Vous avez des besoins physiques, John, ai-je sèchement murmuré. J'ai besoin d'amour.

– Et vous l'avez trouvé ? »

Je me suis tue. J'avais peur. Terriblement peur. Pas de lui, pas de ce semblant d'homme. Non, j'avais peur de perdre à la fois Avril et Sukeena, peur d'être emmenée là où Rose Red, cette sorcière de maison, serait ma seule amie. Je me voyais tourmentée par sa construction, les mains écorchées, les yeux remplis de sciure, les vêtements sales et poussiéreux tandis que je m'acharnerais à l'agrandir et à la consolider. Je craignais pour mon avenir. J'ai regretté alors, de tout mon cœur, de n'avoir pas eu le courage de sauter l'autre nuit. Seule la mort apportera le silence. Un sanctuaire. Je le savais parfaitement.

« J'ai trouvé une compagnie. Un réconfort. Je suis en paix, John, ai-je menti.

– Moi aussi, je veux goûter à cette paix », a-t-il dit en avançant d'un pas.

Il avait bu. Beaucoup bu. Une autre idée m'a assaillie : lui-même était tourmenté. Il n'avait pas dormi. Je le savais. Il buvait beaucoup trop ces derniers temps. Peut-être que ses péchés passés avaient rattrapé cet homme aux dernières heures de son âge d'or ? Peut-être voyait-il s'approcher la fin et s'éloigner sa jeunesse ? Il s'était alors isolé là où la paix était un mot et non une manière de vivre, un concept et non une réalité. À tort (comme toujours), il pensait pouvoir négocier cette paix, l'acheter au lieu de la mériter.

« Vous et cette femme... » Il lui arrivait rarement de prononcer son prénom. « ...Je vous rejoindrai dans vos appartements. »

Étaient-ce là les divagations d'un homme saoul ? Ou avait-il été témoin de l'affection, de la tendresse, de l'amour pur qui existaient entre ma servante et moi jusqu'à croire qu'il pouvait s'immiscer dans notre relation ?

Tremblante de peur, je me suis un peu plus approchée, et d'une voix ressemblant au murmure du vent à mon oreille, j'ai dit :

« Comme il vous plaira, John. À votre convenance. » J'avais la nausée. Je n'allais pas commettre la même erreur que Douglas Posey. « Je suis à votre disposition. »

Il a posé les mains sur mes épaules. Ses doigts longs comme des antennes ont doucement glissé le long de mon corps, se sont attardés sur mes seins, ma taille, ont enserré la courbe de mes hanches. Il s'est arrêté là ; les bras ballants, il semblait pâle et plutôt effrayé. Plus tard, j'ai réalisé que c'était l'excitation d'avoir émis une telle proposition. Son toucher sinistrement électrique courait sur moi comme du poison dans mes veines.

« Je crois que je peux l'aider », a-t-il dit.

Il s'est précipité hors de la pièce et de la maison. J'ai entendu son automobile crachoter jusqu'au portail. Je suis tombée à genoux, prête à vomir.

Peu importait le prix que je venais de payer, ma Sukeena revenait à la maison.

John a œuvré inlassablement pour libérer Sukeena et a réussi à la ramener à la maison. La vue de ma chère amie dans un état aussi effroyable m'a mis les larmes aux yeux, et a failli faire revenir mes fièvres et l'écho de ma maladie africaine. Mais à mon honneur, je suis parvenue à tenir à distance ces symptômes, dans ma détermination à être utile. Sukeena n'est pas rentrée directement. John l'a d'abord emmenée à l'hôpital pour la réduction de ses fractures et le pansement de ses plaies. Il lui manque trois dents de devant, elle a le poignet gauche cassé et un bandage sur le nez. Dans l'intimité de sa chambre, tandis que Donna et moi l'aidions à enlever ses vêtements sanglants et déchirés et à passer une chemise de nuit, nous avons eu la douleur de constater les autres atrocités qu'elle a subies, des atrocités qu'une femme reconnaît aisément et que je ne détaillerai pas ici. Il me suffit de dire que sa peau noire est couverte d'ecchymoses des côtes au bas-ventre, des seins à la plante des pieds. Elle est lacérée et saigne à des endroits qui font paraître l'accouchement une partie de plaisir. Je ne cache pas mes larmes à la vue des atrocités que lui ont fait subir ces hommes en uniforme censés nous protéger. Quels lâches ! On devrait les pendre pour de tels crimes. Au lieu de cela, ils rentrent le soir dans leur foyer auprès de leur épouse, un peu fatigués, et expliquent leur lassitude par une journée supplémentaire sur le terrain.

De son côté, Sukeena est aussi impulsive que d'habitude. Elle ne va pas jusqu'à plaisanter sur sa condition, mais elle réussit à nous impressionner par un sourire crispé à cause de la douleur, sans compter la joie d'être revenue parmi ceux qui se soucient d'elle. Donna a été remplacée par Carol, une infirmière que John a engagée pour s'occuper exclusivement de ma servante durant sa convalescence. Carol change les pansements de Sukeena, lui applique des onguents et lui fait prendre ses médicaments. Ma petite bonne tolère ses efforts, mais me prie de lui préparer ses propres traitements à base de plantes, qui incluent de faire brûler des herbes noueuses, de lui concocter des tisanes et des baumes à partir d'une variété de plantes qu'elle conserve au fond d'un coffre en palissandre dans son dressing. J'essaie de suivre ses instructions à la lettre en lui demandant de me les répéter. Je lui applique ses remèdes africains sur tout le corps et cille quand elle grimace de douleur. Elle a plusieurs côtes cassées et, je le crains, certains organes internes contusionnés. En effet, le côté droit de son abdomen est très enflé et elle refuse de se nourrir.

Je prie des heures entières pour elle et je lis à haute voix les textes sacrés. Mes prières semblent l'apaiser et nous discutons des évangiles chrétiens qui peuvent soigner, si dévotion et foi vont de pair avec les mots.

Puis le jour se lève et une autre journée s'écoule.

Il y a peu de chances qu'Avril (dont l'anniversaire approche tristement) revienne à la maison. John ne l'a pas cachée sous un prétexte ou un autre. Elle est partie, elle a été capturée par ces murs. Sa présence ici implique que je ne quitte jamais ce lieu. Non, je n'abandonnerai jamais mon enfant, si ce n'est pour me rendre à un déjeuner ou un dîner en ville. (Je me demande si Rose Red avait prévu ce destin pour moi... Quand je repense à Sukeena qui affirmait que la maison était jalouse de ma dévotion envers ma fille ! Elle sait pourtant qu'une mère n'abandonnera jamais son enfant aussi longtemps que demeure l'infime espoir que celle-ci sorte un jour de ces murs qui l'ont apparemment réclamée. Si effectivement, la folie de cette maison est aussi méthodique, elle a gagné la bataille : je reste !)

Je suis grandement impressionnée par le prompt rétablissement de Sukeena que j'attribue surtout à ses onguents et à mes prières. Certains hématomes sont encore visibles. On lui a enlevé la plupart de ses pansements (ceux sur son nez par exemple), et elle est capable de se tenir debout suffisamment longtemps pour faire seule sa toilette. Son poignet est encore plâtré et elle peine toujours à respirer. Elle s'endort en psalmodiant sa langue chantante, comme un ronronnement qui résonnerait en elle. Je lui brosse les cheveux, lui masse le cuir chevelu, lui frotte les jambes quand elles s'engourdissent. Elle sourit, se lève et marche avec difficulté autour de la chambre, les jambes légèrement arquées. Je tressaille, incapable de concevoir les monstruosités qu'elle a dû subir pendant sa captivité.

Un policier ou un détective nous a rendu visite ; il souhaitait apparemment enquêter sur la disparition d'Avril. Aussitôt que je l'ai vu, j'ai ordonné qu'on le chasse de Rose Red. J'ai hurlé (de manière peu convenable) jusqu'à ce que l'homme, d'abord paralysé de peur, finisse par s'enfuir à toutes jambes, le chapeau à la main. Aucun policier ne remettra les pieds dans cette maison. Ou alors avec un mandat officiel et un ordre du juge. J'en ai plus qu'assez de la « protection » offerte par la police. S'ils pensent pouvoir cerner Rose Red un jour, ils se mettent le doigt dans l'œil. Les événements survenus ici n'ont aucune explication rationnelle. Cela fait plus de huit ans que je vis entre ces murs, jour et nuit. J'ai consulté Madame Lu et Madame Stravinski et depuis, j'ai coutume d'expliquer ainsi les événements survenus ici. Des jeunes femmes ont disparu. Des hommes sont morts, suite à un assassinat ou un suicide. Ma fille a été enlevée. Mon mari est à présent torturé par son insuffisance sexuelle.

Cette dernière pensée me fait frémir et me rappelle ce que j'ai négocié pour obtenir la libération de Sukeena. Je crains le jour où je devrai annoncer à ma servante le prix que nous allons toutes deux devoir payer en échange de sa liberté. Je crains encore plus le jour du paiement. Quand mon mari va-t-il venir dans mes appartements ? Quand va-t-il exiger son dû ?

Une humeur morose s'est emparée de nous, alors que nous pleurons la perte de ma chère enfant en ce jour qui est le sien. Les domestiques ressentent cette perte avec autant de douleur que John et moi. Les servantes ont décidé de quitter leur tablier blanc aujourd'hui et d'en revêtir un noir pendant cette journée de deuil. Le silence règne sur presque toute la maison ; seules continuent les activités nécessaires à son bon fonctionnement. Pour la première fois depuis Noël, les constructions ont été suspendues. Le seul fait significatif est un grondement accompagné de vibrations que tout le monde a entendu vers treize heures. Il ne fait aucun doute que la maison en est à l'origine.

Je m'étais retirée après déjeuner pour « me reposer ». En fait, j'ai entrepris d'utiliser ces deux heures de sieste pour m'adonner à mes travaux de menuiserie dans le grenier. D'ailleurs, j'ai bien avancé les escaliers qui doivent mener à la Tour. Seule Sukeena a remarqué les ampoules et les callosités sur mes paumes et, à son habitude, a jugé bon de ne pas me poser de questions sur leur origine. Je me demande maintenant si le son que nous avons tous entendu n'a pas un rapport avec mon absence dans le grenier aujourd'hui. Rose Red est-elle tellement « vivante » qu'elle ressent aussi le temps et l'absence ? Alors qu'exige-t-elle de moi ? Que dois-je faire pour l'apaiser ?

J'ai pris le thé à seize heures dans le Petit Salon. J'ai d'abord été contrariée par la visite inattendue de Tina Coleman, avant de me rendre compte que sa compagnie me changerait grandement les idées. Tina n'ignore pas quelle importance ce jour a pour nous ; alors elle est venue m'aider à oublier. (Elle a même apporté une bouteille d'alcool dont elle a arrosé mon thé !) Tandis que notre conversation s'étiolait, j'ai remarqué qu'elle ne pouvait détacher son regard de la grande mappemonde en cuir, dans un coin de la pièce. Lui revenait peut-être en mémoire l'histoire de l'une de nos toutes premières disparitions ici ? Ai-je lu de l'envie dans ses yeux ? Voulait-elle aussi tourner le globe et voir si Rose Red sollicitait son âme ? (Elle pouvait essayer si tel était son désir, mais ce serait peine perdue car, en vérité, j'ai demandé il y a quelques années à un des domestiques de planter un clou dans le globe pour le condamner. À chaque fois que Sukeena identifie ce qu'elle croit être « une porte » vers cette maison, j'ordonne qu'on la condamne. Par exemple, la stalle dans les Écuries a été définitivement murée après la mort de Daniel, sauvagement piétiné.)

Je dois admettre avoir été envahie par un sentiment croissant de mélancolie et de détresse tout au long de l'après-midi. Tous les bavardages du monde ne pourront me faire oublier ma petite fille, et je crains que l'alcool n'ait fait qu'augmenter mon mal-être. Enfin, Tina s'est excusée, a pris congé et son chauffeur l'a ramenée chez elle en automobile.

Rassasiée de *scones*, j'ai sauté le dîner et me suis dirigée vers mes appartements pour me consacrer à tes pages.

Deux heures du matin

Oserai-je retranscrire ici sans fards les événements de cette soirée, en ce jour anniversaire de la naissance de mon enfant disparue ? Si je ne le fais pas, je crains devoir porter éternellement ce fardeau, car c'est un tel soulagement de laisser filer ma plume sur tes pages. Mais oh ! cher Journal, ces mots sont si intimes, si effrayants que j'éprouve des difficultés à répéter ce qui vient de se passer. Je suis incapable de trouver le sommeil, quasiment incapable de rester en place. Je fais les cent pas dans ma chambre depuis une heure et je me demande si je dois étaler sur tes pages les événements de cette soirée. Oui hélas ! je vais m'épancher ici comme un pécheur au confessionnal.

Peu après onze heures, j'ai entendu frapper à ma porte. J'avais déjà congédié les domestiques et j'ai donc moi-même répondu. Croyant qu'il s'agissait de Sukeena, qui aurait eu des difficultés à trouver le sommeil depuis son supplice, je me suis approchée en chemise de nuit, sans m'encombrer d'une robe de chambre.

À ma grande surprise, c'était mon époux. Qui plus est, apparemment sobre. Je ne l'avais pas vu depuis l'heure du thé et j'avais présumé qu'il avait noyé son chagrin dans l'alcool.

« Ellen, a-t-il murmuré, la douleur est trop forte. »

Je lui ai ouvert ma porte et pour la première fois depuis des années, nous sommes tombés dans les bras l'un de l'autre. J'ai pleuré. Mon époux habituellement plein de vigueur semblait visiblement secoué. Pendant notre étreinte, ses grandes mains me frottaient le dos et me pressaient contre lui. J'ai immédiatement senti son chagrin se transformer en désir, il voulait être réconforté physiquement.

Il m'a embrassée dans le cou, et j'admets avoir tremblé d'appréhension. Moi aussi, j'avais besoin d'entendre son amour et d'évacuer mon chagrin. Mon cœur s'est arrêté quand il a prononcé ces mots :

« Faites-la venir. »

J'ai bégayé, incapable de reprendre mon souffle. Inutile de demander à qui mon mari se référait.

« John... », l'ai-je supplié, mais il a mis son index sur mes lèvres et a réitéré sa demande. Je savais qu'il ne fallait pas discuter.

Je me suis approchée de la porte, prête à interpeller un domestique. Je me suis tournée à nouveau vers lui dans l'espoir ultime de m'attirer ses bonnes grâces.

« John, mon cher époux, je me suis offerte à vous afin de satisfaire le moindre de vos désirs. Vous pouvez m'habiller, me déshabiller. Disposer de moi dans n'importe quelle position, me demander tout ce qui vous passe par la tête... mais pas cela. Il me faudrait tout d'abord l'informer de notre... marché. Je n'ose pas le lui dire en ce moment. »

À l'évidence, il était sensible à mon offre. Il m'a touchée, comme seul un mari peut toucher sa femme. Puis il s'est soudain arrêté et m'a priée de l'appeler.

« Faites-la venir », a-t-il répété.

Il ne fallait pas le contrarier, surtout après son intervention qui a certainement sauvé la vie de Sukeena.

« Très bien, ai-je répondu. Mais quittez mes appartements un instant. Laissez-moi m'entretenir avec elle en tête-à-tête. Accordez-moi cette faveur, cette seule requête. Revenez dans une demi-heure. Vos désirs seront satisfaits. »

Sukeena n'a pas tardé à me rejoindre – elle ne manque jamais de répondre à un appel de sa maîtresse. Je lui ai demandé de s'asseoir et lui ai parlé sans détour du marché qui avait été conclu pour assurer sa sortie de prison et la fin de ses tortures. Je lui ai fait part de ma découverte du couloir d'observation de John. Je crois à présent qu'il regarde chaque femme de cette maison depuis de semblables postes d'observation. Je suis absolument certaine qu'il rend visite à Sukeena depuis plusieurs années.

« Vous me demander de faire cela pour vous, Ma'am, vous savoir que moi obéir sans hésiter.

– Mais tu le détestes, je le sais ma douce amie.

– Lui mauvais homme, Miss. Son âme pas mauvaise. Ses actions mauvaises. Pour les enfants. Pour vous, Miss Ellen.

– Nous devons le faire, l'ai-je suppliée. Nous devons lui accorder tout ce qu'il demande et ce soir il a demandé que nous l'aidions à se débarrasser des pensées qui le hantent, suite à la perte de notre douce Avril.

– Si vous exiger cela. Moi obéir. »

Je l'ai embrassée. J'ai déposé un long et tendre baiser sur ses lèvres.

« J'avais espéré que jamais rien ne viendrait gâcher notre intimité, chère amie. »

Ses yeux brûlaient dans les miens. Je sentais son mécontentement – elle aurait peut-être préféré mourir en prison plutôt que partager la couche de mon mari. Je ne l'en blâme pas.

« Lui jamais oublier cette nuit, a-t-elle ajouté. Sukeena s'en charger.

– C'est une nuit qu'aucun d'entre nous n'oubliera jamais.

– Oh non ! m'a-t-elle contredite. Moi, Ma'am, avoir oublié bien avant de revenir dans ma chambre. »

Puis elle m'a souri et son sourire édenté a illuminé toute la pièce. Elle a enlevé sa robe de chambre et sa chemise de nuit. Nue devant moi, sa silhouette féminine avait cette beauté puissante et sauvage.

« Vous enlever nuisette, Miss. »

Elle a fait un pas en avant et m'a aidée à me dévêtir.

« Lui venir, a-t-elle dit, et alors lui avoir de quoi se rincer l'œil. »

Sur ce, elle m'a prise par la main et m'a accompagnée jusqu'au lit.

Note éditoriale : l'éditeur de ces pages et moi-même avons estimé, après en avoir longuement débattu, que les passages datés du 1er avril 1917 étaient trop explicites et trop dérangeants pour apparaître ici. Nous ne souhaitons pas que ceux parmi nos lecteurs qui sont avant tout intéressés par l'histoire de Rose Red soient choqués par les exploits (et l'exploitation !) de l'auteur de ces lignes. Nous avons donc décidé de proposer cette entrée et quelques autres extraits du journal sur Internet à l'adresse suivante : www.beaumontuniversity.net. Ceux qui utilisent souvent Internet remarqueront qu'il n'y a pas de « lien » permettant un accès direct à ces extraits depuis les pages du site. Par conséquent, il faudra taper très exactement l'adresse donnée ici afin de vous connecter à la bibliothèque privée relatant les instants les plus intimes d'Ellen. Autre avertissement : certains détails, très explicites, sont donc interdits aux mineurs.

En fait, au fil des mois, Ellen Rimbauer s'est attachée à relater jusqu'à l'obsession ses activités nocturnes. Elle y parle presque exclusivement du goût croissant de son époux pour ces rencontres et les mises en scène qu'il concevait pour sa femme et la meilleure amie et servante de celle-ci. Jusqu'au début de l'année 1918, le journal ne contient quasiment rien d'autre que ces entrées (souvent dégradantes et répugnantes). Grâce à un saut dans le temps, je vous épargnerai donc les descriptions sordides des dépravations auxquelles John s'est abaissé. Le seul élément que vous perdez par la faute de mon stylo rouge est la frustration croissante d'Ellen et de Sukeena qui assistaient à la corruption et à la souillure de leur amour autrefois pur par un homme qui ne trouvait plus aucune satisfaction dans la vie. La recherche du plaisir physique avait fini par lui dérober son dernier gramme de bon sens.

Assommé par le chagrin, son existence était un échec ; plus il sombrait, plus ses requêtes étaient extravagantes et plus les deux femmes étaient désespérées. (Ellen relate même une soirée passée dans la grange !)

Avant de rejoindre Ellen, quelques mois plus tard, il faut savoir que des indices laissent penser que la maîtresse de maison et sa servante fomentent une conspiration. Ellen ne fournit évidemment aucun détail sur ce complot, de peur que l'on découvre le journal, mais il est assez évident que John Rimbauer en est la cible et que des plans existent déjà pour se débarrasser de lui.

– Joyce Reardon

Je viens de feuilleter tes dernières pages et à l'évidence, rien ne m'a autant affectée que ces rendez-vous avec John au milieu de la nuit et les infamies qu'il fait subir aux femmes de cette maison. Les événements de ce jour sont le point de départ d'une réflexion plus large sur la nature des problèmes rencontrés avec Rose Red et son apparent besoin de « carburant », à la fois pour son expansion physique (sa construction ininterrompue) et les besoins spirituels qu'elle pourrait avoir.

Aujourd'hui, elle a encore tué.

Le coroner va mettre la mort de George Meader sur le compte d'une réaction allergique à une piqûre d'abeille. Mais cette abeille est entrée dans la Salle de Mise en Forme. [N.d.É. : la Salle de Mise en Forme est le terme utilisé par Ellen pour désigner le Solarium après 1917.] Après la mort de cet homme, cette pièce a été éblouissante de couleurs, comme la nuit où Avril a tragiquement disparu, comme le soir où Sukeena s'est confrontée au policier.

Meader, cadre dans les chemins de fer et notre invité cette semaine, buvait beaucoup et était un coureur de jupons patenté. Il a flirté avec nombre de nos employées et il se peut qu'il ait eu une aventure avec plusieurs d'entre elles. C'est peut-être son intérêt pour Sukeena qui a conduit à son décès prématuré. Il l'a coincée plus d'une fois. (Je le sais parce qu'elle me dit tout ce qui se passe dans cette maison.) Il a tenté à plusieurs reprises de la lutiner. (Qui sait quelle part a jouée John dans cette histoire ? Je le crois parfaitement capable de se vanter de notre « alliance », de notre trio.) De son côté, Sukeena a fini par donner rendez-vous à George dans la Salle de Mise en Forme aux douze coups de minuit.

George s'est présenté à l'heure dite, assez éméché. Mise au courant des projets de Sukeena, j'ai monté la garde à l'étage et guetté la moindre lumière en provenance des différents couloirs ou de la Cuisine.

En cas de danger, je devais allumer les lumières de ma chambre plusieurs fois de suite afin d'alerter Sukeena.

Le plan a bien fonctionné.

George est entré et Sukeena a immédiatement entamé la danse la plus fluide, provocante et suggestive qui soit. Je ressentais le pouvoir de sa danse à la distance où je me tenais. Aucun homme ne peut résister à ses mouvements de hanches, aux ondulations de son corps. George a mis la main à son col pour essayer de le déboutonner (il fait nettement plus chaud dans cette pièce que dans le reste de la maison, même quand Sukeena ne danse pas). Il a enlevé son manteau (à la demande de Sukeena ?). Quelques secondes plus tard, elle s'est assise en tailleur par terre, comme en prière. Immédiatement après, j'ai vu George Meader se donner un coup sur le bras : une abeille venait de le piquer. Je suis convaincue que Sukeena l'avait appelée grâce à ses importants pouvoirs parapsychiques. Sukeena a attendu un instant que George tombe à genoux avant de se faufiler dans le Jardin, traverser l'Annexe et regagner ses appartements par les escaliers au sud.

Meader est mort sans un bruit. Sur son cadavre, les premières roses rouges ont éclos, les plantes grimpantes se sont mises à serpenter, croître et s'étaler sous mes yeux. En quelques minutes, je ne voyais plus rien au-delà de l'ondulante verdure.

Il n'a subsisté aucune trace de George Meader pendant plusieurs heures, si ce n'est le manteau qu'il avait enlevé. C'est seulement le lendemain, une fois que les plantes se sont recroquevillées et rétractées que son corps a été retrouvé. (Sa peau était lacérée par les épines, comme s'il s'était couché sur un lit de roses.)

John a ordonné aux lads de transporter sa dépouille en ville dans une charrette, sachant que je refuserais l'entrée de ma maison à la police à moins d'un meurtre avéré et à condition, bien entendu, que les policiers présentent les documents de rigueur.

Est-ce Rose ou Sukeena qui a rayé cet homme de la surface de la terre ? Et puis quelle importance ? Cela me rend à moitié folle.

(Et pas qu'à moitié selon le personnel.) J'ai quasiment abandonné la théorie du cimetière indien, et pourtant des objets fabriqués par eux continuent à apparaître dans la maison. Je me souviens d'ailleurs qu'un bol en terre en forme d'abeille a fait son apparition dans la Salle de Mise en Forme !

On ne résoudra peut-être jamais les mystères de ce lieu. Des hommes de science viendront peut-être dans l'avenir expliquer ce qui, malheureusement, m'échappe. Qui peut le dire ? Cependant une chose est certaine, tant que je vivrai (et tant que Rose ne me réclamera pas), la construction de la maison se poursuivra et je mettrai la main à la pâte si nécessaire. (Oui, je vais continuer à ériger la Tour.) Je tenterai de me négocier une vie plus longue afin de survivre à mon mari ; mes prières vont uniquement dans ce sens. Comme cela, je trouverai peut-être mon enfant encore vivante ! (Adam fait à peine partie de ma vie désormais, vu que John lui interdit de revenir en ces lieux – je connais mon fils à travers notre correspondance, qui s'étiole au fil des ans.)

Un autre homme est mort et c'est à peine si ce deuil me touche. Rose Red a certains besoins. Sukeena et moi devons nous protéger. Je souffre d'arthrose dans les doigts, la douleur est insupportable et je crains que mes entrées sur tes pages, cher Journal, se réduisent et s'espacent.

Que faut-il dire de plus ? Je suis condamnée à vivre dans ce monde. Contre mon gré, je deviens quelqu'un d'autre la nuit, parce que mon mari est désespérément à la recherche de la moindre satisfaction. Et le jour, je suis réduite à la prière et au silence. Je parviens tout de même à m'échapper pour construire de mes mains nues ce que la maison exige de moi.

« La Tour », murmure Rose Red la nuit. Ma petite Avril.

Nos retrouvailles auront bientôt lieu, car j'ai demandé à ce qu'on érige les murs extérieurs de la Tour, puisque mon escalier est presque terminé. On m'affirme qu'il suffira d'un an, deux au maximum, si l'on suit à la lettre les projets déjà acceptés. J'ai commandé un angelot en or, moulé en Italie par des artisans de Florence. Cet angelot sera installé au sommet de Rose Red et dominera la propriété. Peut-être dominera-t-il Rose Red par la même occasion ?

Mes plans prennent forme. Ma fille va revenir à la maison.

Note éditoriale : bien que l'absence d'entrées dans ce journal pendant plus de trois ans soit attribuée à l'arthrose dont souffrait Ellen Rimbauer, la preuve existe que cette période a été très traumatisante pour elle et qu'elle a souffert d'au moins une dépression nerveuse. Un médecin lui a conseillé de se rendre dans une clinique en Suisse (voir le 16 novembre 1921), mais elle a refusé de quitter Rose Red et sa chère Sukeena. Des documents découverts récemment (le journal intime de Tina Coleman entre autres) laissent à penser que la « maladie » d'Ellen servait les intérêts de John Rimbauer, car la Suisse aurait signifié le départ de sa femme de Seattle une bonne fois pour toutes. Quoi qu'il en soit, son plan devait échouer. Le 17 octobre 1920, un incendie détruisit une aile entière du manoir. L'origine de cet incendie n'a jamais été déterminée. Il est possible qu'Ellen, consciente que son mari tentait de se débarrasser d'elle, ait elle-même mis le feu en signe de protestation.

Un examen des notes et des plans de l'architecte montre qu'aucun travail sur la Tour n'était programmé dans un délai de vingt mois. Il se peut qu'Ellen ait découvert que son mari différait intentionnellement la construction de la Tour, ce qui pourrait expliquer l'incendie et la dégradation de leurs relations. En dépit des désaccords, l'érection de la Tour commença réellement début novembre 1920.

À ce jour, trois questions demeurent en suspens concernant la période 1918-1920 :

(1) la santé mentale d'Ellen,

(2) l'activité de la maison (en effet, on relève une douzaine de disparitions durant ces vingt-quatre mois),

(3) la peur croissante de John envers sa femme, Sukeena

et la maison, que le couple Rimbauer continuait de construire et de remodeler à une vitesse ahurissante.

Des traces écrites (mais aucune preuve formelle) suggèrent que c'est John, et non Ellen, qui avait perdu le sens des réalités. De plus, pendant cette période, il serait devenu dépendant du laudanum et aurait passé des jours entiers dans les fumeries d'opium du sud de la ville, loin de la monstruosité d'une maison qu'il craignait plus que tout.

– Joyce Reardon

Des flammèches. Je vois des rouges-gorges par la fenêtre. Bonnet blanc et blanc bonnet. Dans l'Auditorium ça sent la fumée. Je feuillette tes pages et me demande où j'étais passée. Est-il possible que la dernière fois où je t'ai confié mes pensées remonte à la semaine des quatre jeudis ? J'ai l'impression d'avoir écrit ici tous les jours ; mais peut-être est-ce seulement le fruit de mon imagination ? Les fièvres m'ont clouée au lit assez régulièrement. À dire vrai, elles semblent toujours succéder aux nuits passées en compagnie de mon époux – voilà une plaisante façon de décrire ce qui est souvent très déplaisant. Cela fait plusieurs années maintenant qu'il a inclus Sukeena dans nos... ébats. Je préfère ne pas en parler. Bonnet blanc et blanc bonnet. Encore des flammèches. Les domestiques sont dehors et préparent des feux d'artifice pour célébrer notre fête nationale, le 4 juillet. Je regarde par la fenêtre et je chante des chansons de mon enfance. Comment l'enfance peut-elle sembler si loin, faire partie de la vie d'une autre, et certainement pas de la mienne ? Nouvelles flammèches. Boum, boum, boum ! Si autrefois, je possédais une once d'innocence, elle est partie en fumée avec la poudre de ces festivités. Je ne vois aucune trace d'innocence dans cette chambre, ou à cette fenêtre. (Je ne me souviens que trop bien de la nuit durant laquelle j'ai aidé Sukeena à envelopper George Meader de plantes hérissées d'épines.) Il ne reste aucune trace d'innocence en moi, et je passe de plus en plus de temps à essayer de prévoir les manœuvres de mon époux. Il a l'intention de me chasser de cette maison. Alors je me cache, je monte au grenier et je m'attelle des jours entiers à la construction de la Tour. John erre à travers la maison, à ma recherche, en espérant secrètement que Rose Red s'est emparée de moi une bonne fois pour toutes. Moi j'attends. Inlassable. Je le laisse boire à ma santé et se délecter de l'éventualité de ma disparition définitive. C'est alors que je réapparais en dansant dans la Salle du Petit-Déjeuner, comme si je venais juste de le quitter. Je vois son visage se décomposer. De bonne humeur, les yeux brillants et reposés, je le salue d'un sourire éclatant qui le fait bouillir de colère, de solitude. C'est ainsi que je l'apprécie : seul et courroucé. Je veux qu'il paie pour ces années d'innocence qu'il m'a dérobées. Qu'il nous a dérobées.

Je m'adresse à Rose Red ouvertement désormais. Je n'ai plus peur. Je lui dis que je veux voir ma fille. Je m'offre à ses murs. Mais ses requêtes sont étranges. Nous avons remodelé un couloir à l'étage qui est devenu le Couloir des Perspectives, car il se rétrécit comme une voie ferrée, à chaque extrémité. Il commémore la mémoire de George Meader et de sa compagnie de chemins de fer. C'est un couloir où plus on avance, plus le plafond est bas, plus les murs sont étroits. Un peu comme ma vie : plus je vieillis, plus je me sens prisonnière de mon environnement. (À trente-quatre ans, j'ai l'impression d'en avoir quatre-vingts.) J'ai dissimulé des portes dans le Couloir des Perspectives, tout comme mon époux a disséminé ses observatoires cachés à travers la maison. Certaines s'ouvrent sur nulle part. D'autres conduisent à un dédale de couloirs. (Dans l'une de ces allées secrètes, j'ai suspendu un nu de l'autre côté du miroir, simplement pour ennuyer mon mari s'il venait à s'aventurer par là. La vie imite l'art, dit le dicton. Ou bien est-ce le contraire ?)

Aujourd'hui a lieu l'inauguration de la Tour. (J'ai entendu dire que nos amis ont surnommé mon entreprise « la dernière extravagance ». Peu importe, je suis plutôt fière de cet ajout.) À l'intérieur se trouvent les escaliers qui mènent du grenier à la pièce unique, aux dimensions généreuses et à la vue panoramique sur toutes les ailes de Rose Red, notre domaine et ses forêts, mais aussi sur la ville et Elliott Bay au loin. Voilà la plus belle et la plus importante extension de cette maison, et j'en suis certaine, bientôt l'un de mes endroits favoris. Maintenant qu'elle est ouverte – et achevée, avec son adorable vitrail vénitien et son angelot italien doré à l'or fin qui orne le sommet de son toit –, c'est comme si je possédais une sorte de retraite, une cachette, un lieu de prière, un endroit où chercher ma fille disparue.

John était contre l'érection de la Tour. (Je crains d'avoir trop espéré que cet édifice m'aiderait à retrouver Avril, et je dois admettre ici qu'il n'a pas tort au sujet de cette... foi. Nos convictions diffèrent tant : John est persuadé qu'il y a peu, voire aucun espoir, pour qu'une telle structure nous permette d'entrer à nouveau en contact avec notre chère Avril. Voilà un raisonnement erroné que je vais m'efforcer de corriger !)

Tiré dans toutes les directions, mon esprit s'égare de plus en plus fréquemment désormais et de plus en plus longtemps. Je vois bien que les domestiques m'évitent dans les couloirs, tellement ils sont choqués par ma pâleur, sans doute, ou ma démarche hésitante. Ils n'ont jamais perdu d'enfants, eux. Ils n'ont jamais compromis leur existence comme moi je compromets la mienne à chaque fois que j'obéis à mon époux et que je tolère des gênes indescriptibles, afin de demeurer dans la maison où mon enfant a disparu. (Quitter John reviendrait sûrement à quitter Rose, ce qui est encore plus impensable qu'auparavant.) Sukeena et moi avons convenu de nous retrouver à minuit (si John ne requiert pas nos services), et puisque la Tour est achevée, nous allons essayer de faire venir ma douce Avril. Là-haut, nous écouterons les vents qui m'ont guidée ces dernières années, me poussant à m'ensanglanter les mains dans les travaux de menuiserie. Il me semble que je n'en finirai jamais avec mes trois volées de marches. Mon escalier ne sera jamais parfait et requerra toujours mon attention. Évidemment, un enfant a les mêmes demandes ! Cette Tour est mon enfant, tout comme mon enfant est cette Tour. Comment pourrais-je la négliger, ne serait-ce qu'un jour ? Mais hélas ! Je suis en retard pour mon rendez-vous avec ma servante.

Sukeena et moi étions convenues de nous retrouver dans le couloir à l'étage, près du panneau que j'ai découvert tantôt et par lequel nous nous faufilons. J'ai une lampe torche à la main, assez lourde, qui va nous éclairer le long de ce parcours à présent familier, devant les appartements des invités, jusqu'au grenier. Nous nous arrêtons au pied de mes escaliers, où mes tout premiers travaux de menuiserie paraissent vraiment grossiers et mal faits. Après la porte, la première marche est de travers, mais les trois suivantes le sont un peu moins. Le bois est brut et non traité ; j'ai encore beaucoup de travail, mais je ne permettrai à aucun ouvrier d'intervenir ici. Nous grimpons lentement ; les marches mal assemblées crient et se plaignent. J'éclaire Sukeena, à la traîne derrière moi. Même elle paraît effrayée, ce qui est bon signe, alors je l'encourage à me suivre. De mon côté, je dois avoir une allure fantomatique, vu mon teint anémié, la simple chemise de nuit que je porte et la lumière jaune qui tremble dans ma main droite. Sukeena a peut-être plus peur de moi que de cette Tour. Et cela ne me surprendrait pas, puisque tout le monde semble me craindre et s'inquiéter de mon état.

Nous approchons du deuxième palier et j'entends enfin ce qui a effrayé ma chère amie, ce qu'elle a entendu la première : le craquement des marches ressemble de moins en moins au frottement du bois contre le bois, au grincement des clous, mais de plus en plus à une voix, une voix familière, celle d'une enfant. Avril ! Plus nous montons, plus les craquements s'estompent ; on se rapproche du vent, on se rapproche de la voix.

« Ma... man... »

Je monte les marches quatre à quatre. Sukeena, sûrement pour me protéger, se précipite derrière moi pour me rattraper.

« Miss Ellen ! » m'interpelle-t-elle, pour me mettre en garde je crois.

Elle doit craindre que la porte qui se trouve en haut des marches, et qui ne cesse de s'élargir, ne mène pas à la vue panoramique espérée, mais à un lieu obscur et menaçant, où serait retenue ma petite Avril. Où seraient retenus tous ceux qui y pénétreraient, par la même occasion.

Tandis que j'ouvre la porte en grand et que le froid nocturne m'assaille (la Tour n'est pas chauffée), une lumière colorée se déverse sur moi. Pendant un instant, j'ai l'impression d'être dans la « lumière de Dieu » et je me demande si Rose Red n'aurait pas appelé mon âme avant de m'emporter où vit Avril. (Je suis persuadée qu'Avril est vivante et qu'elle réside ailleurs ; mon instinct maternel n'en dérogera pas.) Puis je vois Sukeena devant moi en train d'examiner la Tour. C'est la lune et le vitrail qui sont à l'origine de la lumière.

Je crie : « Avril ! », tandis que le vent s'engouffre par les escaliers et m'étreint : « Ma... man ! Ma... man ! » Je suis prise de vertiges. Mon enfant n'est pas loin. Je la sens. J'ai le goût des larmes qui coulaient le long de ses douces joues que j'embrassais. Je tombe à genoux, tremblante. Je montre quelque chose du doigt. Sukeena ne comprend pas, elle croit que je m'adresse à elle. Puis elle se retourne lentement et suit mon doigt du regard.

Elle aussi s'agenouille. Elle baisse la tête et embrasse le plancher, le sol de cette Tour. Désormais, je penserai à ce lieu comme à un Temple. J'ai commandé ce vitrail à la rose il y a plus de dix ans maintenant, lors de notre lune de miel, avant la naissance d'Adam, avant celle d'Avril. Et pourtant, alors que j'entends la voix de ma fille qui tourbillonne à travers la rotonde, si claire, si vive, si jeune, cette vitre multicolore illuminée par la pleine lune ne représente plus du tout une rose. Les tons et les motifs se sont transformés sous la lumière chatoyante ; la lune nous jouerait-elle des tours ?

Sukeena et moi apercevons très nettement un visage et non une rose sur ce vitrail. Il est aussi clair et visible que si j'avais demandé aux artisans de le fabriquer ainsi à l'époque. Mais comment auraient-ils pu ? Elle n'était pas encore née ! Eh oui !

Cher Journal, ce charmant vitrail ne représente plus une rose, mais un portrait. Celui de ma fille, Avril, semblable en tout point au jour de sa disparition. Le vent se met alors à souffler étrangement à nos oreilles et ses lèvres bougent. Elle me parle.

LE 16 NOVEMBRE 1921

Je reviens vers toi après une longue absence. Les sautes d'humeur de John sont de plus en plus fréquentes au fil des mois. La plupart du temps, il semble tellement fatigué ! Il rentre tard de ses équipées nocturnes en ville, et ses habits ont une odeur bizarre (qui me fait penser à mes visites chez Madame Lu). Ses appétits charnels se sont calmés. Cela fait presque trois mois qu'il ne m'a pas rendu visite dans mes appartements. Je ne peux mentionner mes peurs sur tes pages, mais j'imagine le pire. Pendant que la fortune de mon pauvre John continue à prospérer, ses partenaires s'évanouissent dans la nature ; un de ses meilleurs amis a eu un « malheureux accident » dans la Salle de Mise en Forme, sa fille a disparu et sa maison poursuit sa construction sans lui. (Une bataille prolongée s'est engagée entre John et notre architecte qui l'a accusé d'avoir embauché des équipes de nuit. En effet, de nombreux travaux de menuiserie sont accomplis pendant la nuit dans les murs de Rose Red. John n'a fourni aucune explication, mais l'architecte a été remplacé par un autre homme qui ne pose pas de questions, lui.)

Au milieu de sa « dépression » (selon l'expression des médecins), John a cherché par deux fois à m'envoyer dans un sanatorium en Suisse (cet été et fin septembre). Il pense que cela m'aidera à guérir de mes douleurs consécutives aux fièvres. Mais depuis que j'ai repris contact avec ma fille lors de mes escapades nocturnes – dont je n'ai pas parlé à John –, je ne veux pas bouger d'un pouce. Rien ne peut me chasser de Rose Red désormais. (Sukeena est persuadée que telle était l'intention de la maison depuis le début. Peut-être ma petite bonne est-elle un peu jalouse, car elle croit que cette somptueuse demeure, construite de manière anarchique, est amoureuse de moi et me veut pour elle toute seule.)

Voilà la raison pour laquelle j'ai pris ma plume aujourd'hui, la source de mon inquiétude. John a posé l'ultimatum suivant : je ne dois plus me rendre dans la Tour. Il a donné l'ordre d'en condamner l'accès et d'y poser un verrou. Bien que je ne comprenne pas le moins du monde son raisonnement – a-t-il ressenti un changement chez moi ? –, je ne peux évidemment pas satisfaire cette impossible requête. Je me demande d'ailleurs si John ne se serait pas aventuré là-haut au milieu de la nuit, s'il n'aurait pas vu le visage et entendu la voix. Peut-être était-ce trop pour lui ? Peut-être a-t-il perdu pied à ce moment-là ? Commence-il seulement maintenant à comprendre cet endroit magique, et souhaite-t-il m'empêcher de vivre la même expérience ? Je n'ai jamais compris John Rimbauer, et encore moins aujourd'hui. Nous avons eu une petite conversation à ce sujet. Et pour la première fois depuis notre mariage, j'ai menacé mon mari de mort.

J'ai sous-entendu que sa nourriture pouvait très bien être empoisonnée, que son automobile pouvait avoir certains ennuis mécaniques, qu'une prostituée des docks pouvait le poignarder. Et j'ai gardé le meilleur pour la fin ! Je lui ai proposé d'inviter à nouveau les importants banquiers venus récemment négocier un contrat concernant un pipe-line et de leur faire visiter les couloirs cachés qui lui ont permis de regarder leurs épouses complètement nues, pendant leurs ablutions. (Je dois dire que les prêts concédés fondraient comme neige au soleil.) Après avoir accordé un bref temps de réflexion à mes propos, John est revenu sur son ultimatum, mais le regard qu'il m'a lancé m'a glacée jusqu'au sang.

Je crains de devoir parler au passé du peu de paix qui existait encore dans cette maison.

Je m'attends désormais au pire de la part de mon mari. Une aura de violence l'enveloppe et le suit comme une ombre. Il mange seul, part de la maison tôt le matin, et quelquefois ne revient pas avant plusieurs jours. Ceux qui le connaissent m'affirment l'avoir vu jouer (des sommes phénoménales) dans le quartier chinois, au sud de la ville. Il aurait perdu énormément d'argent et, à cause d'une certaine intempérance, il aurait besoin de se rendre régulièrement dans cette communauté, parfois plusieurs fois par jour.

Ce soir, il a menacé notre maître d'hôtel avec un couteau à découper, visiblement parce que le bœuf n'était pas assez saignant. (Je ne vois pas le problème puisque John ne mange pratiquement plus.) Il a ensuite jeté une soupière qui s'est brisée par terre, si bien que les servantes sont parties en courant et qu'on ne les a plus revues. Notre maître d'hôtel a donné sa démission, avant de quitter la pièce. Demain, nous devrons lui trouver un remplaçant ; ce ne sera pas chose facile si la ville est déjà au courant de ce dernier éclat de colère de John. Mr Tammerman aura encore plus de difficultés à engager des domestiques de qualité. Le vent a tourné. Rose Red entre dans la saison du déclin. Je l'attribue au fait que John a réduit de moitié le budget de construction de la maison. Et même si elle peut désormais compter plus de dix mille mètres carrés d'espace habitable, héberger quarante-deux personnes et en sustenter plusieurs centaines dans le plus grand style, notre belle maison pourrait être encore plus immense et luxueuse si John ne nous serrait pas ainsi la ceinture.

Ce soir, Sukeena et moi en avons longuement débattu. Elle-même reconnaît que nous avons moins vu Avril depuis cette période de restriction. Il faut permettre à Rose Red de se développer. Plus la construction progressera, plus je verrai ma fille. Mon mari et moi avons des avis diamétralement opposés à ce sujet.

Je ne sais si c'est une suggestion de ma servante ou la mienne, mais un réel besoin que John Rimbauer s'en aille se fait sentir. Il est en travers de mon chemin, de celui de Sukeena et des domestiques. Aujourd'hui, il est en travers du chemin de Rose Red.

Il faut agir. Je vais devoir m'en charger, je le crains.

POSTFACE

Le journal intime de mon arrière-grand-mère s'achève ici. Sans les récents travaux de recherche effectués par Joyce Reardon à l'intérieur de Rose Red, il aurait pu s'interrompre là à jamais. Cependant, alors que je faisais partie de son expédition, j'ai eu la chance de découvrir dans le grenier un deuxième volume du journal, caché dans le mur de la Tour. Ironie du sort, il se trouvait derrière une fausse porte dissimulée par une vieille aquarelle décolorée représentant une rose rouge. (Je crois qu'Ellen est l'auteur de cette peinture.)

Les entrées qui suivent sont dérangeantes, pour ne pas dire plus, mais elles confirment ce qui a été découvert pendant l'expédition Reardon, dont le but était de réveiller la psyché de la bête assoupie qu'est Rose Red. Comme le dit le vieux sage : « Méfie-toi de tes souhaits... » Grâce à cette découverte, nous connaissons aujourd'hui la cause d'au moins un décès accidentel. Nous en découvrirons peut-être plus dans les années à venir. Ce second journal est en grande partie rédigé dans un langage codé, qu'il nous reste à décrypter. Soit mon arrière-grand-mère avait des talents cachés, soit elle pouvait entrer en contact avec un lieu auquel peu, voire aucun, d'entre nous auront accès un jour. Les chapitres suivants sont des extraits de son second journal.

– Steven Rimbauer
Seattle, État de Washington, septembre 2000

(La conclusion éditoriale de Joyce Reardon a été respectueusement déplacée à la fin du journal.)

Seize heures
Cet hiver est particulièrement contrariant et pénible. Je vais bientôt confier à tes pages ce qu'aucun être vivant ne doit savoir. Et pour cette raison, j'ai quelque peu modifié mon testament et demandé ta destruction. Cher Journal, on ne sait jamais ce qui peut m'arriver.

Ces derniers mois, et surtout ces dernières semaines, Sukeena et moi avons fomenté un complot – oui, je pèse mes mots – afin de nous débarrasser de John Rimbauer. Au fil des mois, j'ai essayé par tous les moyens de le faire quitter cette maison, sans aucun résultat, parce que mon époux n'est plus que l'ombre de lui-même. Ses excursions dans le quartier chinois ont plus de place dans sa vie que nous ici. Il revient désorienté et embrouillé. Il terrorise la moindre personne qui croise son chemin. Cet homme est un fléau et le mot est faible. La semaine dernière, alors qu'il prenait certaines libertés avec Julie, la fille de quinze ans de Mrs. Cruthers, notre femme de chambre, je me suis promis de mettre un terme à ses exactions. Oui, ce soir, ma servante et moi allons tenir notre promesse.

Vingt heures
Sukeena vient de me signaler que la première partie de notre sournois projet est en place. Pour la première fois depuis toutes ces années où elle est à notre service, Sukeena a rendu visite à mon époux dans son bureau du premier étage, à l'heure du thé. Voici ce qu'elle m'a rapporté de la conversation qu'ils ont eue :

Je te laisse imaginer les détails, cher Journal, mais je te dirai seulement que la longue silhouette noire de Sukeena, vêtue de son ample cotonnade égyptienne blanche, est une telle provocation que mon époux lui a interdit de s'habiller ainsi le jour où elle est entrée à notre service. Je dois aussi ajouter que, durant les visites nocturnes de John dans mes appartements avec ma servante « comme escorte », il ne l'a jamais « connue », au sens biblique du terme. Il regardait. Il lorgnait. Mais il ne l'a jamais connue. Aussi étrange que cela puisse paraître (moi cela me paraît étrange ici sur tes pages), je crois que cet acte n'a pas été consommé par respect pour moi. Je crois aussi que cet interdit lui a infligé tellement de tourments intérieurs que cela a, au cours de ces derniers mois, abouti à cet enchaînement d'actes autodestructeurs.

« Bonsoir, Monsieur.

– Sukeena. »

Elle m'a dit qu'il était assis à son grand bureau anglais, un verre de cognac à la main, et que la cheminée était allumée. Il portait sa veste de smoking en satin noir et en velours bleu foncé, son pantalon gris charbon. Cigare. Cognac.

« À votre service, Monsieur. »

Sukeena est ma servante, pas la sienne. Sa démarche et sa venue dans ses appartements privés ont vraiment dû le surprendre.

« Pardon ?

– Tout pour votre plaisir. »

J'imagine sans peine ses intonations mélodieuses, le balancement de ses larges hanches, sa façon d'être. Quand elle bouge, Sukeena ressemble à un guépard. John a toujours craint les grands félins.

« Tout ?

– Tout, Monsieur, a-t-elle ajouté. Miss Ellen être endormie, Monsieur. Elle prendre du whisky avec du lait il y a une heure environ. »

J'ai tendance à m'endormir rapidement quand j'ai bu un peu d'alcool. Mon époux est le premier à le savoir.

Intrigué, il l'a dévisagée, le menton en avant.

« Moi me poser des questions, Monsieur. Sur vous. Sur vous et moi, Monsieur. Une femme toujours se poser des questions.

– Vous vous interrogez sur... ? »

Stupéfaction. J'imagine que le laudanum engourdit le bon sens de mon mari. (Il n'en a guère fait preuve ces derniers mois.) Cette substance l'endort. Le mystifie. Sinon comment ces gens pourraient-ils le convaincre de se séparer de son argent avec autant de facilité ? Cet homme n'aurait pas amassé une telle fortune pour la jeter ensuite par les fenêtres ! Si seulement, cher Journal, je pouvais ressentir un minimum de compassion pour mon cher John, mais la raison ne me permet pas un tel luxe.

Mis à part la brève période où il m'a fait la cour, je n'ai connu de lui que l'homme égoïste. Ma vie n'avait qu'un seul but : tout comme un magnat des chemins de fer lui permet de transporter son pétrole, j'ai offert la légitimité à sa descendance. Il a empoisonné ma féminité avec ses infidélités, m'a rendue stérile, m'a volé la seule chose que je pouvais offrir. Il prend les femmes comme il prend ses repas : souvent et avec appétit. Il n'a pas aimé sa fille ; par contre il a offert à son fils tout ce qu'il désirait, y compris une porte de sortie. Avec sa belle allure et son sourire charmeur, mon époux a embobiné toutes les femmes et plus d'un homme d'affaires. Tous lui ont cédé ce qu'ils avaient de plus cher, car ils croyaient que John Rimbauer leur faisait une fleur. À mon avis, la seule chose qui le terrifie, c'est cette maison – ma chère Rose – et par conséquent c'est vers elle que je me suis tournée quand j'en ai eu besoin.

« Je... Je t'ai dit de ne pas porter cette tenue dans la maison, femme. Elle est indécente.

– Moi avoir... du mal à m'endormir, Monsieur. Moi penser à... Sukeena désolée si ma robe pas plaire à Monsieur.

– Me plaire ?

– Oui, Monsieur. »

Il s'est lentement levé de son fauteuil. Le feu crépitait.

« Me plaire ? a-t-il répété.

– Moi en avoir jamais parlé à Miss. Comme vous le constater, Monsieur.

– En effet.

– Je dois savoir. Une femme doit savoir. » Elle a fait une pause, s'est apprêtée à sortir. « Moi penser à cette Tour, Monsieur.

Emmener un plaid là-haut. Oui, une couverture écossaise bien épaisse. Vous voir laquelle. Peut-être Sukeena va dormir dans la Tour. »

Elle est sortie de son bureau. Malgré le laudanum, le cognac, le cigare et sa fichue confiance en lui, Sukeena avait mis sa main à couper que mon mari la suivrait comme un petit chiot. Et bien entendu, c'est ce qu'il s'est empressé de faire.

Elle marchait à pas voluptueux le long des grands couloirs de Rose Red, mon mari à quelques mètres derrière elle, comme en procession. Au bout du couloir, elle est entrée dans le dressing de John, ce qui a très certainement dû le choquer. Elle s'est dirigée droit vers son placard, a ouvert le panneau secret à l'intérieur et s'est engagée dans le passage étroit qui mène directement au grenier. À cet instant, il a dû croire en sa magie noire ; il s'est frayé un chemin à travers ses propres vêtements, pour la énième fois, sans jamais se départir de ses scabreuses pensées.

J'imagine leur arrivée. Sukeena précède mon mari de quelques pas. Il titube légèrement et son cœur bat à tout rompre à la perspective de cette chère récompense, qui lui a été refusée toutes ces années. Dans notre campement en Afrique, j'ai eu Sukeena avant lui, puisqu'elle était affectée à ma personne. Je me rends compte aujourd'hui de la frustration que mon mari a dû éprouver, car je sais ce qu'il a toujours eu derrière la tête. Je sais aussi que c'est dans ce fameux campement qu'il s'est exposé à cette maladie honteuse. Je me suis souvent demandé à quoi ma vie ressemblerait, si je m'en étais remise à Dieu comme tant de femmes. Serions-nous bénis aujourd'hui ? Pourquoi ai-je choisi d'adresser mes prières au côté sombre, de conclure des alliances avec des puissances qui m'échappent ? Dieu aussi m'échappe, alors pourquoi ne l'ai-je pas prié Lui ? Notre vie aurait-elle été meilleure ? Le pardon au lieu de la vengeance, la foi au lieu de l'accusation et des épreuves. (L'heure est peut-être venue. Il paraît qu'il n'est jamais trop tard pour se tourner vers le Christ. Imagine un peu. Après toutes ces créations de l'esprit, après toutes ces souffrances, il existe encore une chance d'être sauvé !)

Les voilà qui gravissent mon escalier tortueux et gémissant ; Sukeena a pris mon mari par la main. Les complaintes du vent commencent à se faire entendre derrière les craquements du bois : « Pa... pa. Pa... pa. » Le sang de mon époux ne fait qu'un tour. Malgré le cognac, ses yeux sont exorbités par la peur. Il s'arrête net et manque de faire tomber Sukeena, qui ouvre la marche.

« Venez, dit-elle.

– Je ne peux pas. Tu as entendu ?

– Moi entendre le vent, Monsieur, a-t-elle menti. Faut pas avoir peur du vent.

– Ce n'est que le vent ?

– Oh ! Oui, Monsieur. Vent beaucoup souffler dans la Tour. »

Elle lui a ravivé la mémoire : « Le plaid, Monsieur. Quand nous allonger par terre, vent plus faire de bruit. » Elle lui a saisi le bras. « Un peu de vent pas faire peur à Maître ? »

Quand il s'agit de convaincre John, il suffit de jouer sur sa corde sensible. Et l'affaire est dans le sac. John s'est ressaisi, a gonflé la poitrine et a de nouveau emboîté le pas à ma servante. Ils ont poursuivi leur lente ascension vers le sommet de la Tour.

Elle a ouvert la porte en grand.

Il ne fallait pas se tromper de nuit. Nous l'avons su dès le tout début de notre projet. D'abord une nuit de pleine lune, car Avril ne nous rend visite que ces soirs-là. Ensuite, le moment exact où la lune aborde la ligne d'horizon et éclaire entièrement le vitrail. Nous connaissions les paroles qui seraient prononcées. La détresse d'une épouse infirme. La disparition soudaine de son enfant. Les jeux d'argent. Les rendez-vous dans le quartier chinois. Les pressions sociales qui accompagnent la richesse.

Sukeena a pénétré dans la Tour la première. Pas de doute. La voix était bien celle d'Avril.

« Pa... pa. »

John est entré et la porte s'est doucement fermée derrière lui. La jolie rose du vitrail s'est transformée sous nos yeux en un spectre fantomatique de ma fille au bras atrophié. Le vent a posé la question suivante :

« Voilà donc ce que tu offres à tes enfants ? »

On aurait dit que les chaussures de mon mari étaient clouées au sol. La main dans le vitrail, la main de ma fille, indubitablement, lui faisait signe d'approcher :

« Pa... pa. Viens... Regarde... »

Si à l'époque où nous voyagions en Afrique quelqu'un m'avait dit qu'un jour les esprits exauceraient tous mes vœux, j'aurais souhaité un amour pur entre époux, des voyages à travers le monde, de somptueux repas sans prendre un seul gramme, six enfants, des veillées en chanson près de la cheminée, une partie de *whist* avec des amis après le souper. Non jamais je n'aurais imaginé cela.

John s'est approché de la fenêtre, a regardé à ses pieds. Pas de plaid. Il a levé les yeux et m'a vue derrière la porte. C'est moi qui venais de l'enfermer dans la Tour.

Deux femmes unies ont un pouvoir extraordinaire, surtout si elles sont motivées, comme Sukeena et moi, par des années de lutte et de colère. Sukeena l'a pris par le bras, a tiré d'un coup sec et l'a fait tourner sur lui-même. Je me suis élancée sur lui de toutes mes forces. Mais au final, ce n'est ni moi, ni Sukeena, je le regrette, mais Avril – ou cette puissante bourrasque – qui a fait le travail à notre place. Je me suis jetée sur lui de tout mon poids, je peux le dire. Sukeena l'a tiré grâce à sa force phénoménale. Choqué et surpris, l'arroseur arrosé a été soulevé sans aucune difficulté. John s'est élevé à la même hauteur que notre fille dans le vitrail. Avril a souri, lui a fait un clin d'œil et a répété une dernière fois : « Pa... pa. » (À ce moment-là, je me suis demandé si l'idée venait de Sukeena et moi, ou bien d'Avril, depuis le début.)

John Rimbauer a glissé sur le plancher et je te jure qu'une odeur de bois brûlé a suivi ses pas. Il a décollé et est passé par la fenêtre qui s'est brisée en mille morceaux. Il a plongé sur le toit en ardoise et est tombé quinze mètres plus bas sur la terrasse dallée. Je me souviens qu'il avait insisté pour qu'on construise cette exécrable terrasse qui ne m'avait jamais plu.

Je la préfère maintenant qu'elle a cette couleur rose rouge.

Mon fils est revenu à la maison aujourd'hui et ensemble nous avons enterré son père. Des centaines de personnes ont assisté à la cérémonie, parmi lesquelles des femmes dont je ne voulais pas connaître le nom, des dockers qui le considéraient comme un ami proche, des banquiers, des hommes d'affaires, et des fonctionnaires qui se sont bâti une carrière sur son dos. Toute de noir vêtue, je pleurais à chaudes larmes et je tenais par les épaules ce fils que je n'avais pas revu depuis presque trois ans.

Il est difficile d'exprimer ici le sens aigu de la perte, du chagrin que je ressens. Malgré toutes les atrocités que John Rimbauer m'a fait subir et la douleur qu'il m'a infligée, je l'admirais énormément, je l'aimais parfois et je m'émerveillais toujours de son succès. En dépit de ses nombreuses pertes au jeu, il laisse derrière lui un empire, une fortune colossale.

Adam et moi avons passé le restant de l'après-midi dans les bois où lui et son père chassaient les écureuils et les lièvres. Après avoir remonté à la surface certains souvenirs et certaines anecdotes sur John, il a fini par aborder le sujet qu'il évitait depuis des années.

« Est-elle hantée ? a-t-il demandé, les yeux rivés sur ses bottes dans les feuilles mortes.

– Elle est possédée, lui ai-je répondu le plus honnêtement possible. Je ne saurais te dire mieux.

– Par des... fantômes ?

– Des esprits. »

Nous nous sommes arrêtés sur le chemin, au bord du lac.

« Et Avril ? »

Voilà la conversation que je rêvais d'avoir avec mon fils depuis si longtemps. Je savais que John avait influencé son opinion. Le journal, peut-être suivant les instructions de John, avait déclaré un ou deux jours plus tard que la glace était brisée sur le lac et qu'Avril s'y était peut-être noyée. (Comment se fait-il alors que nous n'ayons jamais retrouvé son corps ?!) Personne n'a contesté cette version. Celle-là ou une autre ! Un accident sur le lac ; un ours qui s'était approché trop près de la ville ; un couguar... tout sauf la vérité.

« Elle est dans la maison, Adam.

– C'est absurde, Mère ! » s'est-il exclamé.

Mon fils avait la même voix que son père, l'effet était désarmant. Les enfants apprennent si vite.

« Pourquoi crois-tu que ton père a tout mis en œuvre durant toutes ces années pour t'empêcher de revenir à la maison ? Il n'avait pas peur de ces bois, ou de ce lac. Il avait peur de ces murs.

– Père n'avait peur de rien.

– Nous avons tous peur de quelque chose, mon fils. Ton père était un grand homme. Mais il avait peur de la vérité. Il a renvoyé Douglas Posey parce qu'il avait peur d'affronter la vérité. Il t'a tenu à l'écart de cette maison, de ta maison. Ne crains jamais la vérité, Adam. C'est le seul vrai passeport qu'il te faut pour atteindre de nouveaux niveaux de compréhension. Je sais que cela a l'air idiot, mais la vérité peut te libérer.

– En effet, c'est idiot. »

Il poussait les feuilles mortes du pied, creusait un trou dans le sol humide de la forêt, retournait un petit caillou brillant.

« Si tu restes suffisamment longtemps, il est possible que tu entendes sa voix.

– Mère !...

– Quoi ? Je suis folle ? Dis-le, Adam. Dis-le. »

Ainsi, trois jours plus tard, par une nuit absolument tranquille, mon fils et moi avons grimpé les marches grinçantes menant à la Tour où son père avait connu une issue fatale. Adam est un beau jeune homme de treize ans, aux épaules larges et au regard pensif. Malgré sa vigueur adolescente, il avançait prudemment et je sentais sa nervosité tandis que le vent soufflait à nos oreilles. D'abord le vent. Puis le doux murmure de sa sœur.

Je suis leur mère et pourtant j'avais oublié combien ces deux-là avaient été quasiment inséparables jusqu'à ce qu'Adam soit expédié en pension. Ils avaient grandi comme des jumeaux. Adam aidait sa sœur légèrement handicapée, et Avril servait de faire-valoir à ses jeux et de cobaye à ses inventions.

Mon petit garçon, que l'école a prématurément transformé en jeune homme, s'est effondré sur les marches et a fondu en larmes, dans les bras de sa mère. Il savait qu'on ne lui jouait pas un mauvais tour. Il avait peur et j'aurais dû me rendre compte qu'il était trop jeune pour affronter cette épreuve. Nous avions la vie devant nous. Pourquoi avais-je insisté et précipité les choses ? Pourquoi cette volonté désespérée de démontrer à mon enfant que je n'étais pas folle ? (Et puis est-il possible d'attester de la santé mentale d'une personne ?)

Mère et fils ont fini par atteindre la Tour et se sont assis sur le plancher. On avait cloué des lattes de bois pour masquer le vide laissé par le vitrail. Un jour, je remplacerai cette fenêtre. J'ai pris mon fils dans mes bras, nous avons pleuré, nous avons ri. Adam essayait de répondre à ce murmure, et bien que je n'aie rien compris à leur échange, je peux jurer sur tes pages qu'il a communiqué avec sa sœur. Je sais pertinemment qu'il est monté dans la Tour tous les soirs et y a passé des heures entières.

Il est à présent retourné à l'école. Mais mon fils, qui a

virtuellement été absent de ma vie, m'écrit presque tous les jours. Je me sens revivre. Je suis à nouveau une femme. Une mère. Je supporte de mieux en mieux l'absence de John. Rose Red est redevenue paisible. Adam et moi formons à nouveau une famille.

Quoi de plus doux ?

Grand Dieu du Ciel ! Je Te supplie de me la rendre !

Sukeena a disparu ! Elle était dans la Salle de Mise en Forme et on ne l'a pas revue depuis. J'erre dans les couloirs sans fin de ce tombeau et je me demande pourquoi tous ceux qui me sont proches finissent par m'être enlevés, arrachés. Je déteste cette maison. Je la méprise ! Je n'inviterai jamais plus Adam.

Les employés en ont quasiment assez de rechercher ma servante des heures... des jours durant. Il est impossible que cette maison soit aussi grande ! Crois-le ou non, cher Journal, nous avons tous constaté qu'elle se transformait. En effet, les murs changent de structure et d'apparence dès que nous avons le dos tourné. Des pièces disparaissent. Que se passe-t-il ? Comment est-ce possible ? Une telle structure. Un tel bâtiment. Et pourtant aussi fluide que l'eau... Un caméléon. Elle n'a plus besoin qu'on l'agrandisse, elle se réinvente toute seule. Un jour un couloir, le lendemain une salle de bal, un jour une cave, le lendemain un donjon !

J'ai demandé à ce qu'on déracine toutes les plantes de Sukeena dans la Salle de Mise en Forme. En effet, le jour de sa disparition, elles ont fleuri comme jamais – toutes les plantes en pleine floraison au même moment ! J'ai supervisé les opérations depuis mes appartements, et me sont revenus en mémoire d'autres événements survenus au même endroit. Il a fallu trois heures aux sept employés pour mettre le sol de la pièce à nu. À peine avaient-ils terminé à une extrémité que de nouvelles pousses s'élevaient à l'autre. Le lendemain matin, les plantes, plus hautes que jamais, mesuraient deux mètres et étaient recouvertes de fleurs. C'est l'œuvre de Sukeena : la preuve de son amour, son énergie, ses pouvoirs.

Nous avons tous, sans exception, entendu Rose Red éclater de rire la nuit dernière. Elle se moquait de moi, de nous. Jamais je n'avais écouté de son plus effrayant.

Si c'est un jeu, elle a gagné. Ils ont tous disparu, tous les êtres qui m'étaient chers. Je suis seule. Seule avec mes pensées, dans mon silence, dans cette maison.

Je vais renvoyer tout le monde (avant qu'elle ne s'empare d'une nouvelle âme).

Je vais vivre seule ici un certain temps. Qu'elle souffre. Qu'elle échoue. Et peut-être alors pourrons-nous conclure un marché elle et moi ?

Peut-être m'autorisera-t-elle alors à rendre visite à Sukeena comme je rends visite à Avril ? J'ai retenu la leçon enseignée par mon mari : tout est négociable.

Note éditoriale : des passages importants du journal attestent qu'Ellen Rimbauer a effectivement renvoyé trente-quatre employés en quatre mois. Pendant cette période, on suppose qu'elle a vécu toute seule dans Rose Red sans recevoir la moindre visite. Quelle qu'ait été sa santé mentale au cours de cette retraite, Ellen en est ressortie amoindrie, usée. Les deux mois suivants, elle a engagé vingt personnes et organisé des fêtes. Lors de l'ultime bal inaugural en 1946, une des plus grandes actrices de l'époque, Deanna Petrie, a disparu dans Rose Red (les rumeurs prétendent qu'il y avait plus qu'une simple amitié entre les deux femmes). Il n'y a plus eu d'autres grandes réceptions à Rose Red ensuite. L'année où les États-Unis sont entrés en guerre, il ne restait plus que quinze employés. 1950 marque la disparition d'Ellen Rimbauer.

En 1950, alors qu'Ellen Rimbauer, quasiment aveugle, approchait des soixante-dix ans, on rapporte qu'elle est entrée dans le Couloir des Perspectives pour ne jamais réapparaître. Les domestiques présents prétendent n'avoir cessé d'entendre des bruits de scie et de marteau dans le grenier.

À la veille de sa mort, Ellen Rimbauer, qui avait autrefois été la femme la plus belle et la plus enviée de la haute société de Seattle, était une vieillarde desséchée et fébrile, à moitié aveugle et presque folle. On raconte que, de temps à autre, on entend Rose Red pleurer ou rire à des kilomètres à la ronde et que l'on confond souvent ce bruit avec le cri d'un animal sauvage ou la corne d'un bateau.

***

Je vais bientôt m'aventurer dans Rose Red, armée d'un équipement de détection très sophistiqué et accompagnée de Steven Rimbauer, un descendant d'Ellen et John Rimbauer, et de quelques médiums, parmi les plus puissants de ce pays. Nous espérons pouvoir réveiller l'« âme » de cette imposante structure, l'être qui vit entre ces murs, et entrer en contact soit avec Avril, Sukeena ou Ellen, soit avec Rose Red elle-même. Je crains cette dernière option plus que toute autre car ce journal confirme une présence incroyable. Comme toujours dans l'étude des phénomènes paranormaux, il faut accepter une certaine part d'inconnu, d'inexploré. On fait tourner une mappemonde, on ouvre une porte et qui sait ce qui peut arriver ? Nous verrons bien. La vie est une aventure. Rose Red est un terrain de recherches unique. Qui, dans mon domaine, cracherait sur une telle opportunité ? Alors je vais de l'avant sans aucune certitude et je demeure cependant remplie d'exaltation. Nous ne découvrirons jamais les pouvoirs du psychisme si nous n'osons pas les explorer. Nos découvertes nous appartiennent un instant, puis reviennent à la science pour l'éternité. C'est cet instant que je chéris, cette seconde unique, quand tout ce qui est là n'appartient qu'à moi. En un clin d'œil, le monde n'a plus de limites et moi non plus.

– Dr Joyce Reardon

Achevé d'imprimer par GGP Media GmbH, Pößneck
en Juillet 2004
pour le compte de France Loisirs
Paris

N° d'éditeur: 41018
Depot légal: Août 2004
Imprimé en Allemagne